KB269024

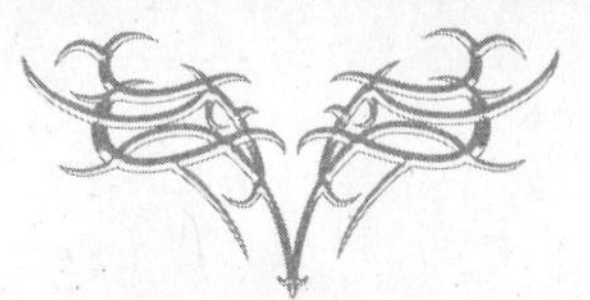

潛魔劍仙

잠마검선

김현영 新무협 판타지 소설
FANTASTIC ORIENTAL HEROES

잠마검선 3

김현영 新무협 판타지 소설

초판 1쇄 찍은 날 § 2009년 5월 22일
초판 1쇄 펴낸 날 § 2009년 5월 29일

지은이 § 김현영
펴낸이 § 서경석

편집장 § 문혜영
편집 § 정서진 · 서지현 · 주소영

펴낸곳 § 도서출판 청어람
등록번호 § 제1081-1-89호
등록일자 § 1999. 5. 31
어람번호 § 제2-1748호

주소 § 경기도 부천시 원미구 심곡2동 163-2 서경B/D 3F (우) 420-822
전화 § 032-656-4452 팩스 § 032-656-4453
http://www.chungeoram.com
E-mail § eoram99@chollian.net

ⓒ 김현영, 2009

ISBN 978-89-251-1819-2 04810
ISBN 978-89-251-1775-1 (세트)

潛魔劍仙

3

삼원귀진

잠마검선

김현영 新무협 판타지 소설

FANTASTIC ORIENTAL HEROES

도서출판
천
람

目次

第一章
절세의 비급

潛魔
잠마검선
劍仙

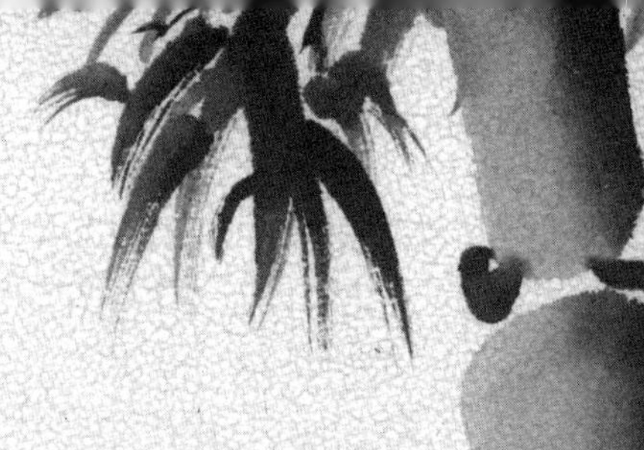

지옥 같은 생활은 한 달 가까이 이어졌다.

오조는 그사이에 거의 피골이 상접한 몰골로 변해 있었다.

그래도 육체의 피로는 정신의 고달픔에 비하자면 차라리
아무것도 아니었다.

오조원들의 눈은 불안으로 끊임없이 흔들렸고, 언제나 신
형을 날릴 준비 속에서 하루를 시작하고 마감할 정도로 거의
극한의 강박 증세를 보였다.

어떤 면에서 하루의 시작과 마감 자체가 없다고 하는 편이
옳았다.

수면 시간이란 단어는 사치스러운 말이 되었다.

그저 정규 수련 시간에 잠깐 잠깐 틈을 봐가면서 눈을 붙일 따름이었다. 그 시간이야말로 유은령의 마수에서 가장 안전하기 때문이었다.

그런 식으로 열흘이 지난 결과, 어찌나 신경을 썼는지 오조 서열 이십 위인 옥헌무는 머리털이 빠지기 시작했고, 어지간한 조원들은 흰머리가 삼분의 일 정도 검은 머리카락 사이사이로 삐죽이 드러났다.

그 덕분일까!

오조원의 성취는 하루가 다르게 높아졌다.

살아남기 위한 처절한 몸부림, 하루가 거의 천 년 같은 끔찍한 나날을 보내다 보니 그건 어쩌면 당연한 결과라 할 수 있었다.

그 결과 어느덧 유은령의 암습은 적응이 되었다. 이제 어지간한 것은 손으로 낚아채거나, 날아오는 암기가 버틸 만하다는 순간적인 판단이 서면 호신진기를 발휘해 그대로 튕겨내기도 했다.

그중 생명에 위협이 될 만하다는 것은 신법을 펼쳐 신속히 피해냈다.

이 결과 어떤 면에서는 순한 양 같던 오조원들은 한 달 사이에 완전히 다른 사람이 되어 있었다.

눈에서는 독기가 절절 흘러나왔고, 마음속으로는 분노를 애써 누르며 이를 갈았다.

당연히 분노의 대상은 영호선이었다. 거기에 한 명을 더 추가해 유은령까지.

ㅡ제삼관문을 돌파해 비급을 얻기만 하면 그땐 수단과 방법을 가리지 않고 영호선을 죽여 없애 버리겠다.

그것은 서로 상의를 나눈 것이 아니었다. 그저 마음과 마음이 보이지 않는 공감대를 형성한 결과였다. 반드시 죽여 버린다. 그러한 독기가 절절히 오조원들의 가슴에 맺혔다.
다른 한편으로 타 조의 제삼관문 돌파 시도 또한 꾸준히 이어졌다.
제일 먼저 삼관문에 든 것은 일조였다.
하지만 일조는 절반이 넘는 부상자를 안고 돌아와야 했다. 그 뒤를 이어 이조와 삼조, 사조, 육조까지 차례로 도전했지만 결과는 일조와 다를 바 없었다.
그때까지도 칠조부터 십조까지는 아직 제이관문에서 헤매고 있는 상태였다.
조용히(?) 때를 기다리고 있던 영호선은 유은령의 마수를 제법 빗겨내는 오조원들을 보며 흐뭇한 미소 속에서 드디어 때가 되었다고 생각했다.

*   *   *

　제삼관문 도전의 날을 하루 앞둔 밤!

　영호선은 조원들을 한자리에 모아놓고 정신 상태를 점검하는 시간을 가졌다.

　영호선을 향한 오조원들의 눈은 거의 사람의 것이 아니었다. 야수, 바로 그 자체였다.

　"그래, 바로 그거야. 모두들 좋은 눈이다."

　오조원들의 눈은 그저 쳐다보는 것만으로도 사람을 찢어 죽일 듯 살벌한 독기가 서려 있었다. 누군가 툭, 하고 건드리기만 해도 제일관문의 묵환강시를 부숴 버리듯 상대를 뜯어 버릴 기세였다.

　"모두 그동안 많은 성취를 이룬 것 같아 조장으로서 기쁘기 그지없다."

　영호선의 잔잔한 음성에 오조원들은 대답없이 번뜩이는 눈으로 그저 응시할 뿐이었다.

　하지만 마음으로는 어느 누구 할 것 없이 영호선을 씹어 갈기고 있었다.

　'흐흐, 영호선아! 우리도 기쁘구나.'

　'비급을 취하고 나면 너도 끝이다, 이 개자식아.'

　'널 잘근잘근 씹어서 죽여주마.'

　'내 등에 두 번이나 비도를 꽂은 너를 용서할 순 없지. 지금 마음껏 기뻐해라. 이 세상에서 웃을 날도 얼마 남지 않았

으니. 크크크!'

모두가 독을 품고 응시하고 있을 때, 영호선은 내일의 도전에 들뜬 마음을 감출 수 없다는 듯 살짝 흥분된 얼굴로 말을 이었다.

"너희도 느꼈겠지만 일관문과 이관문의 격차는 족히 다섯 배가 넘었다. 마땅히 이관문과 삼관문의 차이가 그보다 더 크면 컸지, 적지는 않을 터. 하지만 그동안 각고의 노력을 기울인 만큼 능히 우리 오조는 제삼관문을 거뜬히 통과하리라 믿어 의심치 않는다."

영호선이 눈을 가늘게 뜨고, 아랫입술을 삐죽이 내밀고 조원들의 눈빛을 중간 점검했다.

여전히 강렬히 안광을 뿜어냈다.

좋은 눈이었다. 영호선이 말을 이었다.

"이제 내일로 우리의 염원이 다가온 이때 가장 중요한 것은 마음가짐이라 할 수 있겠다. 지금의 눈빛과 같이 독을 품어야 한다. 반드시 통과하고 말겠다는 악이 받친 정신이야말로 우리의 염원을 이루어지는 바탕이 될 것이다."

그때 영호선의 눈이 슬쩍 오른쪽의 평안생에게 향했다.

평안생은 영호선의 말이 끝날 무렵, 제삼관문을 돌파하고 난 뒤 영호선을 어떻게 박살 내버릴까를 생각하고 있었는데, 그 통쾌함을 상상하면서 속으로 '크크' 서리고 있었다.

바로 그 모습을 영호선이 놓치지 않고 노려봤다.

"평안생!"

격한 외침에 평안생이 흠칫 고개를 들었다.

영호선이 살벌하게 노려봤다.

"너 이 자식! 중요한 일전을 목전에 두고 실실거리는 웃음이 나와."

영호선의 신형이 흐릿해지는가 싶더니 어느새 발로 평안생의 턱을 날려 버렸다.

퍽!

"커헉!"

쿵!

붕 떠올라 뒤쪽 벽에 부딪친 평안생이 바닥으로 떨어지며 신음을 발했다.

그러나 영호선은 분이 풀리지 않는지 나뒹군 평안생을 밟아대기 시작했다.

퍽퍽퍽!

"언제까지 그렇게 해롱거릴 참이냐!"

퍽퍽퍽!

"독기를 품으란 말이다. 잡아먹을 듯 독기를 품어!"

퍽퍽퍽!

"누구라도 씹어 먹을 듯한 강한 악마 같은 집념없이 어떻게 제삼관문을 통과하겠다는 것이냐!"

퍽퍽퍽!

여태껏 영호선을 보며 눈에 살벌한 독기를 품고 있었던 오 조원들의 안색이 한순간에 핼쑥해 졌다.

특히 평안생 옆에 있던 안암무와 공혁, 그리고 옥헌무는 연신 목젖을 울렁거리며 마른침을 삼키느라 정신이 없었다.

그들은 평안생의 눈빛이 아까까지 얼마나 독기 어린 것이었는지 잘 알고 있었다. 솔직히 말해 그보다 더 독기 어린 눈을 찾기도 힘들 지경이었다.

게다가 영호선이 해롱거린다는 웃음도 그들이 볼 때는 어찌나 사악하게 느껴졌는지 모른다. 그런데 지금 영호선은 그 눈조차 눈알이 풀렸다며 패고 있는 것이다.

꿀꺽!

조원들은 그동안 품고 있던 '영호선 처단' 이라는 악독한 마음이 그만 스르르 눈 녹듯이 녹아내리는 느낌이었다. 여기서 도대체 얼마나 더 독기를 품어야 한다는 말인가!

그런 와중에도 영호선의 발길은 멈출 줄을 몰랐다.

퍽퍽퍽!

"악독해지지 않으면 당하고 만다. 정녕 네놈이 죽고 싶은 것이냐!"

퍽퍽퍽!

"평안생, 내 눈을 똑바로 쳐다봐라."

퍽퍽퍽!

"눈깔에 힘 줘. 더! 그걸론 안 돼. 더욱 강렬하게, 눈으로 사람을 죽일 수 있을 정도로 하란 말이다."

"윽, 크윽!"

평안생은 계속 걷어채면서도 안간힘을 써가며 영호선을 노려보려 애썼다. 자신이 낼 수 있는 최대한의 독한 눈빛으로 노려봤다.

이렇게 얻어맞고 있으니 분노는 더욱 진해져 아까보다 더하면 더했지 덜하진 않은 상태였다. 심지어 옆에서 이 광경을 목도하는 오조원들이 평안생의 눈을 보며 슬그머니 눈을 돌릴 지경이었다.

"지금 뭐 하자는 거냐! 이를 악물고 눈을 빛내란 말이다."

퍽퍽퍽!

평안생이 이를 부서져라 악물었다.

그리고 이제껏 태어나 한 번도 떠본 적이 없을 정도로 눈을 크게 뜨고 영호선을 노려봤다.

"좀 더. 그래, 좀 더 크게!"

영호선이 마구 다그쳤다.

"이 새끼야, 눈만 크게 뜬다고 독이 스미는 것이 아니야. 눈 큰 놈이 원래 겁이 많다는 걸 몰라!"

퍽퍽퍽!

자신이 뜰 수 있는 최대한의 눈 크기와 최대한의 독기를 품고 노려보던 평안생은 이보다 더 어떻게 하라는 것인지 알 수 없을 지경이 되고 말았다.

서러움이 한순간 봇물처럼 터져 나왔다.

이제 한계다.

급기야 평안생이 질끈 눈을 감았다.

눈을 감자마자 눈물이 흘러내렸다.

주르륵!

퍽퍽퍽!

"이 새끼가 내일이 얼마나 중요한 날인데 쳐 울어. 독을 품으라고 했더니 계집애처럼 눈물을 보여? 사나이의 눈물이 그렇게 흔한 거였단 말이냐!"

영호선의 발길질이 더욱 강력하게 이어졌고, 평안생의 눈에서는 끊임없이 눈물이 흘러나왔다. 이젠 서러워서 꺼이꺼이 울음소리까지 울려 나왔다.

조장 영호선을 씹어 삼켜 버리겠다고, 반드시 죽여 버리겠다고, 온갖 결심과 의지를 불태웠던 오조원들이 슬그머니 창밖으로 시선을 던졌다.

그리고 긴 한숨과 함께 한마음으로 중얼거렸다.

'영호선, 저 새끼… 정말 모르겠다.'

다음날 오조원은 관문에 도착했다.

그동안 피골이 상접할 정도로 고생한 보람이 있었다.

제일관문에서 오조원들은 마치 분풀이라도 하듯 압도적인 무력으로 묵환강시를 바스러뜨렸다. 그들은 말은 하지 않았

지만 묵환강시를 마치 영호선 대하듯 했고, 그건 확실히 효과
가 있었다.

이관문으로 통하는 계단이 나타났을 때는 일체의 망설임
도 없었다.

언제나처럼 독충들이 반갑게 온몸을 뒤덮었지만 이제 친
근함마저 느낄 지경이었다.

간혹 몇몇은 독충들에게 정겹게 말을 걸기도 했다.

이관문까지 돌파한 오조원들의 눈빛이 진지해진 것은 삼
관문을 향한 계단이 열렸을 때였다.

이제까지 한 번도 경험한 적이 없는 미지의 세계다.

모른다는 것은 곧 두려움으로 이어지는 법.

계단을 내려서는 오조원들의 걸음걸이는 조심스러울 수밖
에 없었다.

"모두들 쫄 것 없어. 유은령이 숨어 있다고 생각하면 되는
거다."

영호선의 목소리가 나직이 오조원들의 귀에 파고들었다.

그 말은 단순했지만 곧바로 오조원들의 마음에 용기와 독
기를 동시에 불러일으켰다.

온몸의 감각을 극대화시키고, 가능한 한 호신진기를 극한
으로 끌어올렸다.

그그그긍.

이층으로 돌아갈 수 있는 계단이 닫히는 소리가 났다.

쿵!

완전히 계단이 닫혔다.

어쩐지 영영 열리지 않을 것처럼 묵직한 음향이었다.

지하 삼층의 석실은 규모가 이층에 비해 거의 세 배 정도의 넓이였다. 지하로 내려갈수록 점점 넓어지는 구조인 셈이었다.

특이한 점이라면 지하 일, 이층과 달리 삼층은 원통형을 띠고 있다는 점이었다.

가야 할 방향은 계단 아래 현재 서 있는 곳에서 맞은편 끝까지의 벽. 대략적으로 봐도 거의 이십여 장 정도는 족히 될 듯했다.

끼이이익!

기괴한 소음을 동반하며 사방의 벽돌이 소용돌이치듯 출렁였다.

제이관문에서 벽돌이 올록볼록 튀어나왔다 들어갔다 불규칙적으로 움직였다면, 삼관문은 그야말로 출렁거리며 벽과 천장 전체가 회전하고 있었다.

끽끽끽끼 끼이이이이이!

처음에는 천천히 돌던 벽이 숨을 몇 차례 내쉬지도 않았건만 엄청난 속도로 회전하기 시작했다.

영호선을 비롯한 오조원들이 바짝 긴장했다.

한순간!

촤라라라락!

천장이었다. 오조원들의 신형이 빠르게 흩어졌다.

타타타탁!

방금 전까지 오조원들이 서 있던 자리에 삼십여 개의 비수가 꽂혔다.

천장에서 암기 발출이 시작되었다.

쉭쉭쉭!

사방 벽에서 암기가 쏟아졌다. 어느 곳에서 암기가 발출되는지를 한가롭게 추측할 여유 따윈 없었다. 마치 유은령이 어디에서 습격을 가해오는지 굳이 알 필요가 없는 것처럼 중요한 것은 얼마나 빠르게 피하느냐였다.

파공성이 유독 크게 울리며 발출된 암기는 금나수로 잡아챈 후에 곧바로 몸을 굴렸다. 파공성이 이는 암기의 뒤를 이어 기척도 없는 암기가 몸을 아슬아슬하게 비껴갔다.

이것은 유은령이 자주 쓰는 수법 중 하나였다.

고의로 크게 소리가 나는 암기를 발출한 후, 그것을 낚아채면 그 뒤로 무성(無聲)의 암기가 날아든다. 방심하게 한 후 실제로 치명적인 공격으로 끝을 내는 수법이었다.

그래서 오조원들은 몇 번 당한 이후에는 무조건 파공성이 큰 암기를 붙잡은 이후에는 바로 신형을 굴려 뒤따르는 암기를 피하는 것이 몸에 밴 상태였다.

유은령을 지긋지긋하게 욕했지만 지금 이 상황에 닥쳐 보니 고맙다는 생각이 들 지경이었다.

약 삼십여 종의 암기를 피한 후, 오조는 중앙에 서 있는 자신들의 모습을 발견할 수 있었다. 즉, 목적지까지 절반밖에 남지 않았다는 뜻이었다.

그럼에도 영호선과 오조원들의 얼굴은 밝지 않았다.

영호선이 말했다.

"흥, 우리를 가운데로 모아둔 것이군. 이제 본격적으로 시작이라는 건가!"

오조원들 모두 그 사실을 인지하고 있었다.

결코 중앙에 모인 것은 자의에 의한 것이 아니었다. 닥치는 대로 신형을 움직여 암기를 회피하다 보니 저절로 중앙에 모였고, 이는 제삼관문의 석실이 원하는 것처럼 보였다.

그때였다.

끼이익!

거칠게 회전하던 벽돌들이 서서히 멈추면서 다시 기괴한 음향을 발했다.

'무엇을 보여주려는 것이냐! 올 테면 와라.'

오조원들의 눈은 무엇이든 맞서주겠다는 각오로 번쩍였다.

창! 창! 창! 창!

한순간 기막힌 광경이 펼쳐졌다.

지금 오조원들이 모여 있는 중앙을 제외하고 그 외 모든 바닥에서 일제히 촘촘한 간격으로 쇠꼬챙이가 솟구친 것이다.

영호선은 물론이고 오조원들 모두 식은땀을 흘렸다. 중앙에 서 있지 않았다면 쇠꼬챙이에 꼬치처럼 꿰어져 버렸을 것이다.

"이거 지독하군."

"정말 인정사정없네."

"제길, 중앙으로 몬 이유가 있었군."

"그나마 중앙 쪽에 서 있으니 다행인 거지."

여기저기서 탄식이 터져 나왔다.

그때 영호선이 조용히 뇌까렸다.

"중앙으로 몰리게 한 것을 호의라고 생각하는 거냐! 저 쇠꼬챙이들은 중앙 외에 피할 곳이 없다는 것을 말해주는 것이라면 곤란함은 이제부터 시작이야."

듣고 보니 그럴듯했다. 원해서 중앙 쪽에 서 있게 된 것이아니다. 쏟아지는 암기를 피하다 보니 어느새 중앙에 선 것뿐이지 않는가.

모두가 긴장으로 벽을 주시하고 있을 때였다.

스륵. 스르르륵!

쿠궁!

벽돌들이 배열이 빠르게 변하기 시작했다.

이윽고 중앙과 하단부, 상단부가 각기 방향에 따라 다르게 꽤나 큰 틈이 벌어졌다.

끼이익!

척!

무언가 장착되는 소리가 났다.

영호선을 비롯한 오조원들이 눈 한 번 깜박이지 않고 온몸의 신경을 극도로 예민하게 끌어올렸다.

그때였다.

슈욱!

슉 슉 슉!

"창이다!"

누구의 목소리인지 판단할 겨를도 없이 오조원들이 가공할 속도로 짓쳐드는 창을 피해 신형을 날렸다.

창은 거의 삼십여 자루가 넘게 원통 벽의 변화로 만들어진 틈새로부터 쏟아져 나와 중앙에 서 있는 오조원들을 모조리 꿰어버릴 듯 날아들었다.

전후좌우로 피하면 쉬울 텐데, 이미 사방은 중앙을 제외하고 모조리 쇠꼬챙이가 솟아난 상태였다.

오조원들은 즉시 누구는 엎드리고, 또 누구는 몸을 띄워서 간신히 창을 피해냈다.

슈욱!

한쪽 벽에서 발출된 창은 맞은편 벽의 틈새로 자취를 감춰버렸다.

"헉헉, 도대체 창이 왜 이렇게 빨라?!"

초이량이 아직도 놀란 가슴이 진정이 되지 않은지 거칠게 숨을 헐떡였다.

사실 초이량은 날아드는 창을 잡으려고 손을 뻗었다가 붙들려는 순간 이미 손아귀를 빠져나가 허공을 움켜쥔 터라 충격이 이만저만이 아니었다.

만약 옆으로 스치는 창이 아니라, 가슴을 정면으로 향하는 창을 잡으려고 했다면 손에 잡았다 싶은 순간 창이 가슴을 관통하고 말았으리라 생각하니 머리가 아찔했다.

끼이이익!

척!

"또 날아오는 건가!"

"장착된 소리가 확실해."

"제길, 적당히 좀 하라고."

불평이 터져 나오는 것을 듣기라도 한 것일까.

슈육 슉슉슉슉!

가공할 속도로 다시 창이 날아들었다.

"헉, 왜 방향이 또 달라진 거야?"

오조원들의 신형이 한꺼번에 어지러워졌다.

오조원들은 창이 빨려 들어갔던 틈새 쪽을 주시하고 있던 터였다. 창이 고스란히 흡수된 쪽에서 창이 튀어나올 것이라고 생각했건만 전혀 엉뚱한 방향에서 날아든 것이다.

가까스로 피한 뒤에도 떨리는 가슴이 진정되지 않았다. 오조원들의 눈에 두려움이 떠올랐다.

그러자 즉시 영호선이 벼락치듯 외쳤다.

"정신 똑바로 차려라!"

오조원들이 그 말에 숨을 크게 들이쉬었다.

영호선의 호통이 이어졌다.

"멍청한 놈들아, 어설프게 예측하다가는 다 죽는다. 여기는 정파 놈들을 쓸어버리기 위해 안배된 곳이란 것을 명심해라. 그러니 아예 무작위로 날아든다고 생각해야 하는 거다. 정파의 잡놈들처럼 모두 죽고 싶은 것은 아니겠지!"

영호선이 내지르는 소리에 모두 힘을 냈다.

특히 영호선이 정파의 잡놈들이란 말을 꺼내자 오조원들은 자신들이 지금 미친놈하고 함께하고 있다는 사실을 다시금 인식했다. 자칫 정신 줄을 놓으면 관문의 기관이 아닌 영호선에게 맞아 죽을지도 모를 일인 것이다.

그 뒤로도 창은 전혀 뜻밖의 곳에서 발출되었다.

하지만 어느 한 지점에서 발출될 것이라는 생각을 버리고 모든 공격 경로를 차라리 인정하자 그때부터는 도리어 창을 피하기가 수월해졌다.

순전히 감각만을 의지한 것! 예측하지 않는 스스로를 믿는 그 감각이 모두를 더 강하게 만들었다.

창의 특징상 파공성이 따르는 만큼 눈이 아닌 귀와 순수한 감각을 의지하는 것이 효과적이 된 것이었다.

그렇게 약 일각여 동안 뻗어오던 창이 멈췄다.

그리고 다시 원통형의 벽이 변화를 나타냈다.

"제길, 이번엔 뭘 보여주려는 것이냐."

"정파 놈들도 어지간히 성질났겠다. 무슨 시험 보는 것도 아니고 하나씩 나타나니 말이야."

"이것에 백 배 정도 되는 위력이었다잖아."

"여기서 엄청 죽어나갔겠구만."

"생각만 해도 끔찍하다."

원통형의 벽이 변화를 보였지만 오조원들은 중앙에서 한 걸음도 벗어날 수 없었다.

오조원 스무 명을 중앙에 둔 채로 주변 전체가 쇠꼬챙이가 튀어 올라온 상태로 여전히 뾰족한 날을 드러내고 있었기 때문이다.

만약 중앙에 밀집된 이 상태에서 갑작스럽게 바닥에서 쇠꼬챙이가 튀어나온다면 어떨까 생각하니 오조원들은 등골이 오싹해졌다.

창창창!

중앙을 제외한 사방의 쇠꼬챙이들이 일제히 높이가 더 높아졌다. 이젠 거의 천장에 닿을 지경까지 올라간 것이다.

"뭐야? 왜 높아져?"

"아예 여기에 가둬두겠다는 뜻인가?"

"창 다음엔 뭐가 기다리는 것이냐!"

영호선도 기관 장치가 적이라도 되는 듯 외쳤다.

"이봐, 꾸물거리지 말고 뭐든 쏴봐라!"

그 말에 호응하듯 천장과 바닥이 진동했다.

구구구궁!

"아, 이거 좋지 않은데."

초이량의 말에 영호선이 버럭 소리를 질렀다.

"이제껏 좋은 거 있었냐!"

하지만 영호선도 심상치 않다는 것을 느끼고 있었다.

그때였다.

파파파팟

오조원들이 발을 딛고 선 지점에서 쇠꼬챙이가 느닷없이 솟구쳤다.

"으악!"

"뭐야!"

"제길!"

오조원들은 분분히 소리를 내지르면서 순간적으로 몸을 띄웠다.

잔뜩 긴장해 누구 할 것 없이 온몸의 감각을 끌어올린 터였기에 오조원들은 즉시 허공으로 솟구쳤다. 바닥의 진동이 있었기에 혹시나 발 아래에서 뭔가 튀어나올지 모른다는 생각을 하고 있었던 것도 회피하는데 도움이 된 부분이기도 했다.

그렇지 않았다면 지금쯤 모두들 쇠꼬챙이에 꿰어 볼썽사

납게 신음 소리를 내지르고 있었을 것이다.

신형을 떠올린 오조원들은 자신들이 낼 수 있는 최대한의 신법을 발휘해 거의 허리 높이까지 솟아오른 쇠꼬챙이의 끝을 딛고 섰다.

이건 뭐 무당도 아니고, 작두를 타는 기분이었다. 아니, 작두는 그래도 날 전체를 딛는 것이니 비할 바가 아니었다. 지금은 송곳처럼 뾰족한 끝을 딛고 있는 것이니까.

조금이라도 균형이 어긋나면 발바닥이 뚫리며 발목과 허벅지까지 꿰어져 버릴 것이었기에 오조원들은 누구 할 것 없이 신경을 곤두세웠다.

구구구궁!

"이건 또 무슨 소리야?"

"제기랄, 정말 이러다 죽는 거 아니야"

"재수없는 소리 작작해라."

"정말 여기서 죽으면 개죽음이야. 난 절대 죽을 수 없어."

불안을 해소하려는 듯 오조원들은 여기저기서 지껄여댔다.

영호선이 그 심중을 헤아리고 차분히 말했다.

"신형을 유지해. 천장이 내려앉지만 않으면 별문제없을 거다."

오조원들이 내심 고개를 끄덕였다.

'그렇지. 천장이 내려앉지 않는 것도 어디냐. 도리어 감사

해야지.'

그때였다.

창창창!

엎친 데 덮친 격이 이런 것일까.

천장에서도 바닥과 마찬가지로 쇠꼬챙이가 튀어나왔다. 그뿐만이 아니었다.

구구궁!

영호선이 말한 것처럼 천장이 내려앉고 있었다. 그리고 무엇보다 그냥 내려앉은 것도 아닌, 송곳같이 끝이 뾰족한 쇠꼬챙이가 달린 채였다.

"헉!"

"뭐야!"

"우리 말을 알아듣는 건가?"

"야, 영호선! 너 앞으로 입 닥쳐!"

"영호선 이건 순전히 너 때문이야."

조원들이 한꺼번에 영호선을 몰아세웠다.

오조원들은 지금 간신히 바늘 같은 쇠꼬챙이의 꼭지점에 두 발을 딛고 선 채였다. 그리고 천장이 내려앉자, 천장에서 삐져나온 쇠꼬챙이가 머리에 닿고 있었다. 모두는 서서히 내려오는 쇠꼬챙이를 붙들었다.

만약 바닥이 그저 평평한 상태였다면 있는 힘껏 손으로 버텨 천장이 더 이상 내려오지 않도록 힘이라도 써볼 텐데, 두 발이 딛고 있는 곳이 바닥에서 튀어나온 쇠꼬챙이의 뾰족한 끝부분이었기 때문에 힘을 줄 수가 없었다.

"이거 너무 심하잖아."

"이러다 정말 죽겠어."

"누가 어떻게 좀 해봐. 계속 내려오잖아."

상황은 심각하기 이를 데 없었다. 그 와중에도 천장은 꾸준히 낮아져 모두의 몸은 이제 아래쪽에서 튀어나온 쇠꼬챙이 위에 쭈그리고 앉은 상태에까지 이르렀다.

그때 영호선이 쏘아붙였다.

"이 멍청한 놈들아! 잠마원이 기재를 양성하는 곳이지 기재를 죽이는 곳이겠냐! 정신 똑바로 차리면 살아날 구멍은 반드시 있을 테니 섣불리 포기하지 마. 천장도 어느 정도에선 멈출 테니까."

조원들은 영호선이 그런 말할 자격이 있는가를 떠올렸다. 그 기재들을 못 죽여서 안달한 사람이 할 말이 아니었다. 하지만 그것과는 별개로 그 말 자체는 수긍이 갔다.

비록 이 지하 관문이 과거에는 정파 고수들을 쓸어버리는 용도로 쓰였다곤 해도 지금은 단지 수련의 성격을 띠고 있는 것은 분명하지 않은가. 즉시 오조원들은 두려움을 몰아내고 마음을 가다듬었다.

아니나 다를까.

구구궁, 쿵!

한없이 하강할 것 같던 천장이 거짓말처럼 멈췄다.

이때의 상황은 그야말로 아슬아슬한 상태였다. 쭈그린 채로 발은 바늘 끝을 밟고 있었으며 어느새 천장의 쇠꼬챙이는 귀밑부분까지 내려와 있었다. 오조원들의 머리는 바로 천장에서부터 뻗어 나온 쇠꼬챙이 사이사이 벌어진 틈새로 머리를 디밀고 있는 형국이었다.

영호선이 호기롭게 웃어 젖혔다.

"하하하, 그럼 그렇지. 지하 관문에서 굳이 우리를 죽일 이유가 없잖아. 죽이려고 했다면 지금 이 순간 암기가 날아들어야 정상이지. 하하하하하!"

"하하, 역시 그렇겠지? 하하!"

"아마도 천장이 내려앉을 때, 당황하는 지를 보려고 했던 것이었나 봐."

모두는 그제야 조금 여유를 찾았다. 이젠 다시 천장이 밀려 올라가기만을 기다리면 된다.

"응?"

"근데 왜 이거 그대로지?"

"좀 더 기다려 보자."

"고장 난 건 아니겠지?"

"에엑, 설마!"

좀처럼 천장이 올라갈 기미가 보이지 않는다.

그때였다.

“헉, 저건 또 뭔 조화냐!”

천장은 멈췄는데 새로운 문제가 발생했다.

지금 지하 삼층 내부는 천장이 내려앉은 상태에서 원통형의 벽도 그 좁아진 공간만큼 줄어든 상태였다. 그런데 그 좁은 벽이 다시 변화하고 있었다.

그리고 어느 순간 벽이 멈추고 벽 사이사이로 틈이 만들어졌다. 이 현상은 오직 한가지였다.

끼이이익!

척!

아까 전 창이 쏟아질 때와 똑같았다.

장착되었다.

만약 지금 저 틈새로 창이 뻗어온다면?

끝장이었다.

“마, 말도 안 돼!”

영호선이 암기 어쩌고저쩌고 했던 말이 오조원들의 머리 위로 떠올랐다.

“영호선, 이 새끼야, 입 닥치고 있으라고 했지!”

“이 자식아, 네 말을 듣고 있는 것 같잖아.”

이쯤되자 영호선도 얼이 나간 표정으로 멍하니 벽의 틈새를 바라보았다.

지금은 쭈그리고 앉은 상태를 유지하는 것도 벅찼다. 다리에 조금만 힘을 줘도 뾰족한 쇠꼬챙이가 뚫고 올라올 것이다.

우웅!

오조원들은 누구 할 것 없이 안색이 하얗게 질려 버렸다.

'죽는다.'

'이렇게 죽는 건가?'

'진짜 죽이려는 거였어.'

'이건 너무하잖아.'

정말이지 여기에 갇혔을 정파 고수들의 심경이 고스란히 이해되는 순간이었다. 그들은 수준이 높은 만큼 지금 처한 상황보다 더한 극한의 환경에 놓였을 것이다. 그 백분의 일에 해당하는 수준도 감당하지 못해 죽게 된다는 것이 어째 초라하게 느껴진다. 그야말로 개죽음이다. 창이 몸을 꿰뚫고 지나가는 환상이 보일 지경이었다.

영호선의 이마에서도 식은땀이 주르르 흘러나왔다.

'방법이 없다. 제길, 도대체 어떻게 하라는 것이냐!'

회피 공간이 절대적으로 부족했다. 바닥은 촘촘하게 꼬챙이가 솟은 상태이고, 천장에도 꼬챙이가 박혀 있다. 고작 머리만 들이밀고 있는 것이 전부였다.

그때 영호선의 눈이 천장을 확인하고 부릅떠졌다.

'헉, 그거였나?'

천장의 쇠꼬챙이의 배열은 바닥에서 올라온 쇠꼬챙이와 달리 그리 촘촘하지 않았다. 온 정신을 집중하여 살길을 찾은 탓에 쇠꼬챙이의 간격이 넓고, 일부 공간이 벌어져 있는 것을 확인할 수 있었다.

잠마원에 들어온 이후, 필수적으로 익혀야 했던 것 중 하나가 '역천축골'이었다. 수련생들 전부가 뭐 이따위 것을 익혀야 하냐며 불평을 터뜨렸던 역천축골의 용도를 이제야 알아차린 것이다.

영호선은 즉시 비명을 토하듯 외쳤다.

"지금 즉시 축골공으로 천장 사이로 들어가!"

지옥의 문턱에서 한줄기 빛이 새어 들어온다면 이런 기분일까?

슈슈슈슈슉!

급기야 창이 발출되었다. 그리고 오직 살아야겠다는 일념에 사로잡힌 오조원들이 축골공으로 몸을 축소시킨 후 천장 사이의 작은 간격 사이로 몸을 밀어 넣었다.

스스스스스!

끼이이익, 척!

"으악!"

"제길, 찔렸어."

창이 모조리 반대편 벽으로 빨려 들어갔다. 그리고 또 장전을 시도하는지 기관이 움직이는 소리가 들렸다.

다행히 오조원들 전원이 재빨리 축골공을 시전하여 천장 사이의 작은 공간에 몸을 말아 넣어 다행히 창에 꿰뚫리는 것은 면했다. 하지만 축골공의 시전이 완벽하지 못했던 몇몇이 급하게 천장 안으로 몸을 밀어 넣다가 꼬챙이에 스쳐 상처를 입었다.

원래 축골공은 이렇게 빠르게 시전하는 것이 쉽지 않았다. 핵심인 뼈를 구부려 작게 만드는 것인만큼 보통 때라면 무리해서 지금처럼 시전하지도 않았을 것이다.

하지만 만약 조금이라도 늦었다면 진정 죽음으로 내몰릴 수밖에 없었을 것이기에 거의 기적처럼 오조원들이 해낸 것이었다.

슈슈슈슈슉!

그사이 다시금 창이 바닥과 천장의 쇠꼬챙이 사이의 공간을 휩쓸고 지나갔다.

만약 아까 쭈그리고 앉은 상태로 있었다면 어떻게 되었을까를 생각하니 절로 가슴이 서늘해졌다. 상처를 입은 조원들도 고통을 잊을 정도로 살벌한 광경이었다. 어떤 감정도 없이 창이 획획 지나가고 있다는 것은 그 자체로 묘한 서늘함을 불러일으켰다.

왜 죽이는 것이냐고 따져 물을 수도 없이 그저 꿰뚫린 채로 몸을 맡기고 마지막 신음만 뱉어내야 했을 것이다.

그렇게 일곱 차례에 걸쳐 각기 다른 방향에서 불규칙적으로 날아들던 창이 멈추자, 그제야 천장이 다시 위로 올라가기 시작했다.

오조원 모두는 여전히 천장 사이에 몸을 맡긴 채 같이 따라

올라갔다.

아직 바닥의 쇠꼬챙이는 그대로였기에 곧장 몸을 뺄 수가 없었던 것이다.

축골공을 풀면서 아래로 떨어져 내리다 여전히 솟아 있는 바닥의 쇠꼬챙이에 꿰일 가능성이 있었다.

"어? 안 좋은데?"

"왜 천장부터 들어가는데?"

"으악!"

축골공으로 몸을 축소시킨 오조원들의 입에서 일제히 비명이 터져 나왔다. 천장에서 돌출된 쇠꼬챙이가 쑤욱 들어가 버리는 바람에 끼어 있던 몸이 일시간 허공에 붕 떠 있는 상태가 되었기 때문이다.

그런데 문제는 아직도 바닥에서 솟은 쇠꼬챙이가 여전히 들어가지 않았다는 점이었다.

축골공을 시전하고 있는 지금 신법을 펼치긴 힘들었다. 뼈를 축소시키는 축골공이니 정상으로 돌아오지 않고서는 쇠꼬챙이에 발을 딛고 올라선다는 것은 불가능한 일이었다.

결국 오조원 모두의 몸이 속절없이 떨어졌다. 축골공을 풀기에는 시간이 부족했다.

"으악, 억울해!"

"사람 살려!"

"크아아악!"

그때였다.

창창창창!

발 아래 뾰족한 쇠꼬챙이가 보이고 이제 더 이상 희망은 없다는 생각이 든 바로 그 순간, 경쾌한 음향과 함께 쇠꼬챙이가 바닥으로 쑤욱 들어갔다.

쿵쿵쿵!

그 찰나의 간격 속에서 오조원 모두가 바닥에 모조리 떨어져 내렸다.

바닥에 떨어질 때의 통증도 결코 가벼운 것은 아니었지만 그들 중 누구도 아픔을 느끼는 사람은 없었다. 서둘러 역천축골을 풀고 이마를 타고 흘러내리는 식은땀을 훔치기에 정신이 없었다.

"정말이지 장난이 이만저만 심한 게 아니네."

"축골공을 풀고 떨어져 내리는 것까지 계산했다는 거잖아."

"재수없어."

"휴, 그래도 이걸 만든 사람이 우리 편이라는 것이 얼마나 다행이냐!"

"하긴… 정파 놈들 열 좀 받았겠어."

"길길이 날뛰고 난리도 아니었겠지. 지금 우리보다 더 심했다면 도대체 어떤 상황이었을지 상상도 안 가는걸."

여유를 찾은 오조원들은 서로 농담을 건넸다.

제삼관문 중앙에서 죽음의 고비를 넘겼다. 어쩌면 가장 위험한 상황이었을지도 모른다.

오조원들은 천천히 걸음을 옮겼다.

쉭쉭!

암기가 쏟아졌지만 처음 들어올 때 정도의 위력이 전부였
다. 유은령에게 시달렸던 오조원들에겐 그다지 어려울 것이
없었다.

이윽고 오조원들은 맞은편에 무사히 도착했다.

그곳에 스무 명이 한자리에 모였을 때, 영호선이 사악한 미
소를 띠며 벽에 불쑥 튀어나온 벽돌을 지그시 노려봤다.

척 봐도 이 벽돌이 지하 사층의 문을 여는 장치가 틀림없었
다. 드디어 비급을 보게 되는 것이다.

영호선이 손을 들어 벽돌을 밀었다.

오조원들도 묘한 흥분에 몸을 떨었다.

'드디어'라는 단어가 모두의 머리에 떠올랐다.

찌이잉!

벽돌이 안으로 밀려들어갔다.

"응?"

"뭐야?"

"왜 안 열려?"

당연히 보여야 할 계단이 보이지 않았다.

대신 다른 변화가 찾아왔다.

그그긍!

오조원이 선 바닥이 살짝 내려앉았다.

발목 부근까지, 서 있는 지점의 바닥이 통째로 가라앉았다.

그리고,

쏴아아아아!

마치 마른 하늘에 소낙비가 쏟아지는 것처럼 눈앞에서 암기 다발이 일제히 쏟아졌다.

미처 누구도 경고를 발할 여유 따윈 없었다. 몸을 날릴 수도 없었다. 그만큼 암기의 다발은 갑작스러웠다. 그 신속함이 어찌나 가공할 지경인지 뭔가 발출된다 싶은 순간, 그것으로 끝이었다.

영호선을 비롯한 오조원 모두는 고개를 숙여 몸을 내려다봤다. 몸엔 각자 한 사람당 거의 천여 개에 육박하는 각종 암기들이 박혀 있었다. 얼굴이며, 머리며, 온몸 구석구석 꽂히지 않은 곳이 없을 정도였다.

만천화우!

한 번도 겪어보지 않았지만 이것이 만천화우가 아니면 무엇을 보고 만천화우라고 부를 것인가.

온 하늘을 뒤덮는 비처럼 쏟아지는 암기!

누구라도 만신창이를 만들어 버리는 만천화우의 위력이 사람의 손이 아닌 기관 장치로 구현되어 있었던 것이다.

제삼관문의 마지막 공격이자, 정파 고수들이 제삼관문을 마지막으로 돌파하려는 순간, 일제히 쏟아져 끝을 내버렸던 무시무시한 암계가 오조원들에게 고스란히 적용된 것이다.

몸 전면에 빼곡히 암기를 박은 채 오조원이 하나둘 뒤로 넘어갔다.

쿵, 쿵, 쿵!

모두들 넘어갔다.

하지만 한 사람, 오직 영호선만은 홀로 서 있었다.

신형을 비틀하긴 했지만 영호선은 이내 균형을 잡고 길게 한숨을 내쉬었다.

"휴우, 죽는 줄 알았네."

그 말과 함께 영호선은 얼굴과 온몸에 꽂힌 암기들을 하나씩 제거했다. 따끔거리긴 해도 몸에 제대로 박힌 암기는 하나도 없었다.

암기를 제거하며 영호선이 호통을 내질렀다.

"다들 언제까지 자빠져 있을 생각이냐?"

그 말에 답한 것은 초이량이었다.

"난 조금 더 이대로 놔주라. 너무 놀라서 좀 누워 있어야 할 것 같아."

이어 조원들이 한마디씩 거들었다.

"정말 놀래키는 재주 하나는 알아줘야겠어."

"우리니까 놀래키는 수준에서 끝냈겠지. 여기서 거의 떼죽음당했겠는걸."

"하긴 이 정도 거리면 호신진기로는 어림도 없고, 호신강기를 펼친 상태에서도 꽤나 치명적이었겠지.”

“어쨌든 다행이다. 제 기능을 발휘하게 두었다면 목숨이 백 개라도 살아날 수 없었을 거야.”

“암기로 죽기 전에 심장이 멎어 죽는 줄 알았다니까.”

조원들은 누운 채로 암기를 빼내기 시작했다.

제삼관문의 마지막은 만천화우가 분명했지만 그 쏟아지는 폭우 같은 가공할 만천화우의 형태만을 남겨두었을 뿐이어서 오조원들의 몸을 뚫은 암기는 하나도 없었다.

물론 그전에 호신진기를 최대치로 운용했던 덕분이었지만 만약 기관 장치의 기능이 제대로 발현되었다면 호신강기도 아닌 호신진기 따위로는 어림도 없었을 터였다.

암기를 모두 제거한 영호선이 아까와는 다른 붉은 횃불이 그려진 벽돌이 새로 나타난 것을 보고 지그시 눌렀다.

아직 긴장을 늦출 순 없었다. 만천화우가 끝이라고 누구도 장담할 수 없었다.

그그그그긍!

계단이 나타났다.

영호선은 물론이고, 오조원들의 눈에 희열이 떠올랐다.

第二章
환호성
第二章

潛魔劍仙
잠마검선

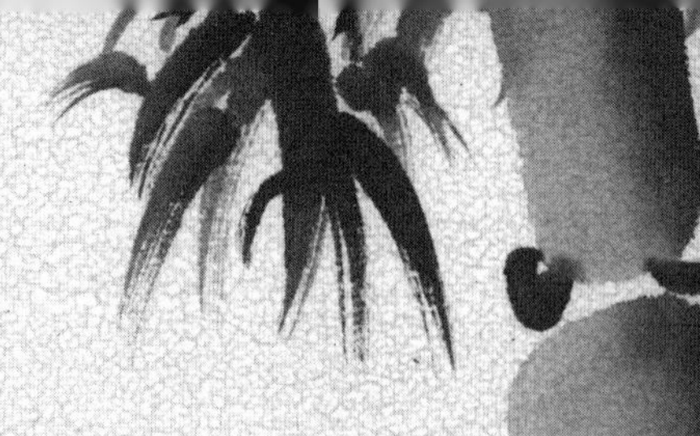

드디어 절세의 비급들이 산재해 있는 지하 사층에 도달했
다. 그것도 잠마원 수련생 중 모든 조를 제치고 오조가 영광
스럽게도 그 첫 번째가 되었다.

영호선이 앞장서 계단을 내려갔다.

그 뒤를 오조원들이 형형히 눈빛을 빛내며 따랐다.

지하 사층의 정경이 한눈에 들어온다.

인공적인 석실의 형태는 어디에도 보이지 않았다. 그저 자
연 그대로의 모습, 지하의 험악함이 살아 숨 쉬고 있었다.

넓이는 대충 백여 평 정도 되는 땅이었지만 정사각형의 형
태가 아니라 직사각형의 형태를 띠고 있었다.

“와아아아······.”

오조원들 모두 일제히 함성을 지르며 뛰쳐나갔다.

바로 이곳이다. 여기에서 마도의 고수들이 정파의 살아남는 고수들을 때려잡았으리라. 어쩐지 당시의 비장함이 저절로 느껴지는 풍경이 아닐 수 없었다.

“드디어, 우리가 해냈어!”

“하아, 이 냄새! 전대 고수들의 숨결이 느껴져.”

“모두 고생 많았어. 우리가 해내다니······.”

기쁨과 감탄이 연신 터져 나왔다.

그중 몇몇이 절벽 끝을 보며 소리를 질렀다.

“여기 아래쪽에 용암이 흐르고 있어. 굉장한걸?”

“불거품이란 것이 바로 저런 것이구나. 보기만 해도 으스스한데. 정말 전대의 선배들은 죽음을 각오하고 싸운 것이구나.”

아니나 다를까, 용암 때문인지 뜨거운 열기가 주변 가득 피어올라 어느새 오조원들의 몸에 땀이 배었다.

그러나 그런 감상은 매우 짧았다.

오조원들은 이내 영호선이 눈에 불을 켜고 주변을 뒤지고 있는 것을 보고 재빨리 비급이 새겨진 곳을 찾기 시작했다.

죽을 고생을 한 목적은 오로지 비급을 얻기 위함이 아니던가.

후끈 욕망이 달아오르며 오조원들 모두는 정신없이 몸을

날려 비급을 탐색했다.

　얼마나 지났을까!

"뭐야? 어떻게 된 거야?"

영호선이 짜증을 벌컥 냈다.

"도대체 어디에 비급이 있다는 거냐! 찾은 사람 있냐?"

그러나 반가운 소리보다 안타깝게도 짜증이 뒤를 이었다.

"없어, 어디에도 없어. 이게 어떻게 된 거지!"

"잘 찾아보자. 비급인데 아무데나 마구 남겨두었을 리 없잖아."

"지금 잘 안 찾아본 사람이 어딨냐!"

"뭐가 소일거리를 찾아 비급을 남겨두었다는 거야?"

"제길, 속았어. 우리 모두 속은 거라고."

"뭐야, 그렇게 뻔뻔한 얼굴로 사람을 속이다니."

영호선은 물론이고 오조원들은 얼굴이 붉으락푸르락해져서 씩씩댔다.

그때였다.

"여기 바위에 뭔가 적혀 있다."

옥헌무의 목소리였다.

영호선과 조원들이 벼락같이 달려들었다.

"뭐야, 뭐라고 적혀 있어?"

바위는 세월의 흔적을 고스란히 품고 있어서 그 위 글자는 흐릿하게 남겨져 있을 뿐이었다.

모두는 안력을 극대화해서 바위에 새겨진 글자를 읽어가기 시작했다.

내용은 다음과 같았다.

마정대전의 끝없는 격전의 회오리 속에 결국 이곳까지 오게 될 줄은 꿈에도 몰랐노라.

하지만 마도의 자존심을 어찌 쉽게 포기하리요. 마군자가 남긴 비밀 기관이 우리에게 있었다는 것은 하늘이 정녕 우리를 버리지 않았음이다.

정파놈들은 정신없이 밀고 내려오다 큰 희생을 치른 뒤에 생각했겠지. 마도의 저력이 얼마나 대단한지를 말이다. 대략 백여 일이 지난 것 같구나. 이제 더 이상 내려오는 놈도 보이지 않는다. 모두 포기하고 돌아간 것일까? 아니다. 어떤 놈들인데 그리 쉽게 물러서겠는가.

마도의 인물이 내려와 바깥 상황을 알려주기 전에는 결코 섣불리 움직여서는 안 된다.

아! 하루하루가 지루하기 짝이 없다.

어린놈이라도 있다면 무공을 가르쳐 주며 시간을 보낼 텐데, 모두 늙다리들뿐이니 이제 서로 얼굴 쳐다보기도 짜증이 나는구나.

휘이잉!

　영호선과 조원들은 너무 허탈해서 화를 내야 한다는 것도 그만 잊어버렸다.

　이런 넋두리를 읽으려고 생고생을 하며 관문을 통과한 것이 아니다.

　그 뒤, 오조원들은 몇몇 글귀를 더 찾아냈다.

　그러나 그것들도 모조리 비급하고는 거리가 멀었다.

　그래도 혹시나 하는 마음에 빠르게 읽어가던 오조 모두는 다시 한 번 휘몰아치는 찬바람을 느껴야 했다.

　아, 벽곡단 먹기도 이제 지긋지긋하구나. 정파 놈들 갔을까? 안 갔을까? 오뇌신군 이 자식은 나가 확인해 보라고 해도 들은 척 만 척이고, 도대체 언제까지 여기 죽치고 있어야 하는 거냐!

　너무 심심해서 내 독문무공의 심법을 돌에 새겨봤다. 천천히 써내려가니 다시금 새롭게 인식되는 부분도 있고, 후인을 위해 뭔가를 한다는 생각에 기쁘기까지 했다. 하지만 마검자가 뭐 하는 짓이냐며 하도 지우라고 닦달을 하는 바람에 그냥 모두 지워 버렸다. 녀석, 까탈스럽기는…….

　휘이잉!

　그나마 한줄기 희망마저도 여지없이 뭉개 버리는 글귀가

아닐 수 없었다.

비틀!

영호선이 몸을 휘청였다.

이럴 순 없다. 마도제일의 고수가 되어야 한다는 숙명이 이렇게 허무하게 무너질 수 있단 말인가! 영호선은 가슴을 부여잡고 고함을 내질렀다.

"아아아아악!"

이렇게라도 소리를 지르지 않으면 미쳐 버릴 것 같은 것은 오조원들도 마찬가지였다.

그동안 영호선과 유은령에게 죽을 고생을 하며 오로지 마음속 한 가지 소망은 마공 비급뿐이었다.

어떠한 고수든 지극히 극한 상황에 처하면 깨달음은 더욱 깊어지는 법. 지하 사층에 내려선 순간 그 모든 것을 얻을 수 있을 것이라고 생각했었다. 그렇게만 되면 부단히 연마하여 그동안 당한 수모도 갚아줄 생각이었건만 한순간에 그 모든 꿈이 물거품이 되고 만 것이다.

"아아아아악!"

모두들 한목소리로 울부짖었다.

먼저 울부짖었던 영호선이 조원들의 부르짖음에 머리가 확 돌아버렸다. 두 눈에는 혈광이 분분히 뻗었다.

"이 새끼들아, 왜 이렇게 시끄러워!"

마성이 폭발한 영호선을 막을 수 있는 조원은 아무도 없었다.

"이 쓸모없는 새끼들아, 다 죽어라, 죽어!"

채 일각이 되기도 전에 오조원들은 완전히 뻗어버렸다.

영호선은 제대로 서 있는 놈이 보이지 않자, 그래도 화가 풀리지 않은지 땅바닥에 장력을 날려댔다.

펑펑!

"교두 이 자식들 모조리 죽어 버리겠다. 감히 이 영호선님에게 사기를 쳐! 그러니까 결국 여기까지 온 것이 수련이었단 풀 뜯어먹는 소리를 하고 싶었던 거냐! 으아아아악!"

영호선은 고함을 지르고, 땅을 치고, 발에 걸리는 오조원들의 몸을 걷어차면서 미쳐 날뛰었다.

오조원들은 서러움에 겨워 '웁, 웁' 하는 소리를 내며 처맞을 따름이었다.

그렇게 한참이나 분풀이를 하던 영호선이 제풀에 지쳤는지 그저 씩씩대기만 했다. 그러다 또 미련이 남는지 사방을 홀로 정신없이 뒤지기 시작했다.

그러나 결과는 마찬가지였다. 도리어 하찮은 낙서들만 몇 개 더 발견했을 따름이었다.

어처구니가 없어 이젠 화도 안 날 지경이 된 영호선이 터벅터벅 걸어 용암이 내려다보이는 절벽 끝에 걸터앉았다.

"제길, 죽을 각오를 하고 여기까지 왔는데 정말 쓸데없는 짓이었군. 이 마도의 늙은이들아, 왜 그리도 인간들이 쪼잔한 거냐! 에이 퉤~”

침을 뱉자 까마득하게 용암을 향해 떨어져갔다.

“올라가서 보자. 확 다 뒤집어 버릴 테니까.”

아무리 관문을 돌파하는 것만으로 소기의 목적을 달성한
다곤 해도 비급에 대해 사기를 친 것은 용서할 수가 없었다.

얻어터져 나뒹굴던 오조원들이 하나둘 몸을 일으켜 영호
선의 뒤에 섰다.

그들의 표정에도 처연한 기색이 역력했다.

“정말 맥 빠진다.”

“삼관문에서 죽었다면 그야말로 개죽음이었단 소리잖아.”

“크크, 그런 셈이네.”

영호선은 등을 보인 채 어느새 뒤쪽에 선 조원들의 이야기
를 듣고 있었다.

“이젠 다 필요없다. 이제 여기 나가고 나면 암습이 허용된
시간에 모조리 죽여 버릴 테니까.”

뒤쪽에 선 오조원들의 입에서 깊은 침음성이 새어 나왔다.

만약 유은령까지 영호선 편에 서서 죽이기 시작하면 사인
방을 죽이는 것도 어렵지 않을 것이리라. 그야말로 전멸이 될
수도 있었다.

잠시 침묵이 흘렀다. 그리고 그 침묵의 안쪽에서 한줄기 전
음이 시작되었다.

[죽여.]

평안생이었다. 눈은 어느새 살기가 진득했다.

전음은 그 옆의 옥헌무에게 전해졌다.

[죽여?]

[지금이 기회야.]

[아!]

옥헌무의 눈에도 혈광이 번들거렸다. 옥헌무가 마동휘에게 뜻을 전했다.

마동휘의 입가에 사이한 미소가 걸렸다.

[흐흐, 좋아, 끝내자.]

그렇게 한 사람 한 사람 전음이 전달되었다.

그동안 당한 설움에, 여기까지 내려와서도 처절하게 짓밟힌 것을 생각하니 지금이 아니면 영영 기회가 오지 않을 것 같았다.

그리고 이대로 올라간 뒤, 오조원들이라고 살아남을 수 있으리라는 보장도 없었다.

어느 한순간 모두의 얼굴에 광포한 독기가 가득 들어찼다. 영호선이 이야기했던 악마와 같은 독기! 그것이 모두에게 나타났다.

굳이 비급을 얻은 뒤에 영호선을 죽일 것까지도 없다.

"영호선."

평안생이 가만히 불렀다.

영호선은 시큰둥하게 반응했다.

“왜!”

“이제 그만 쉬어, 따뜻하게.”

영호선은 실없는 놈이라며 한 대 더 패야 할까를 고민했다.

그때였다.

오조원들 전원이 일제히 영호선을 향해 기를 발출했다.

장력이 아닌 미는 힘을 이용했다. 장력을 발출하는 것을 눈치채면 귀신같은 움직임으로 빠져나올 것을 염려해 한꺼번에 떠밀어 버린 것이었다.

영호선의 몸이 그대로 앞으로 밀려났다. 그 지점은 정확히 말해 허공이었다. 밑은 까마득히 용암이 흐르고 있는 텅 빈 공간!

영호선이 허공에서 허우적거렸다.

어떻게든 신형을 돌려 다시 돌아가려 했지만 지나치게 멀리 밀려났다.

영호선의 눈에 믿을 수 없다는 기색이 역력이 떠올랐다.

“이 개자식들, 너희들이 감히 나를…….”

영호선은 그대로 추락하기 시작했다.

개자식들이라고 말할 때는 또렷했지만 너희들이 감히 나를, 이라는 말은 어느새 희미하게 들려왔다.

“으아아아악!”

이어 한줄기 비명 소리가 울려 퍼졌다. 그 소리는 오조원들에겐 세상 그 어떤 것보다 더 황홀하고 행복한 음률이었다.

“잘가라, 영호선.”

“지옥의 불길보다는 덜하지만 비슷하긴 할 게다.”

“흐흐흐흐!”

“나쁘지 않군, 나쁘지 않아. 비급은 얻지 못했지만 오히려 더한 것을 얻은 셈이니까.”

“독상군이 어떤 표정을 지으려나? 궁금해지는걸.”

악에 받친 오조원들의 얼굴엔 생글거리는 미소가 떠올라 좀처럼 지워지지 않았다.

*   *   *

영호선의 사망소식은 하루가 채 지나기도 전에 잠마원을 뒤흔들었다.

환호성이 곳곳에서 터졌다. 진정 모두 한마음으로 기뻐하며, 영호선이 지옥의 불기둥에서 고통스러운 나날을 보내길 간절히 기원했다.

특히 독상군을 비롯한 흡혈 대상이었던 수련생들은 마치 가문의 원수가 죽었다는 소식을 듣기라도 한 것처럼 꺼이꺼이 목 놓아 울음을 쏟아냈다. 서로 고생이 많았다면서, 하늘은 결코 무심하지 않았던 거라면서 부둥켜안고 감격에 젖었다.

오조원들이 교두들에게 보고한 증언은 사고사(事故死)였다.

지하 사층에 내려선 이후 영호선이 비급이 없다는 사실에 광분해 날뛰다 그만 용암으로 떨어지고 말았다고 극구 해명했다.

교두들은 씨익, 웃으며 그저 알았다고만 했다. 그리고 한 가지 비급이 없다는 사실에 대해서는 다른 수련생들에게 비밀로 할 것과 그저 영호선이 사고로 죽었다는 그 말만 하면 된다고 했다.

구체적인 소식을 접한 잠마원의 모든 수련생들은 그럼에도 불구하고 '다 안다, 다 알아' 라는 표정으로 오조원들에게 엄지손가락을 추켜세우길 주저하지 않았다.

그러나 오조원들은 굳이 전공을 과시하지 않았을 뿐 아니라 표정 관리에도 신경을 썼다.

그것은 순전히 한 사람, 즉 유은령을 의식해서였다.

유일하게 잠마원 내에서 영호선을 헌신적으로 사랑했던 유은령이 무슨 해코지를 할지 몰랐기 때문이다.

아니나 다를까, 소식을 접한 유은령은 오조 숙소 문을 박살 내고 모습을 드러냈다.

"어떻게 된 일이냐?"

삽시간에 서늘한 한기가 오조 숙소에 휘몰아쳤다.

유은령의 손에는 장검이 들려 있었다.

오조원들은 유은령이 장검을 든 모습을 한 번도 본 적이 없었다. 아니, 있긴 했다. 설요홍과의 한밤의 결전의 날! 그날을

제외하고 언제나 유은령은 소맷자락 안에 숨기고 있는 단도
로 모든 것을 해결했다.

그런 유은령이 장검을 들고 왔다는 것은 아예 죽여 버리기
로 작정을 하고 온 것이 틀림없었다.

꿀꺽!

"어떻게 된 것이냐고 묻잖아!"

유은령이 다시 악을 썼다.

부조장 초이량과 조원들은 지금 이 순간 필요한 것이 무엇
인지 알고 있었다. 검도, 암기도, 분노도 아니었다.

모두의 눈에 눈물이 맺혔다. 그렁거리며 눈물이 당장에라
도 떨어질 것 같았다.

굳이 이 자리에서 변명을 늘어놓아 봤자 이야기만 꼬일 뿐
이다. 조원들은 유은령을 그저 바라보며 '정말이지, 아직까
지 믿겨지지 않아. 조장이 그렇게 죽을 줄은 몰랐어' 라는 표
정을 지어 보였다.

유은령도 울었다.

"그럴 리가 없잖아! 거짓말이라고 말해. 그냥 조금 늦는 것
뿐이라고 말하란 말이야!"

숙소가 마치 지진이 닌 듯 흔들렸다.

조원들 몇몇이 격정을 참지 못하는 듯 흐느끼기 시작했다.

초이량이 힘겹게 몸을 일으켰다.

"유은령… 미안하다……."

초이량의 목은 깊게 잠겨 있었다. 그래서 겨우 알아들을 수 있을 정도에 불과했다.

장검을 든 유은령의 손이 천천히 내려왔다. 살기로 잠식된 공간도 어느새 보통 때의 공기로 돌아왔다.

뚝, 뚝!

고개 숙인 유은령의 발밑으로 눈물이 방울방울 떨어져 내렸다.

第三章
지하의 지하

潛魔
劍仙

잠마검선

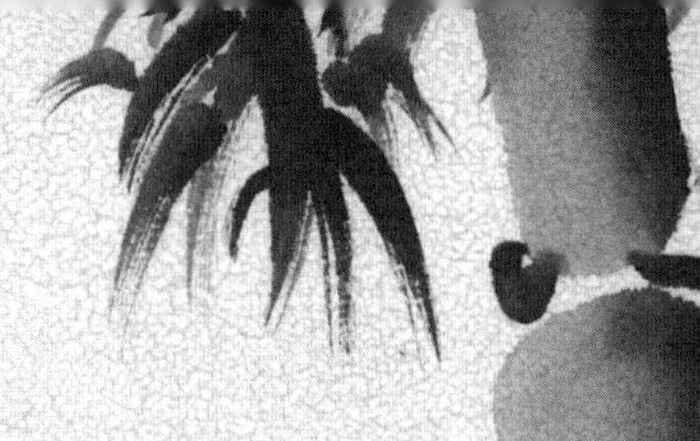

"일어나라, 엄살 부리지 말고."

"으으음!"

"이상한 신음 소리 한 번만 더 나오면 입을 꿰매 버린다."

"……!"

*　　　*　　　*

　수라검마 동요비와 무영마객 현원령은 지하 사층에서, 흐르는 용암을 내려다보고 있었다.

　뜨거운 열기가 안면을 자극했다. 현원령이 그저 말없이 입술을 삐죽거리다 입을 열었다.

"밀어버렸겠지?"

"붙잡아 던졌다면 열아홉 명이 모조리 살아서 돌아오긴 힘들었겠지."

동요비가 고개를 끄덕이며 의견을 붙였다.

"크크, 그랬다면 영호선 혼자 살아남았을지도 모르지."

"오조원 놈들, 꽤 대단한 일을 해버렸는걸."

동요비가 고개를 절레절레 흔들었다.

곧바로 현원령이 킥킥거렸다.

"녀석들도 이가 갈렸을 거야. 그전에는 엄두조차 내지 못했을 텐데. 이번 지하 관문을 돌파하는 중에 악이 받친 거지. 영호선 녀석, 실수한 거야. 그 녀석답지 않게 지나치게 조원들을 믿은 것이 천추의 한이 되었다고나 할까."

"의외로 순진한 놈일세. 설마하니 모두 기회만 보고 있다는 걸 생각지 못했다니."

"참 우습지, 수련생들을 죽이겠다고 발광하던 녀석이 제일 먼저 가버렸잖아."

"첫 번째 희생자가 영호선이라… 재밌군."

"흐흐흐, 인생이 재밌는 게 아무도 예측을 못하기 때문이 아닐까."

"그렇지."

잠시 침묵이 흘렀다.

동요비와 현원령은 흐르는 용암을 하염없이 내려다봤다.

"근데……."

동요비가 말을 흐렸다.

현원령이 동요비를 돌아봤다.

"근데?"

"진짜 죽있을까?"

현원령이 '훗' 하고 웃으며 동요비의 어깨를 툭 쳤다.

"엉뚱하긴. 왜 안 죽었을 거라고 생각하는데?"

"글쎄… 그냥 뭐랄까, 여기 오면 어쩐지 누가 꼭 보고 있다는 느낌이 든달까……."

"하긴 여기에서 정파든 마도든 이상한 인간들이 많이들 죽어나갔으니까. 죽어도 혼백이 지하 관문을 다시 거슬러 가지 못하고 떠도는 것일지도 모르지."

"크크, 그럴싸하군. 이제 그만 돌아갈까?"

"그럴까."

＊　　　＊　　　＊

"……."

조용한 협박에 영호선이 눈을 떴다.

옅은 붉은 빛 속에 천장이 보였다.

'동굴? 흠, 뭐가 어떻게 되었더라?

그래, 생각났다. 오조원, 그 망할 놈들이 날 밀어버렸다. 마구 비명을 지르며 용암 아래로 떨어졌다. 그럼 여기는 지옥인가? 방금 들은 목소리는 지옥의 사자?

"이상한 신음 소리 한 번만 더 나오면 입을 꿰매 버린다."

영호선이 누운 채로 고개를 옆으로 돌렸다.
"헉!"
절로 놀라 경악성을 질렀다. 고개를 돌리자마자 노인의 얼굴이 시야 가득 보였고, 노인의 숨결이 느껴질 정도로 너무 가까이 붙어 있었던 것이다.
'이런 씨발, 놀랐잖아.'
영호선은 삭아버린 노인의 얼굴과 마주한 채 누워 있고 싶은 마음이 추호도 없었기에 몸을 일으켰다. 노인은 새우처럼 웅크린 채 두 눈을 꼭 감고 있었다.
영호선이 말했다.
"이봐, 영감! 여긴 뭐 하는 데야? 영감이 염라대왕은 아닌 것 같고……."
"정신 차렸으면 나가라."
노인이 눈을 감은 채로 영호선의 말을 잘랐다.
"설마 나 살아 있는 건가?"
"그래, 이 새끼야. 자야 되니까 얼른 꺼져라. 여긴 내 동굴이다.”

“아, 씨발. 언제 봤다고 욕이야. 어이, 영감! 일어나 봐. 일어나 보라고! 지금이 처잘 때야? 여기가 대체 어디고, 내가 어떻게 해서 이곳에 있는지 말을 좀 해보란 말이야.”

그 순간이었다.

짜악!

영호선의 뺨이 화끈하게 돌아갔다. 명쾌한 소리가 동굴에 은은히 울려 퍼졌다.

고개가 돌아간 채로 영호선은 기가 막혀 ‘허허’ 하고 웃었다.

“이 씨발. 날 때렸다 이거지?”

영호선이 번개같이 노인의 면상을 향해 주먹을 날렸다.

짜악!

주먹을 채 뻗기도 전에 영호선의 뺨이 다시 돌아갔다.

“허허……..”

시원하게 뺨따귀를 두 대씩이나 맞고 말았다. 앉아 있던 영호선이 일어났다.

노인을 보니 새우처럼 웅크린 상태로 두 손이 귀밑머리에 곱게 포개져 있다.

손이 언제 움직였는지, 뺨을 갈긴 손이 오른손인지 왼손인지도 알 수 없었다. 정말 노인이 손을 쓴 것인지도 의심이 들었다.

‘강하다.’

영호선의 순수한 감상이었다.

영호선이 누구인가?

장차 마도 최고 고수가 되어 극강의 힘을 바탕으로 그 무엇에도 얽매이지 않는 삶을 사는 게 꿈인 인간이다.

그렇다면 이 상황에서 해야 할 일은 한가지였다. 가만히 있으면 안 된다.

영호선이 호쾌하게 웃었다.

"하하하, 영감! 감히 날 건드렸어? 잘했어, 잘했어. 뭐 그럴 수도 있는 거지. 뺨이 사실 간지러웠거든. 동굴도 좁은데 미안했어. 진작 말하지 그랬어. 나 갈게."

노인은 대답이 없었다.

곧바로 살아남는 방법을 택한 영호선은 동굴을 나왔다.

저런 미치광이도 머리에 꼭꼭 기억해 두었다가 나중에 강해지고 나서 패면 된다.

동굴 바깥은 훨씬 넓긴 했지만 그렇다고 자연 풍광이나 산세가 어우러진 풍경이 아니었다. 그저 더 커다란 동굴이랄까. 천장은 높았지만 막혀 있었고, 땅은 돌바닥이 멋대로 엉켜 울퉁불퉁했다. 저만치 용암이 부글거리며 불거품을 만들어내고 있었다. 처음 눈을 떴을 때 보았던 옅게 비치던 붉은 빛은 용암에서 비롯된 것이었다.

그러나 이곳에 대한 감상은 여기까지. 여기에서 살 것도 아닌데 복잡하게 주변 풍경을 눈에 담아둘 필요는 없었다.

‘자, 이제 나가볼까나.’

속히 잠마원으로 돌아가 조원들을 죽여야 했다. 영호선은 규정상 조원들끼리는 서로 죽일 수 없으니 일단은 실컷 팬 뒤 한 명씩 사고사로 위장해서 죽여 버려야겠다고 생각했다.

‘이 자식들이 감히 나를 죽였겠다.’

분명 놈들은 죽었다고 희희낙락하고 있을 터. 살아서 돌아가면 짓게 될 표정이 궁금하기 짝이 없었다. 잠시 평평히 앉을 만한 곳을 찾아 운기를 해보았다.

‘흠, 좋아. 어처구니없게도 멀쩡하군.’

힐끗 노인이 자고 있는 작은 동굴 쪽을 바라보았다. 비급은 찾지 못했지만 노인이 보인 한 수는 꽤 고명한 것이었기에 살아 있는 비급이라고 할 만했다. 잘 꼬드겨 마공 하나쯤 배우면 어떨까 싶었다. 하지만 영호선은 이내 고개를 저었다.

‘그 새끼들을 모조리 죽이는 게 먼저야.’

휘이익~

길게 휘파람을 불며 영호선이 신형을 날렸다.

복수다!

이 영호선이 살아 있다!

일단 닥치는 대로 놈들의 몸에 칼을 쑤셔 박을 생각을 하니 벌써부터 희열로 몸이 들끓었다.

쉭, 쉭, 쉬익~

신속하게 이리저리 신형을 옮겼다.

그렇게 사방으로 몸을 날리며 탈출구를 찾던 영호선의 사
악한 미소가 서서히 사라졌다.

이윽고 영호선의 얼굴엔 웃음기가 완전히 사라졌다. 거의
일식경 가까이 구멍이 있을 법한 곳을 뒤졌지만 쥐새끼 한 마
리가 지날 구멍조차 찾을 수 없었다. 절로 이마에 식은땀이
맺혔다.

"뭐, 뭐야?"

쉭, 쉭, 쉬익~

다시 정신없이 여기저기를 들쑤시고 찾아보았지만 결과는
마찬가지였다.

"이런 염병할, 이럴 리 없잖아. 지금 뭐 하자는 수작이야!"

천장은 구멍 하나 없이 막혀 있고, 오른쪽 끝은 용암이 흐
르고 있다. 이 지하에 동혈은 오직 노인이 처자고 있는 그곳
뿐이다. 벽에 혹시 빠져나갈 장치가 있는가 해서 정신없이 튀
어나왔다 싶은 돌들은 죄다 눌러보기까지 했지만 벽은 난 원
래 벽일 뿐이라는 듯 꿈쩍도 하지 않았다.

심지어 노인이 자고 있는 동굴에 통로가 있는가 해서 벌써
세 번이나 들락거렸는데도 통로 비슷한 것도 없었다.

"뭐야? 왜 나가는 데가 없냐고!"

신형을 멈춘 영호선이 고함을 내질렀다.

화가 났다. 당장 올라가 처절한 응징을 해줘야 하는데, 한
시도 기다릴 수 없는데, 오래 걸릴수록 녀석들이 웃는 시간이

늘어날 텐데, 이게 무슨 꼴이란 말인가.

"여긴 도대체 어디야! 어떤 새끼가 이런 데를 만들어놨어!"

분노가 끓어오른 영호선이 결국 참지 못하고 다시금 고함을 내질렀다.

그때였다.

영호선의 말에 화답하듯 한 목소리가 바로 뒤를 이었다.

"이 새끼야, 잠 좀 자자. 입 좀 닥치라고."

영호선이 소리를 따라 고개를 돌렸다. 시야 가득 주먹이 커다랗게 보였다.

퍽!

영호선은 그대로 날아가 벽에 부딪치고는 속절없이 바닥을 퉁퉁치며 널브러졌다.

노인이 말했다.

"이 망할 놈아, 네놈 때문에 선잠을 잤잖느냐. 푹 자야 피곤이 풀리지. 한 번만 더 중간에 깨우면 죽여 버린다."

"염병, 왜 사람을……."

"염병?"

영호선이 채 말을 끝맺기도 전에 노인이 성큼 다가오더니 팔을 붙들었다.

뚜드득, 뚜득!

영호선의 양팔이 그대로 부러졌다.

"으아아악!"

영호선이 비명을 내질렀다.

그러나 노인은 고개를 가로저었다.

"아니야, 이 정도로는 안 돼."

노인이 다시 어깨를 쥐었다.

파삭!

부러지는 소리 따위가 아니었다. 뼈가 으깨지는 소리였다.

"아아아악!"

극심한 통증에 영호선은 흰자위를 가득 드러내며 나뒹굴었다.

노인은 그제야 만족한다는 듯 고개를 끄덕이고 몸을 돌렸다.

"한 번만 더 시끄럽게 떠들면 죽여 버리겠다. 내가 널 살려 준 게 아까워서 안 죽이는 줄 알아. 내가 널 안 살려줬으면 바로 죽였어."

뭔가 이해하기 힘든 말을 지껄이며 동굴로 돌아가는 노인을 영호선이 멍한 눈으로 보다가 끝내 의식의 끈을 놓치고 말았다.

"끙!"

정신을 차린 영호선이 얻어맞은 뺨을 어루만졌다. 어깨와 팔도 만져 봤다.

"휴우, 다행이네. 혈마환이 이렇게 도움이 될 줄이야."

뼈는 어느새 제자리를 찾아 아무 일 없다는 듯 돌아와 있었다. 혈마환은 즉시 뼈를 원상으로 회복시키진 못하지만 한 시진 정도가 지나면 혈기가 순환하면서 뼈를 완벽히 원래대로 돌려놓는다. 현원령에게 당할 때 이미 경험했던 것이었지만 새삼 스스로도 경탄스러웠다.

영호선은 몸을 일으켜 노인의 동혈을 바라봤다.

노인의 마지막 말이 떠올랐다.

"내가 널 살려준 게 아까워서 안 죽이는 줄 알아. 내가 널 안 살려줬으면 바로 죽여 버렸어."

복잡하긴 해도 요점은 간단했다.

'날 살려준 게 저 미친 영감이라는 말이렷다.'

하긴 이곳엔 저 영감뿐이니 다른 사람이 구해주었을 리 만무했다. 그러자 바로 나갈 수 있는 방법이 떠올랐다.

'흐흐, 그래 간단해. 물어보면 되잖아.'

마음에 걸리는 건 늙은이가 어쩐지 미친 것 같다는 점이었다. 소리 좀 질렀기로서니 한달음에 달려와 주먹을 날리는 건 뭐란 말인가.

하는 꼬라지를 보니 마도의 미친 늙은이가 틀림없었다. 무공이 고강한 것이 거의 잠마원주 정도 되지 않을까 싶었다.

교두들에게 듣기로 잠마원주는 마도십대고수 중 한 명이라지 않았던가. 그렇다면 방법은 한 가지다. 살살 구슬려 나가는 길을 물어보는 수밖에.

'흐흐, 나중에 꼭 찾아와서 오늘 주먹질에 대한 대가를 치르도록 하면 되는 거지.'

생각을 정리한 영호선이 노인의 동굴로 향했다.

"흠흠!"

막 말을 꺼내려던 영호선은 그만 입을 쩝쩝 다시고 말았다.

노인이 처음 봤을 때의 자세 그대로 여전히 처자고 있는 것이 아닌가. 아까 그렇게 주먹을 휘두르고, 고함을 질렀으면 잠도 달아났을 것 같거늘 그저 자는 척을 하는 건지, 정말로 자는 것인지 알 수가 없었다.

그래도 섣불리 깨울 마음은 들지 않았다.

'영감을 깨우면 내가 눕게 되겠지? 흠!'

과거 무영마객 현원령에게 대들었다가 죽을 뻔했을 때, 독안마의에게 호되게 꾸중을 들은 적이 있던 영호선이다.

당시 뼈저리게 느낀 것은 마도란, 일단 죽여놓고 나중에 수습한다는 것이었다. 그건 영호선 스스로도 동감하는 바이기도 했다.

그 때문에 현원령에게 '사랑한다'는 고백까지 해버리지 않았던가. 지금 이 늙은이는 현원령보다 더 대단한 작자임이 틀림없었기에 현재로선 몸을 사려야 했다.

영호선은 일단 노인이 깨어날 때까지 기다리기로 했다.

<u>꼬르르륵!</u>

허기진 뱃가죽이 울렸다.

도대체 얼마나 지났을까?

해와 달을 볼 수 없으니 시간이 얼마나 지났는지 알 수 없었다. 하지만 굶주린 배가 많은 시간이 흘렀다는 것을 간접적으로 알려오고 있을 따름이었다.

여전히 노인은 꿈쩍도 하지 않았다. 잠귀신이 붙은 노인이었다. 영호선은 깨울 엄두가 나지 않아 그저 물끄러미 바라보기만 했다.

따분함을 견딜 수 없어 용암이 흐르는 것도 구경하고 돌멩이를 주워 용암에 던져도 보았다. 그리고 돌아와도 노인은 여전히 자고 있었다.

어서 돌아가고 싶다는 생각에 영호선은 제일관문의 묵혼강시를 때려눕혔던 '마룡박격'을 혼자서 한차례 펼치다가 배만 더 고파오자 그만두었다. 그리고 다시 노인을 확인해 보았다. 노인은 여전히 처자고 있었다.

'썅, 저거 사람 맞아!'

사람이 아니라 잠자는 귀신이 아닐까리는 생각이 들 정도였다.

영호선은 노인의 동굴 앞에 무릎을 세우고 두 팔로 무릎을 감싼 채로 물끄러미 노인을 바라보았다.

그리고 마음속으로 '깨어나라, 일어나라. 이제 일어날 시간이야. 오래 자면 허리 아퍼' 등의 말을 하염없이 주문처럼 외워댔다.

그래도 노인은 일어나지 않았다.

그리고 어느 순간.

꾸벅, 꾸벅!

결국 지친 영호선도 앉은 채로 졸기 시작했다.

고개가 뚝 떨어졌다.

그 반동에 화들짝 정신을 차려 노인을 바라봤다.

어처구니없게도 노인은 여전히 자고 있었다.

문득 두려운 마음이 생겼다.

'저 영감 죽어버렸나? 헉, 그럼 큰일이잖아.'

나가는 길도 모르는데 노인이 이대로 죽었다고 생각하니 눈앞이 캄캄했다.

어쩌면 자신도 평생 노인처럼 이곳에서 잠만 자다가 죽을지도 모르는 일이 아닌가.

영호선은 조심스럽게 다가가 노인의 코밑에 손가락을 들이밀었다.

아주 미세하지만 호흡이 이루어지고 있었다. 무공이 고강한 만큼 호흡 또한 극히 정제되어 있었다.

다행히 죽지는 않은 것 같다. 그럼 정말 자고 있다는 건데 왜 이렇게 처자기만 하는지 도무지 이해할 수가 없었다.

영호선은 다시 아까 앉아 있던 자리로 돌아가 물끄러미 노인을 바라보았다.

미동도 없는 존재, 숨결조차 미약한 늙다리만을 바라보자니 저절로 눈이 감겨왔다.

꾸벅꾸벅!

스르륵!

영호선은 무릎을 세운 채로 졸다가 좀 더 편히 쉬자는 마음에 벽으로 기어가 벽에 기댔다.

잠깐 눈을 붙여야겠다고 생각했으나 조금 있으니 자리가 불편했다. 잠시라도 편하게 눕자는 생각이 곧 뒤를 이었다.

용암이 근처에서 흐르고 있어서인지 따뜻하니 몸도 노곤했다. 드러누운 영호선이 결국 깊은 잠에 빠져들었다.

노인도 자고, 영호선도 잠들었다.

*　　　*　　　*

유은령이 웃고 있었다.

아주 징글징글하게 이쁘다.

영호선은 인상을 찡그렸다.

"쪼개지 마."

유은령이 이내 뾰로통한 표정으로 고개를 숙였다.

"저리 꺼져."

유은령은 꺼지는 대신 조그맣게 물었다.

"내가 싫어?"

"아니."

"정말? 그럼 언제부터 좋아했어?"

"좋아한 적 없다."

"나 싫지 않다면서?"

"싫어할 만큼 널 생각해 본 적 없단 말이야. 귀찮으니까 이제 입 다물어라."

유은령이 눈물을 글썽거렸다.

"미워."

"꺼져."

"정말 미워 죽겠어."

"꺼져, 죽여 버리기 전에."

유은령의 눈에서 끝내 눈물이 떨어졌다.

뚝, 뚝!

영호선은 유은령이 흘린 눈물이 바닥이 아니라 자신의 얼굴에 떨어지는 것 같았다.

"뭐야, 이건?"

번쩍 눈을 뜨고 얼굴을 만져 보니 물기가 어려 있었다.

"제길."

도대체 얼마나 잔 것인가.

뒤척이다 천장에서 맺힌 물방울이 떨어지는 곳에 얼굴을

대고 있었던 모양이다.

젠장, 막막해 죽겠는데 왜 꿈에 재수없게 유은령이 나와 눈물을 질질 짜고 있는지. 왜 그것도 하필이면 유은령이란 말인가! 젠장, 젠장이었다.

영호선은 눈을 질끈 감았다가 크게 몇 차례 뜨며 정신을 차리고는 몸을 일으켰다.

노인이 아직도 자고 있는지 확인해야 했다.

노인의 이름이 무엇이고, 왜 구해주었는지, 어떻게 구했는지, 왜 이곳에 혼자 머물고 있는지, 왜 그렇게 오랫동안 잠을 자는지… 그 모든 것엔 일말의 관심도 없었다.

어떻게 해야 나갈 수 있는지가 중요했다. 미친 것이 확실한 노인네와 이곳에서 평생 살고 싶은 생각은 쌀 한 톨 크기만큼도 없었다.

"흐음!"

노인의 동굴 앞에서 영호선은 맥이 쫙 풀렸다.

노인은 잠자는 자세가 조금 달라졌을 뿐 여전히 잠을 자고 있었다.

'아! 저 영감 정말 대책 안 서네.'

시간도 꽤 지난 것 같은데 인간이 뭘 좀 먹으려고 일어날 때도 되지 않았는가 말이다. 아니면 혹시 배고픔을 잊기 위해 저렇게 잠을 자고 있는 것은 아닐까?

아까 정신없이 탈출로를 찾았을 때 영호선은 빠져나갈 길

을 찾지 못했을 뿐 아니라 먹을 것도 전혀 없다는 것을 확인
할 수 있었다.

잘하면 굶어 죽을 수도 있는 일이다. 그러기 전에 배고픔을
이기기 위해 억지로 노인처럼 잠을 자야 하는 것일지도.

'아니야, 그건 아닐 거다.'

저 영감도 분명 어디선가 기어들어 왔을 것이다. 괜히 초조
해할 필요는 없다. 영호선은 마음을 다잡고 다시 동굴 앞에
앉았다.

그러다 다시 잠들었다.

또 꿈을 꾸었다.

배가 고파 일어났다.

다시 노인을 확인했다.

자고 있다.

영호선은 말라가는 입술을 혀로 훔친 후, 다시 그 앞에 앉
아 멍하니 있다가 꾸벅거리며 졸았다.

이 짓을 일곱 번이 넘게 반복했다.

영호선은 그때마다 표시를 했고, 그것을 보고 시간을 측정
했다. 대충 오륙 일 지났으리라. 그동안 먹은 것은 아무것도
없었다. 몇 번이나 노인을 깨워보려고 생각했다가 이내 포기
했다. 잠에 미친 노인네의 말이 떠올랐던 것이다.

"이 망할 놈아, 네놈 때문에 선잠을 잤잖느냐. 푹 자야 피곤이

풀리지. 한 번만 더 중간에 깨우면 죽여 버린다."

선잠이라는 것이 며칠을 의미하는 인간은 처음이었다. 푹 자는 것은 그러면 몇 달이란 말인가!
중간에 깨우면 영감이 선잠 잤다고 하면서 또다시 지금까지만큼의 기간을 잠들어 버릴지도 모른다.
그렇게 다시 이틀 정도 지난 것 같다.
영호선은 점점 화가 치밀어 올랐다.
그냥 나가는 길만 알려주고 또 자면 되잖아!
'이 영감탱이가……'
정말이지 참고 싶지만 참아지지가 않는다. 이젠 한계였다.
입술은 바짝 마르고 뱃가죽은 등에 붙을 지경이다.
나가는 것도 나가는 것이지만 지금은 어떻게든 배를 채워야 한다는 생각이 들었다.
영호선은 거의 기다시피 해서 노인에게 다가갔다. 혹시 주머니에 벽곡단이라도 가지고 있을 지도 모르는 일 아닌가.
노인 곁에 이른 영호선이 노인의 어깨를 잡고 흔들었다.
속이 부글거린다고 함부로 욕을 할 수는 없었다.
"저기… 영감님, 먹을 것 좀……."
노인은 죽은 듯 꿈쩍도 하지 않았다.
"저기요, 제가요 배가 고파서 그러는데요. 그냥 몇 대 맞을 테니까 먹을 것 좀 주시고 주무세요."

그때였다.

번쩍!

노인이 눈을 떴다.

신광이 바위라도 부술 듯 쏟아졌다.

그 눈을 영호선은 다 죽어가는 동태눈으로 받아넘겼다. 지금은 놀랄 기운도 없었다.

"끄아아악!"

노인이 비명 소리를 냈다.

"아, 잘 잤다."

비명이 아니라 기지개였다.

노인이 영호선을 보고 불쑥 한마디를 던졌다.

"네놈이 왜 여기에 있어?"

노인의 물음은 많은 것이 생략되어 있었다. 내가 네놈의 뼈를 바스러뜨렸는데 어떻게 멀쩡히 여기까지 올 수 있냐는 뜻이었다.

"영감님, 배고파 죽겠습니다."

"허허, 이놈 특이한 놈이네."

노인은 손을 뻗어 영호선의 맥문을 틀어잡았다.

"괴이하네. 이놈이 어떻게 움직였지? 게다가 뼈가 이렇게 쉽게 붙어?"

기운을 흘려보내 혈맥을 살피던 노인의 눈이 이내 찌푸려졌다.

"뭐야, 이 지독한 혈기(血氣)는?"

광포한 혈기가 몸을 맴돌고 있었다. 다시 고개를 갸우뚱거렸다.

"이건 뭐야? 혈마환이라도 먹은 거냐? 근데 그게 아직도 있는 거였어?"

영호선은 노인이 맥을 잡든, 뭐라고 떠들든 그저 눈만 느릿하게 깜박거리고 있었다.

그러다 혈마환이란 말이 나오자, 힘없이 고개를 끄덕였다.

"엥? 정말 네놈이 혈마환을 먹었단 말이냐! 하하, 이거 신기한 놈일세."

노인의 표정이 환하게 밝아졌다.

영호선도 이제 먹을 것을 주려고 하나 싶어 슬그머니 미소를 지었다.

"이건 뭐 이야기만 들었지. 본 적은 한 번도 없었는데… 하하하하!"

노인은 화통하게 웃더니 맥문을 놓고 이내 영호선의 양팔을 붙들었다.

뚜두득, 뚜드득!

"끄아악!"

무슨 나무토막 분지르듯 간단히 팔을 부러뜨린 노인은 영호선이 비명을 다 지르기도 전에 순식간에 두 다리도 부러뜨렸다.

영호선의 팔 다리가 기형적으로 꺾여 바닥에 널브러졌다.

노인은 일어나서는 두 손을 마구 비벼대며 안절부절못했다. 그건 마치 어린아이가 장난감 선물 포장이 뜯어지는 것을 바라보는 모습과 같았다.

"와, 이거 어떻게 될까나. 마구 붙어버리는 건가? 내가 오래 살다 보니 이런 구경도 하게 되는구나. 이놈을 살려주길 잘했네. 뭔가 떨어져서 그냥 들고 오긴 했는데 제대로였구나. 하하하하!"

영호선은 자빠져 있는 상태로 물끄러미 노인을 바라봤다.

왈칵 설움이 솟구쳤다. 나이 먹었다고, 힘이 세다고 막 부러뜨려 버린다.

'부럽다.. 저 좋아하는 표정이라니.'

그렇게 반 시진이 지났을까.

혈기가 움직임을 보였다.

영호선의 온몸 핏줄이 도드라지며 피부 바로 아래에서 지렁이가 꿈틀거리듯 마구 지나갔다.

이제나저제나 기다리고 있던 노인의 눈이 반짝였다.

"오오오오, 갯지렁이가 마구 움직여 다녀!"

노인의 기대에 부응하듯 부러져 나간 뼈들이 우드득거리면서 다시 제자리를 찾아갔다.

노인은 급기야 환호성을 내질렀다.

"오우, 최고다, 최고야. 기가 막히군. 도대체 어떻게 이럴 수 있는 거지."

노인이 날뛰는 동안 어느새 분질러졌던 뼈는 모조리 본래대로 돌아왔다.

영호선이 길게 한숨을 내쉬며 몸을 일으켰다.

그때였다.

노인이 영호선의 양팔을 움켜쥐었다.

어느새 얼굴엔 화사한 미소가 떠올라 있다.

뚜드득, 뚜드득!

"크어어억!"

영호선의 팔이 다시금 조각나 버렸다. 이어 다리까지도.

"왜 그래, 한 번만 보여줄 참이었냐? 좀 더 써. 닳아지는 것도 아니잖아. 후후후, 이거 너무 신기하단 말이지."

영호선이 다시 사지를 기형적으로 튼 채로 뻗었다.

노인은 두 손을 비벼대며 어린아이처럼 '어서, 어서' 하며 채근했다.

영호선은 절대로 눈물을 보이고 싶지 않았다.

하지만 그 모습을 보자 서러움이 물밀듯이 몰려와 어쩔 도리가 없었다.

주르륵!

대책이 없다.

문득 유은령이 떠올랐다.

미친 유은령이 어쩐지 정상적으로 느껴진다.

마도 최강의 고수가 반드시 되어야겠다는 생각이 들었다.

언젠가 손 봐줘야 할 사람이 하나둘이 아니다.

주르륵!

第四章

지진의 정체

潛魔
잠마검선
劍仙

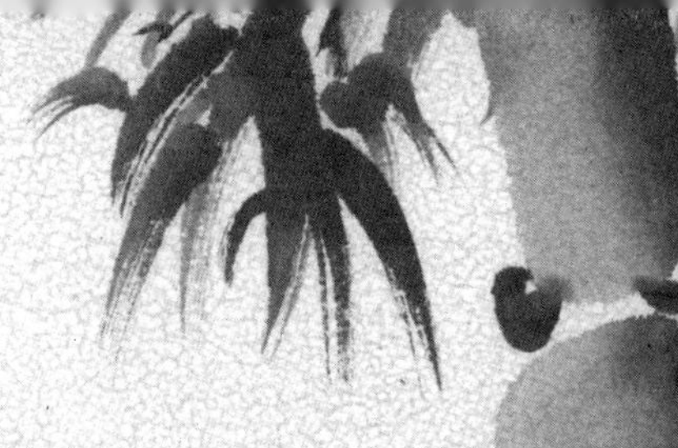

"계속 보니까 시시해."

노인이 말했다.

어린아이들이 새로운 장난감에 곧바로 싫증을 느끼듯 노인도 열 번 정도 뼈가 회복되는 것을 보더니 나중에는 눈을 꿈벅거리면서 무덤덤하게 지켜봤다.

마지막 열 번째 뼈가 복원된 것을 확인한 노인이 그렇게 툭 한마디를 던지고 돌아서 버렸다.

영호선은 몸을 일으킬 수 있음에도 한동안 충격에서 벗어나지 못해 멍하니 누워 있었다.

늙은이가 환호하는 것도 못 봐줄 모습이었지만 이내 시시하다고 하는 말에는 성질이 났다. 그 시시한 것을 열 번이나 당한 사람 생각도 좀 하란 말이다.

그래도 어쩔 수 없는 노릇.

여전히 배는 고프고, 늙은이는 강하다. 또 언제 달려들어 심심하니까 구경이나 하자며 뼈를 바스러뜨릴지 모를 일이다. 뼈야 붙는다지만 아픈 건 아픈 것이다.

그때였다.

문득 공기가 달라진 느낌이 들었다.

'뭐지?'

무언가에 눌려 묵중하게 내려앉은 느낌이다.

영호선이 황급히 몸을 일으켜 밖을 보니 바깥에서 노인이 무공을 펼치고 있었다.

영호선은 입을 벌리고 다물 줄을 몰랐다.

신법이 어떤지, 손이 어떻게 움직이는지 눈에 보이지 않을 만큼 빨랐다. 그런데 괴이한 것은 그럼에도 불구하고 전혀 소리가 나지 않는다는 점이었다.

심지어 옷자락이 펄럭이는 소리조차 들려오지 않았다.

그러다 한순간 노인의 몸이 마치 굼벵이처럼 느리게 움직였다. 느릿한 상태에서는 공간이 마치 봄날 아지랑이가 피어나듯 출렁거렸다.

공간이 일그러지는 범위는 점점 넓어져 급기야 영호선이 선 자리까지 밀려들었다.

짓이겨질 것 같은 압력에 영호선은 내력을 끌어올려 버텼다.

'이거 어쩐지 낯설지 않은데?'

문득 머릿속에 한 사람이 떠올랐다.

화운설!

평안생이 가문으로 돌아가고, 대신 오조에 들어왔던 화운설이 이와 비슷한 기운을 뿜어냈었다. 화운설은 그저 한 걸음을 딛었을 뿐임에도 그 기세에 온몸을 떨어야 했었다.

하지만 당시에는 살기가 진득하니 느껴졌던 반면 지금 노인은 순수하게 기운만 뿜어내서인지 그나마 버틸 만했다.

노인은 그렇게 한동안 무공을 펼치더니 동작을 멈추고, 자리에 앉았다.

그리곤 허공에 뭔가를 마구 적어대는 듯한 동작을 취했다.

그러다 다시 눈을 감고 한동안 생각에 잠기더니 또 뭔가를 적어나갔다.

어느새 노인의 머리에서 새하얀 김이 무럭무럭 피어났다.

경탄을 금치 못할 노인의 무위도 잠시 수그러들자, 영호선은 이내 뱃가죽에서 들려오는 소리에 짜증이 났다.

'휴우, 배고프다.'

노인이 워낙 진지했기에 다시 먹을거리를 물어볼 엄두를 낼 수가 없었다. 늙은이의 과격함을 생각할 때 적당한 시간을 벌기 위해 뼈를 부숴 버릴 수도 있고, 이번엔 아예 목을 꺾어

볼까, 라고 덤벼들지도 모르는 일이었다.

영호선이 그렇게 멍하니 바라보고 있을 때, 노인이 일갈했다.

"이게 아니잖아, 젠장할!"

노인이 주먹으로 땅을 연신 내려쳤다.

쿵! 쿵! 쿵!

우르르르!

땅이며 벽이 멋대로 울리며 지진이 났다.

영호선은 놀라 눈이 튀어나올 지경이었다.

'말도 안 돼!'

익숙한 진동과 지진 소리.

잠마원은 수시로 지진이 났다. 그저 화산 지대이기 때문이라고 생각했는데 지금 보니 그게 아닌 것 같았다. 잠마원에 머무는 자라면 누구나 불평불만을 토해내는 이 지진의 원인이 어이없게도 노인의 주먹질이었던 것이다.

한차례 분통을 터뜨린 노인이 고개를 휙 돌려 영호선을 노려봤다.

"뭘 봐, 이 자식아!"

영호선이 입을 다물고 고개를 슬그머니 돌렸다.

'괴물이다. 건드리지 않는 게 상책이야.'

그때였다.

"제길, 답답하고 배고파서 안 되겠다. 뭐라도 좀 먹어야겠군."

'먹어? 먹을 게 있었던 거야? 오호라!'

갑자기 반가운 소리가 들리자, 영호선은 기대에 부풀었다.

노인을 보니 성큼성큼 용암 쪽으로 걸어가는 것이었다.

'응?'

일체의 망설임도 없이 노인이 용암으로 뛰어들었다.

"뭐, 뭐야! 무슨 짓이야?"

영호선은 너무도 놀라 신형을 날려 용암 근처에 이르렀다.

노인은 마치 호수에 뛰어들 듯 용암 속으로 뛰어들었다. 어느샌가 노인의 모습은 어디에도 보이지 않았다.

이보다 더 황당한 일이 어디에 있단 말인가.

불쌍하다든지 그런 생각은 눈꼽만큼도 없었다. 문제는 이대로 뒤져 버리면 나갈 수 있는 길을 완전히 잃어버리는 것이 아닌가 하는 점이었다. 죽을 때까지 이곳에서 이끼나 뜯어먹으며 살 수는 없지 않는가 말이다.

"이 미친 영감탱이야. 아무리 성질나도 죽어버리면 어쩌자는 거냐."

그때였다.

푸우욱.

용암이 거칠게 솟구치며 뭔가가 용암에서 튀어나왔다.

"헉!"

영호선은 용암 줄기가 튀어오자 황급히 몸을 피하면서도

용암에서 빠져나온 노인을 얼이 나간 표정으로 바라보았다.

노인이 선 자리로 용암물이 뚝뚝 떨어지는데 몸과 용암물 사이에는 투명한 막이 둘러쳐져 용암물을 가로막고 있었다.

"호신강기!"

영호선이 놀라 자신도 모르게 중얼거렸다.

뜨거운 쇳물이 흐르는 듯한 용암조차도 아무렇지도 않게 버텨내는 호신강기라니.

노인은 옷자락 하나 그슬린 곳이 없이 말끔했다.

퍼질러 자는 바람에 떡이 져 있던 머리도 그대로였다.

노인의 무공은 생각했던 것보다 더욱더 대단한 것이었다.

영호선은 그제야 노인이 어떤 식으로 자신을 살렸는지 이해할 수 있었다.

'그래, 이곳은 내가 떨어졌던 용암 아래인 거구나.'

용암을 뚫고 내려와야 하는 곳이니 빠져나가는 방법도 용암 속으로 들어가 다시 위로 빠져나가는 방법이 유일할 터였다.

호신강기!

저 정도의 호신강기를 펼칠 수 있다면 용암을 거슬러 올라갈 수 있을 것이다.

그뿐인가. 저 노인에게 무공을 배우는 것이 세상 어느 비급보다, 잠마원보다 더 나은 선택이 될 것이 확실했다.

영호선이 한달음에 노인에게 달려갔다.

"사부님!"

“응?”

노인이 바로 앞에 무릎 꿇은 영호선에게 의문 가득한 시선을 던졌다.

“사부님, 이 제자를…….”

영호선의 간곡한 말은 이어지지 못했다. 노인은 말 대신 다른 소리를 들려주었다.

뚜드득, 뚜드득!

다시금 영호선의 사지가 분질러졌다.

“이 자식이 난데없이 무슨 소리를 지껄이는 거야.”

노인은 영호선을 버려두고 뭔가를 먹어대기 시작했다.

냠냠쩝쩝 소리까지 내면서 맛있게 먹는 노인을 바라보는 영호선의 눈에 다시금 눈물이 흘러내렸다.

주르륵!

第五章

潛魔
劍仙
잠마검선

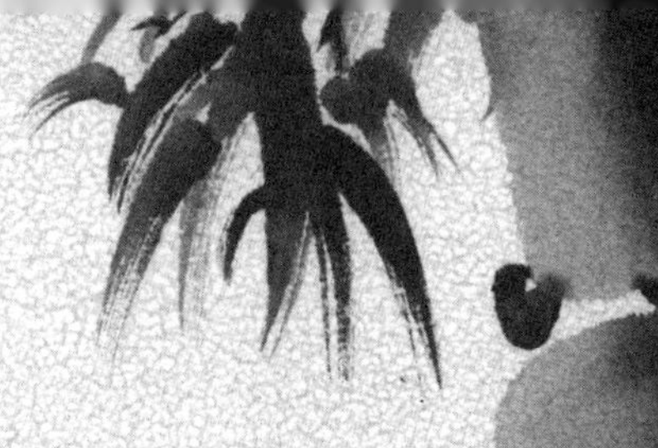

영호선의 일상은 단조로웠다.

아무 할 일이 없기 때문이었다.

유일하게 하는 일이라곤 그저 멍하니 노인을 지켜보기 정
도였다.

노인이 용암에 뛰어든 이후 영호선은 줄기차게 제자로 받
아들여 달라고 매달렸다.

하지만 영호선이 미처 '사부'라는 뒷말을 이어가려면 곧
바로 뿌느득, 뚜드득이라는 응답이 돌아왔다. 이보다 명백한
거절이 어디에 있겠는가.

그래서 영호선은 그저 노인이 하는 양을 멍하니 지켜보는

것이 전부였다. 가끔 노인은 용암으로 들어가 팔딱거리는 물고기 비슷한 것을 잡아왔는데 그때마다 혼자 먹었기 때문에 그것이 무엇인지도 당연히 알 수가 없었다.

대신 영호선이 먹은 것이라곤 이끼와 버섯 종류였다. 포만감 따위는 애초에 바라지도 않았지만 맛도 전혀 느낄 수가 없었다. 그리고 먹은 후엔 크나큰 비참함이 찾아들었다.

노인의 일상도 간단했다.

무공을 펼친다.

머리에서 김을 낸다.

분노로 소리친다.

용암에 뛰어든다.

맛있게 먹는다.

이것이 전부였다. 어떻게 된 일인지 잠은 자지 않았다. 하긴 그렇게 퍼질러 잤으니 잠이 오지 않은 것이 어쩌면 당연한지도 모른다.

영호선은 그러한 노인의 일상을 보며 잠이 들곤 했다.

그러던 어느 날이었다.

퉁!

잠결에 들린 소리에 영호선이 놀라 벌떡 일어났다.

앞에 곡괭이가 놓여 있었다.

“뭡니까?”

“너도 굴 하나 파라.”

"네?"

"걸리적거리니까 아무데서나 퍼자지 말란 말이야."

"여기 아무도 없는데 그냥 내버려 두세요."

"팔래, 안 팔래?"

"하하, 그래도 그렇지. 언제 곡괭이로 굴을 팝니까?"

노인이 대답 대신 고개를 갸우뚱거렸다.

저건 뼈를 분질러 버리기 직전에 취하는 동작 중 하나였다.

영호선이 벼락같이 곡괭이를 집어 들었다.

"하하, 묵직하니 좋네요."

노인이 휘적휘적 돌아가 버리자, 영호선이 아랫입술을 깨물었다.

하지만 어쩌랴. 철저히 약육강식의 법칙 아래 놓인 이곳이 아닌가. 인정도 없고, 배려도 없다. 힘이 세면 일단 패고, 부러뜨리고 곡괭이도 던져 주고 마음껏 할 수 있는 것이다.

쾅쾅!

영호선은 벽을 깨부수기 시작했다.

도대체 내가 뭔 짓을 하고 있단 말인가. 그래 맞다. 나는 지금 동굴을 파고 있다. 제길, 근데 왜 내가 동굴을 파고 있어야 하느냔 말이다. 나더러 계속 여기에서 죽을 때까지 살라는 거냐. 생각할수록 기가 막히고 열불이 났다.

쾅쾅!

곡괭이에 내력을 주입해 휘두르니 막막할 것 같던 생각과 달리 벽은 쉽게 부서졌다. 부서진 돌을 치우는 것이 귀찮았을 뿐 동혈을 만드는 것은 그다지 어렵지 않았다.

동혈이 만들어졌다. 새로 집이 생겨난 것이다.

"나의 집."

영호선은 가만히 중얼거렸다.

얼굴이 순간 와락 구겨졌다.

집이 생겼는데 왜 이렇게 비참한 걸까. 집이 생겼는데 말이다. 게다가 돌 베개도 하나 장만했는데.

새로운 집에서 처음 잠을 청하던 날, 영호선은 돌 베개가 축축히 적셔들 정도로 눈물을 흘리고 또 흘렸다.

영호선의 생활은 어느덧 노인과 닮아갔다.

두 사람이 다른 점이라면 먹는 음식이 다르다는 것과 영호선은 잠을 자고, 노인은 잠을 자지 않는다는 것이었다. 그러니까 영호선도 할 일이 없어 무공을 익히기 시작했다는 것이다.

좌선을 하고, 잠마원에서 배운 심공과 무공을 펼치기도 하고, 심지어 형산파 무공도 펼쳤다. 희망이라고는 불씨 한 점 없는 마당에 순전히 할 일이 없었기 때문에 무료함을 달래기 위한 자구책이었다.

노인은 머리에서 연신 김을 뿜어내면서 몰두하고 혼자 소리를 치는 터라 대화를 나눌 수도 없었다.

그야말로 다른 할 일이 없었다.

영호선도 결국엔 이곳에서 나름 생활의 규칙 같은 것이 생긴 셈이었다.

교두 현원령이 지하 사층에서 마도의 고수들이 따분함을 견딜수 없어 비급을 적어놓았노라고 거짓말을 했지만 지금 생각해 보면 충분히 그럴만하다는 생각도 들었다. 만약 이대로 시간이 계속 지난다면 뭔가 끄적거리고 싶은 생각이 간절하게 들 것이 틀림없었다.

그렇게 생활의 규칙 속에서 좌선에 들고 눈을 떴을 때였다.

"어?"

눈앞에 노인이 고개를 갸우뚱하면서 서 있었다.

갸우뚱은 곧 뼈 분질러 버리는 신호였기에 영호선이 몸을 부르르 떨었다.

무공을 가르쳐 달라고 조르지도 않았고, 용암에서 건진 물고기를 달라고 보챈 것도 아닌데 도대체 왜 갑자기 고개를 갸우뚱거리는 것이란 말인가!

"형산파 놈이었냐?"

영호선이 생명의 위협을 느끼고 횡급히 고개를 저었다.

"진 미곡인데요?"

"마곡? 마곡 놈이 왜 형산파 장법을 펼쳐?"

"아, 그러니까 그게 소싯적에 형산파에 몸을 담은 적이 있었죠. 헤헤헤!"

노인이 고개를 좌로 우로 연신 갸우뚱거렸다. 그러다 얼굴이 밝아졌다.

"그렇군, 그래. 그러니까 네놈이 형산파 놈이긴 한데 혈마환을 먹고 돌아버린 것이로구나. 그래, 기억이 난다. 그런 경우가 한 번 있었다고 했지."

"하하, 돌아버린 것이 아니라 제대로 길을 찾아온 겁니다."

"크크, 그게 돌아버린거지. 뭐 그거야 내가 알 바 아니고. 네놈이 날 좀 도와줘야겠다. 따라와라."

영호선은 순간 몸을 일으켜 따라가려다 문득 한 생각이 뇌리를 스치자 바로 주저앉았다.

'하아, 이 영감탱이가 뭔가 아쉬운 게 있는 모양이로구나. 이럴 땐 쉽게 넘어가주면 몸값이 싸지는 법이지.'

내심 행동방향을 결정한 영호선이 입을 열었다.

"싫습니다."

노인이 몸을 홱 돌렸다.

"싫어?"

영호선은 아예 대답도 하지 않고 느긋하게 누워버렸다.

거래는 이제부터 시작이다. 밀고 당기면서 얻어낼 것을 최대한 얻어내야 한다. 인생은 새옹지마라더니 형편이란 이렇게 한순간에 역전되는 것이다.

"싫어?"

"……."

"싫구나."

"……."

'흐흐, 당연히 싫지. 자, 이제 거래를 합시다. 영감!'

뚜득.

내심 흐뭇해하던 영호선은 자신의 모가지가 돌아가 버렸다는 것을 알 수 있었다.

뚜드득, 뚝뚝!

뿐만 아니라 사지도 부러져 나갔다.

"크크, 하여간 먹을 복 없는 놈은 어쩔 수 없다니까."

그 말과 함께 노인이 돌아서 버리자, 영호선은 신음을 애써 참으며 주르륵 눈물을 흘렸다.

'먹을 거라고? 이 씨, 미친 영감아, 그럼 좋게 설명을 해줬으면 오죽 좋냐.'

잠시 후 뼈가 다시 붙은 후 영호선은 한달음에 노인에게 달려갔다.

얼굴엔 환한 웃음이 가득했다.

"하하하, 저 왔습니다. 고기는?"

"나 먹었다."

주르륵!

영호선은 깊이 잠들어 있었다.

고기도 얻어먹지 못하고, 비참함을 맛본 탓에 미치도록 무공을 펼쳐 억지로 몸을 노곤하게 하여 골아떨어진 것이었다.

"오조 이 자식들, 네놈들이 감히 조장인 날 밀어! 내가 죽은 줄 알았지? 하하하, 이 개자식들아! 이렇게 버젓이 살아 있다. 이제 제사상 받을 준비나 해둬라."

영호선은 꿈속에서 오조원들을 만나 칼부림을 하고 있는 중이었다. 얼굴 가득 사악한 미소를 지으며 연신 중얼거렸다.

"유은령, 너는 왜 끼어들어. 저리 꺼지지 못해! 성질 건드리지 말고 곱게 꺼져라. 어후야, 뭐야 그 얼굴은? 작작 좀 해. 왜 질질 짜고 지랄이야."

이번에는 신나게 칼로 썰어대는데 유은령이 끼어들었는지 짜증난 얼굴이 떠올랐다.

연이어 영호선은 '다 죽어라!' 하면서 소리를 질렀다.

그렇게 영호선은 신나게 잠꼬대를 하느라 한 쌍의 눈동자가 지그시 내려다보고 있다는 것을 알아차리지 못했다.

노인이었다.

노인은 한쪽 입꼬리를 올리며 나직이 중얼거렸다.

"검절……."

검절!

잊을 수 없는 이름이다. 노인이 아직까지 이곳에 틀어박힌 것도 순전히 검절 때문이었다.

"크크. 이 나이에 호기심이 생기다니. 이것도 인연이라면 인연이겠지. 오랜만에 바깥 나들이를 다녀와야겠군. 음, 거의 백 년 만인가!"

이윽고 노인의 신형이 흐릿해지는가 싶더니 이내 흔적도 없이 사라졌다.

잠시 후!

쏴아아!

용암을 뚫고 노인이 그대로 솟구쳤다.

지하 사층에 순식간에 이른 노인은 거침없이 제삼관문과 이관문을 지나 제일관문에 이르렀다. 수련생들이 곤욕을 치르며 돌파하던 관문을 뻥 뚫린 대로인 양 그렇게 간단히 지나버린 것이다.

노인은 제일관문에서 묵환강시가 튀어나오기도 전에 신형을 끌어올렸다.

천장에 착 달라붙은 노인의 양손에 붉은 기운이 맴돌았다.

기관 장치로 작동되는 철갑 덮개가 소리도 없이 벌어지기 시작했다.

사이가 벌어지자, 노인의 신형이 신속히 빠져나갔다.

"역시 마군자로군. 세월이 흘렀어도 여전히 튼튼한걸."

노인이 선 곳은 바로 잠마원주의 거처 내 연공실, 즉 지하

관문의 입구였다.

노인이 만족스럽다는 듯 씨익 웃었다.

어둠이 내려앉은 잠마원에 불청객이 모습을 드러냈다.

하지만 잠마원 내 그 누구도 불청객의 등장을 알아차리지 못했다.

잠마원주 소요마선과 수라검마 동요비는 바둑판을 앞에 두고 있었다.

벌써 다섯 판째였기에 진지하게 바둑에 몰두하기보다는 대화가 주를 이루고 있는 중이었다.

"아, 깜박 잊고 말씀을 못 드렸는데 마곡에 영호선의 사망을 전하러 갔던 부교두 청송두가 오늘 돌아왔습니다."

수라검마 동요비가 흑돌을 놓으며 말했다.

소요마선이 고개를 끄덕였다.

"희귀한 혈마환까지 먹일 정도였으니 아쉬움이 컸겠군."

"곡주는 조금 아쉬운 표정인 반면 금마가 길길이 날뛰며 죽여 버리겠다고 했다더군요."

"하하하, 그놈은 영호선이 아니라 혈마환이 아까워서 그런 거야. 애초에 누굴 줄 생각 따윈 없던 거였을 테니까."

"호호, 아무래도 그렇겠죠."

"영호선 그놈이 있을 땐 몰랐는데 없으니 잠마원이 무슨 절간 같군."

"그러게 말입니다. 있을 땐 시끄러워 죽겠더니 없으니 허전하네요."

"다른 놈들도 정상이 아닌 놈들이 꽤 있는데 영호선 그놈이 하도 설치는 바람에 지금은 설칠 만한 기회를 놓쳐 버렸다고나 할까."

"그래도 환호하는 녀석들이 많더군요. 하하, 특히 독상군을 비롯한 피를 빨렸던 녀석들은 따로 모임도 가질 정도니까요."

"하긴 그 녀석들이라면 기쁘기도 하겠지. 독안마의와 유은령은 어떻지?"

"독안마의는 대수롭지 않은 척하지만 신경질이 더 늘었더군요. 유은령은 아예 말이 없었졌고요."

"유은령이 폭주할 줄 알았는데 의외로군."

"다행이라고 해야 할지, 심심하다고 해야 할지."

"크크크!"

소요마선과 수라검마는 두 사람의 모습을 지켜보는 한 쌍의 눈이 있다는 것은 전혀 눈치채지 못한 채 느긋하게 한담을 이어갔다.

노인은 속으로 피식 웃었다.

'이름이 영호선인 모양이로군. 근데 피를 빨어? 흐흐, 설마 그 미친 놈 영약 대신 피를 빨았단 말인가! 의외로 마음에 드는 놈일세.'

스스슥!

이내 노인의 신형이 잠마원주의 거처에서 사라졌다.

이윽고 노인의 신형은 오조의 숙소 지붕 위에 나타났다.

고요히 지붕에 선 노인의 귀로 오조원들의 속삭이는 소리가 낱낱이 들려왔다.

"명심해! 유은령 앞에서는 무슨 일이 있어도 안타까운 표정을 짓는 것을 잊으면 안 돼."

"물론이지."

"십조원들도 거의 숨도 못 쉬고 지내는 모양이던걸."

"이제 고작 이십 일 정도가 지났을 뿐이야."

"그래, 잠마원 생활은 아직 많이 남았지."

"휴우, 그래도 우리가 잘한 짓인지 모르겠어."

"옥헌무! 너는 그렇게 당하고도 그런 말이 나오냐?"

"다시 오지 않을 것이니까 하는 소리지. 다시 눈앞에 나타난다면 끔찍한걸."

"그래, 그냥 지독한 악몽을 꾸었다고 생각하자."

오조원의 숙소에서는 안도와 소리 죽인 환호가 이어졌다.

지붕 위의 노인의 얼굴에 웃음이 짙어졌다.

'크크, 미친 새끼!'

이윽고 노인이 가만히 운기하며 청력을 끌어올렸다.

그러자 즉시 잠마원 영역 내의 모든 사소한 소리들이 모조리 들리기 시작했다.

작게 웅얼거리는 희미한 소리부터, 바람에 나뭇잎이 스치
는 소리까지. 그 소리 중에서 노인은 끊어질 듯 이어지는 옅
게 울려 퍼지는 영호선이라는 이름을 가려냈다.

스스슥!

＊　　　＊　　　＊

독상군과 독예미, 두 남매는 오랜만에 한적한 곳에 자리를
함께했다.

"사실 나 일전에 아버지께 서신을 보냈었어."

독예미가 정면에 시선을 둔 채로 혼잣말처럼 중얼거렸다.

"괜한 짓을 했구나."

"지금 생각해 보면 괜한 짓이었지만 그땐 마음이 얼마나
아팠는지 몰라."

"이젠 다 옛일일 뿐이지."

"그래도 난 아직까지 영호선이 죽었다는 것이 실감이 안
나. 오빠는 그렇지 않아?"

독상군은 옛 기억이 생생이 떠올랐는지 일순 흠칫했다.

"쑥스럽지만… 지금도 가끔 꿈을 꾸긴 하지."

"나도 그래. 어젯밤에는 영호선, 그 악마 놈이 날 보며 대
롱을 흔들어대면서 웃고 있었어. 어찌나 놀랐는지 진짜 살아
돌아온 줄 알고 비명을 질렀지 뭐야. 덕분에 조원들 모두를

깨우고 말았어."

"하하, 이제 편하게 마음 먹자. 놈은 죽었어."

"정말 죽었겠지?"

"물론이지."

달빛이 잔잔히 두 남매를 평화롭게 비췄다.

그곳에서 얼마 떨어지지 않은 곳에 선 노인이 고개를 갸웃하고 중얼거렸다.

'대룡?'

스스슥!

*　　　*　　　*

십조 숙소 뒤편 담에 등을 기댄 채 유은령은 손에 들린 목각을 만지작거리고 있었다.

영호선이 죽은 후 다시 만든 목각이었다.

투명하게 반짝이는 두 눈에 이슬이 맺히는가 싶더니 이내 눈물이 목각 인형의 눈부위에 떨어졌다.

유은령이 울고, 목각 인형도 울었다.

유은령이 조용히 속삭였다.

"영호선! 울지 마, 울지 마."

유은령이 목각 인형의 눈물을 닦아주었다.

이내 유은령이 목각 인형을 품에 꼭 끌어안았다.

“영호선! 부탁이야. 이제 돌아와.”

바람이 유은령의 작게 속삭이는 음성을 흩뜨렸다.

“이제 그만 아무렇지도 않게 나타나 웃는 얼굴로 잠시 장난 친 것이라고 말해줘.”

그 맞은편 나뭇가지에 버티고 선 노인의 입가에 미소가 어렸다.

‘저 애가 유은령인게로군.’

노인은 영호선이 잠꼬대 하는 소리 중에 유은령을 말하던 것을 떠올리고 있었다. 영호선의 말에 의하자면 꿈속에서도 울고 있는 것 같더니 현실에서도 여전히 울고 있었다.

노인의 신형이 마치 유령처럼 그 자리에서 사라졌다.

모두의 소리에 귀를 기울였던 그림자가 사라진 뒤에도 잠마원은 지난 추억들을 조그맣게 속삭이며 그렇게 깊어가는 밤을 보냈다.

第六章
검절

# 潛魔 劍仙

잠마검선

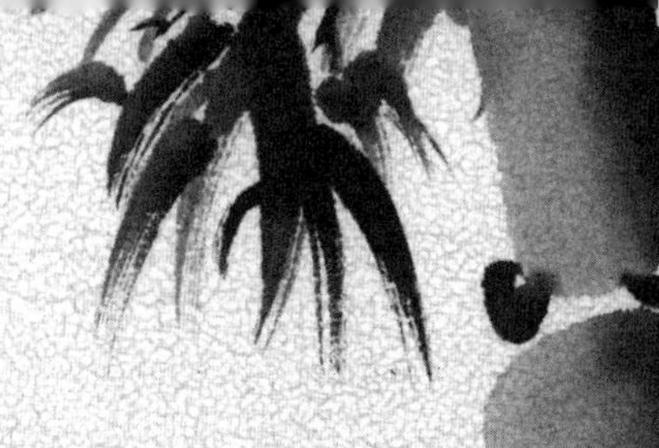

　영호선은 용암을 보면서 침을 질질거렸다. 눈에는 희망이 가득 담겨 있었다. 노인이 무슨 심보인지 용암어를 먹어보겠냐고 말한 것이다.

　이끼만 뜯어먹은 영호선이 거부할 리 없었다. 이젠 무슨 도움을 바라든지 고개부터 끄덕일 생각이었던 차였다. 거래를 한답시고 어설프게 거부 의사를 밝히는 것이 얼마나 비참한 결과를 사져오는지 깨닫지 않있던가.

　쓱쓱쓱쓱!

　영호선은 손바닥을 연신 비벼대며 초조함을 금할 길이 없었다.

"흐흐, 왜 이렇게 안 나오는 거야. 먹고 싶어서 돌아가실 지경인데."

얼핏 본 용암어는 뱀장어와 형태가 유사했었다. 대신 비늘 같은 것은 없었던 것 같았고, 몸체는 타는 듯 붉은색이었다.

"고기, 고기, 고기, 고기… 고기야 어서 나와라. 고고고고 고~ 기!"

거의 노래를 부르다시피 발을 동동 구르고 있을 때였다.

쑤악!

용암을 뚫고 노인이 모습을 드러냈다.

영호선이 환호성을 내질렀다.

"와아, 고기다! 드디어 고기를 먹게 된다."

더욱 기쁜 것은 노인이 양손에 한 마리씩 용암어를 들고 있다는 점이었다.

영호선이 안달을 부렸다.

"그거 한 마리는 제 것이죠? 그렇죠?"

"미친놈의 새끼, 정신 사나우니까 가만히 있지 못해!"

영호선은 또 사지가 부러지고, 목이 돌아가 고기를 놓치는 억울함은 당할 수 없다는 듯 바로 입을 다물었다. 하지만 두 발과 두 손은 멈추지 않았다.

연신 발과 손을 마구 동동거리고 비벼대는 영호선을 보며 노인이 용암어 한 마리를 던졌다.

"먹어봐라, 아주 맛있는 거야!"

“맛있어요? 호오오. 영감님, 잘 먹겠습니다.”

영호선은 말은 감사의 뜻을 전하면서도 눈은 날아오는 용암어를 바라보고 있었다.

척!

몸을 꿈틀대며 날아오는 용암어의 머리 부분을 영호선이 낚아챘다.

분명히 낚아챘다고 생각했다. 고기에 눈이 뒤집힌 영호선이 고작 물고기 따위를 놓칠 리 없었다. 하지만 영호선이 용암어의 머리 아래 목줄기를 잡는 순간이었다.

미끌.

꽉 움켜진 손아귀에 마치 기름이 발라져 미끄러지듯 용암어가 순식간에 빠져나갔다.

용암어는 영호선의 손목을 휘감고 기어오르더니 어느새 팔목을 똘똘 감아말며 순식간에 어깨에 이르러 도리어 영호선의 목을 물어뜯으려 입을 쩍 벌렸다.

“헉!”

영호선이 경악한 것은 당연했다.

사실 영호선이 용암어를 움켜쥐고 용암어가 손아귀에서 빠져나와 감아돌며 목을 물어뜯으려는 이 일련의 상황에 이르는 데는 고작 눈을 한 번 깜박이는 것보다 짧은 시간에 이루어진 일이었다.

그러니까 ‘척’ 하고 잡는 순간 영호선의 ‘헉’ 하는 경악성이 터진 것이라 할 수 있었다.

게다가 용암어의 머리 모양은 원래 독살 맞기 그지없었는데 지금은 생사의 고비에 있다는 것을 용암어도 아는지 입을 쩍 벌리는 것이 지옥의 악귀가 따로 없었다.

영호선은 황급히 왼손을 들어 용암어의 머리에 장력을 날렸다.

케윽!

용암어가 괴상한 소리를 내며 바닥으로 떨어졌다.

영호선은 화가 머리 꼭대기까지 솟구쳤다. 고작 물고기 따위에게 물릴 뻔했다. 먹이 주제에 고맙다고 인사는 못할 망정 감히 대들고 있는 것이다.

"용암에 산다고 네가 기고만장해져 있구나. 먹어주셔서 감사합니다, 라고 어서 드러눕지⋯⋯."

뒤에 '못해' 라는 말은 이어지지 못했다.

용암어가 바닥에서 갑자기 솟구쳐 날아들었기 때문이다. 기어다니는 것은 이미 잊어버렸다는 듯 그 빠름이 마치 암기가 날아드는 것만 같았다.

"뭐, 뭐야?"

영호선이 급히 신법을 펼쳐 용암어를 빗겨냈다.

끼익!

용암어가 괴상한 소리를 질렀다. 그리고 그 소리가 다 없어지기도 전에 허공에서 몸을 틀어 영호선의 옆구리로 파고들었다.

영호선이 서둘러 장력을 퍼부었다.

그러면서도 영호선의 얼굴엔 황망함이 가득했다. 물고기 따위에게 혼신의 장력을 펼치게 되리라고는 꿈에도 생각지 못했던 일이다.

하지만 또 생각해 보면 용암에 물고기가 살고 있으리라는 것 또한 꿈에도 생각 못한 일이 아니던가.

용암어는 놀랍게도 장력을 맞고도 그저 밀려나 바닥에 떨어졌을 뿐 또다시 이빨을 드러내며 몸을 날리길 멈추지 않았다.

사방에 장풍이 비산하고, 영호선의 신법이 현란하게 이어졌지만 용암어는 굴하지 않고 덤벼들었다.

그렇게 한참이나 공방이 이어지자, 영호선은 물고기와 싸우고 있는 자신이 짜증이 나 견딜 수가 없었다.

"이 자식아, 도대체 왜 안 죽는 거냐!"

용암어는 장력에 맞으면 잠시 주춤할 뿐이었지, 타격을 입은 것 같지는 않았다. 가끔은 장력의 빈 공간을 교묘히 파고들기까지 할 정도였다. 심지어 이 용암어가 노인에게 무공을 배운 것이 아닌가 하는 생각이 들 지경이었다.

노인이 용암어를 잡아올 때를 기다리며 침을 질질거리고, 손발을 동동거린 걸 생각하니 지금 이 상황은 어처구니가 없었다.

“감히 음식이 사람을 먹으려 들어? 좋다. 내 널 박박 뜯어
주마. 쌍!”

영호선은 즉시 전략을 바꿔 용암어를 향해 몸을 날렸다.

제일관문의 묵환강시를 바스러뜨렸던 마룡박격을 통해 용
암어를 분해해 버릴 생각이었다.

마룡박격은 그야말로 부숴 버리는 것에 집중된 외공으로
사람을 상대할 경우라면 적의 머리를 잡으면 머리를 으깨 버
리고, 어깨를 붙드는 순간 어깨의 근육과 뼈를 순식간에 흐물
거리는 상태로 만들 수 있었다.

영호선이 눈에 불을 켜고 용암어를 잡으려 들자, 용암어 또
한 심상치 않음을 느꼈는지 아까처럼 무작정 달려들지 못하
고 몸을 비틀어 흔들면서 이리저리 피하기 바빴다.

일순 영호선의 손이 용암어의 몸통을 붙들었다.

“옳거니!”

처음에는 전혀 예상치 못했던 터라 미끄럽게 손아귀를 벗
어나는 것에 대처를 못했지만 지금은 그 사실을 인지하고 있
다.

게다가 마룡박격을 시전할 경우 가장 기본이 되는 것이 손
아귀의 악력이 수배는 활성화되는 탓에 용암어는 영호선의
손에 붙들렸다.

하지만 이내 격렬히 몸을 틀더니 다시금 영호선의 손아귀
를 벗어났다. 그래도 수확이 없는 것은 아니었다. 비록 완전

히 붙들지는 못했지만 일순간이라도 붙드는 시간이 유지되는 것에 영호선은 만족했다.

다시 몇 차례 붙들고 놓치기를 반복하는 중에 영호선이 용암어의 목줄기와 몸통을 각기 양손에 나눠 움켜잡았다. 이번에는 잡는 순간 손을 잽싸게 돌려 아예 한번 말아감았다.

"크하하하! 뜯어져라, 음식아!"

마룡박격을 최고조로 끌어올린 영호선이 용암어를 잡아당겼다.

"으랏차!"

케윽!

영호선의 기합과 용암어의 괴성이 동시에 울려 퍼졌다.

용암어의 몸이 엿가락처럼 길게 늘어졌다.

하지만 용암어의 몸은 마냥 늘어날 뿐, 전혀 끊어질 기미가 보이지 않았다.

"후우, 후우!"

영호선이 숨을 고르며 힘을 늦추자, 용암어의 몸도 늘어진 상태에서 다시 본래대로 돌아왔다.

다시 영호선이 있는 힘껏 용암어를 잡아당겼다.

"이야야야야!"

케으윽!

용암어의 눈은 눈알이 빠져나올 듯 불거졌고, 영호선의 손아귀의 힘줄도 마구 불거졌다.

그렇게 일곱 차례나 잡아당기고, 쉬고를 반복하니 용암어
는 용암어대로, 영호선은 영호선대로 진이 빠질 지경이었
다.

"헉헉!"

케으으으!

영호선이 용암어를 바라보았다. 용암어도 영호선을 매섭
게 바라보았다.

영호선이 아랫입술을 깨물고는 다시 있는 힘껏 용암어를
잡아당겼다.

매섭게 노려보던 용암어의 눈이 다시금 툭 불거지며, 입을
쩍 벌리고 괴성을 내질렀다.

그러나 그뿐 여전히 용암어가 뜯어지지 않자 영호선이 목
줄기를 쥐고 있던 손을 놓고 땅바닥에 내려치기 시작했다.

팍 팍 팍!

"죽어! 죽어! 물고기가 그러는 거 아니다. 그냥 빨리 죽으
란 말이다!"

가을철 농부가 벼를 타작하듯 용암어는 연신 휘두르는 영
호선의 손길에 머리가 땅에 내리꽂혔다가 다시 휙 들어 올려
졌다가 꽂히기를 반복했다.

"쯧쯧쯧!"

영호선과 용암어가 사투를 벌인 끝에 용암어가 처참히 뭉
개지는 것을 보며 노인이 혀를 찼다.

　지금껏 용암어를 많이 잡아먹었지만 지금만큼이나 용암어가 불쌍해 보이긴 처음이었다.

　용암어는 용암 속을 노니는 만큼이나 그리 만만한 상대는 아니었다. 그래서 어쭙잖은 실력의 무림인이라면 용암어를 먹겠다고 덤볐다가 용암어에게 잡아먹히고 마는 것이다. 그런데 지금 용암어는 제대로 상대를 만난 셈이었다.

　차라리 월등한 실력자라면 용암어의 목을 단번에 따버렸을 것이다. 하지만 영호선의 현재 실력은 용암어를 제압할 수는 있으나 그렇다고 죽이기도 힘든 상태였기에 용암어는 고문 아닌 고문을 당하고 있는 셈이었다.

　노인은 자신의 몫으로 이미 살점을 드러내 놓고 있는 용암어를 한차례 보고, 다시 영호선이 패대기치고 있는 용암어를 바라보았다.

　"흐흐, 암놈이었나?"

　괜히 웃음이 났다.

　용암어는 암놈과 수놈 중에 암놈이 더 까다롭고 강했다.

　노인이 그렇게 수수방관하며 지켜볼 때, 영호선의 울화통을 터뜨리는 소리는 계속 이어지고 있었다.

　"음식 주제에 어디서 째려보는 거냐. 눈 깔아. 어후, 좋게 말할 때 눈 깔아라!"

　연신 머리가 땅에 패대기쳐지는 중에 잠시 쉴 때면 용암어가 독하게 째려봤기에 영호선이 성질을 내고 있었다.

노인이 다시 혀를 찼다.

"쯧쯧쯧! 미친놈아, 그만하고 이리 와라."

영호선도 더 이상 못해먹겠다는 듯 씩씩대며 노인 앞에 앉았다.

용암어는 눈은 매섭게 치뜨고 있었지만 어찌나 패대기를 당했는지 아까까지의 험악한 기세는 보이지 않고 그저 영호선을 노려볼 따름이었다.

"미친놈아, 백날 후려갈긴다고 네놈이 껍질이나 벗길 수 있을 것 같아!"

"이 물고기 녀석 도대체 정체가 뭡니까?"

"크크, 용암어다. 달리 화리(火鯉)라고도 하지."

"화리라면 만년화리말입니까?"

영호선의 눈이 화등잔만해졌다.

"미친놈, 눈 뒤집어지긴. 만년이 뉘 집 개 이름이야!"

"화리하면 만 년 아닙니까?"

"멍청한 놈 같으니. 일 년, 십 년, 백 년 없이 만 년이 있겠냐!"

"그럼 이놈들은요?"

"백 년 정도."

"에계, 고작……."

일순 노인의 손이 날았다.

짜악!

뚜득.

빰을 맞은 것뿐인데 영호선의 목이 돌아가 버렸다.

"미친놈의 새끼야, 용암에서 네놈이 일 년이나 살고 말을 해."

말 한 번 잘못 꺼냈다가 목이 돌아가 버린 영호선은 서러움이 물밀듯이 밀려와 눈물을 주르륵 흘렸다.

그런 영호선을 용암어가 매섭게 노려봤다.

노인은 괴씸하다는 표정이었지만 그래도 손을 뻗어 영호선의 머리를 움켜잡았다.

뚜득!

영호선의 머리가 다시 제자리로 돌아왔다.

소맷자락으로 눈가를 훔친 영호선이 애써 원독을 감추고 물었다.

"이거 어떻게 먹는 겁니까? 장력에 맞아도 끄떡없는 놈이라 이빨이 안 박힐 것 같은데요."

"물론이지. 껍질을 안 벗기고 통째로 먹으려면 이빨에서 강기 정도는 발출할 수 있어야겠지."

하긴 용암에서 사는 놈 몸뚱어리가 보통 이빨에 찢기면 용암에서 살 수 있을 리기 없었다.

영호선이 용암어를 바라봤다.

먹고 싶어 미치겠다는 표정이 어찌나 간절한지 애타는 심정이 고스란히 드러나 있었다.

용암어는 용암어대로 날카로운 이를 드러내고, 눈을 부라
려 마주 봤다.

"먹고 싶냐?"

노인의 말에 영호선이 이내 정신없이 고개를 끄덕였다.

'고기, 고기, 고고고고고~ 기'

"좋다, 맛을 보여주마."

영호선이 용암어를 노인에게 건넸다.

이번에 용암어는 노인을 매섭게 노려봤다.

노인이 용암어의 눈길을 느끼고 인상을 찡그렸다.

"이 새끼가 어디서 눈을 치켜 떠!"

노인의 손이 휙, 하고 용암어의 눈을 파고들었다.

대번에 눈알이 뽑아져 나왔다.

케으윽.

노인이 눈알 하나를 그대로 입안에 넣었다.

으드드득.

눈알이 으깨지는 소리가 적나라하게 퍼졌다.

영호선이 즉시 안달이 났다.

"눈알 하나는 저 주세요."

지그시 눈을 감고 맛을 음미하며 노인이 중얼거렸다.

"이빨 다 작살나고 싶냐?"

"후우!"

영호선이 길게 한숨을 내쉬었다.

노인은 남은 눈알 하나도 입안에 쏙 집어넣고는 이내 용암어의 몸을 길게 폈다.

영호선이 침을 삼키며 입맛을 다셨다.

노인이 오른손의 검지만을 펼쳐 용암어의 몸에 가까이 가져갔다.

그 순간이었다.

우웅!

영호선의 눈이 경악으로 물들었다. 노인의 검지에서 투명한 붉은 기운이 마치 예리한 칼처럼 솟아났기 때문이었다. 그것은 칼의 모양과는 엄연히 달랐지만 분명히 알 수 있는 한 가지는 붉은 기운이 바로 강기라는 것이었다.

그러니까 용암어를 제대로 먹으려면 강기를 제대로 다룰 수 있는 경지가 되어야 한다는 뜻이었다.

영호선이 침 삼키는 것도 잊은 채 놀라고 있을 때, 노인은 마치 잘 드는 회칼을 든 것마냥 강기로 용암어의 껍질을 벗겨냈다.

그러자 용암어의 속살이 훤히 모습을 드러냈다. 껍질은 붉기 그지없었는데 속살은 투명하기 이를 데 없어 거의 살 안쪽의 뼈가 보일 지경이었다.

살이 보이지 영호선은 다시 조급해졌다. 손을 마구 비벼대면서 혀로는 윗입술과 아랫입술을 연신 핥았다.

노인이 살까지 잘라내고 말했다.

"먹어봐."

"잘 먹겠습니다."

독상군의 피를 빨면서도 감사 인사를 잊지 않았던 영호선이었다. 그동안 굶주림에 시달리며 그리워하던 고기가 눈앞에 있으니 어찌 감사 인사를 잊겠는가. 게다가 만년화리가 아니면 어떠한가. 백 년도 대단한 것을.

영호선은 냉큼 살점을 집어 입에 넣었다.

"하아!"

절로 탄성이 나왔다.

입안 가득 담백하면서도 은은히 고소한 맛이 감돈다. 살을 살짝 씹으니 씹히는 듯 녹는 듯 부드럽고 기가 막힌 맛이 우러나왔다. 살아오면서 지금껏 먹은 수많은 물고기 중에서 이처럼 맛있는 고기 맛은 처음이었다.

더불어 뱃속에 따뜻한 기운이 스멀거리며 피어났다. 뜨겁게 타오르는 것이 아닌 마치 화롯가에 둘러앉아 그 은은한 따뜻함에 몸과 마음이 따스히 안정되는 그런 기운이 몸 안을 맴돌았다.

그러면서도 마냥 부드럽기만 한 것이 아니라 혈맥을 자극하며 진기를 북돋워 주고 있다.

영호선은 맛과 기운에 흥분해 용암어를 미친 듯이 먹어댔다. 가시에 붙은 작은 살점까지 야금야금 먹어치웠다.

"어떠냐?"

노인이 물었다.

"최고입니다, 최고!"

"흐흐, 물론 최고의 맛이지. 네놈의 내력도 조만간 크게 상승할 게야."

"그럼 앞으로 또 잡아주신다는 건가요?"

"물론이지. 하루에 두 마리씩 잡아주마."

영호선의 눈에 미칠 듯한 희열이 일렁였다.

하루에 두 마리라니. 이틀에 한 마리라도 감지덕지할 텐데 두 마리란다.

만약 이렇게 한 달만 복용한다고 해도 호신진기를 펼치는 것이 고작인 지금의 상태에서 벗어나 호신강기를 익힐 수 있을 테고. 그렇게 되면 이곳을 벗어나는 것도 어렵지 않을 것이리라.

늙은 영감탱이가 처음엔 잠만 퍼질러 자기에 영영 이곳에 자신 또한 평생 죽을 때까지 갇혀 있을 줄 알았건만 희망의 불씨가 마구 지펴지고 있는 것이다.

나가게 되면 제일 먼저 오조원들을 박살 내고, 이후 설요홍의 목을 따버리리라.

"이 은혜 잊지 않겠습니다."

영호선은 즉시 노인 앞에 무릎을 꿇고 머리를 조아렸다.

나중에 힘을 키워 그동안 받은 수모는 돌려받으면 되는 것이고, 지금은 어떻게든 잘 보여야 할 필요가 있었다.

“은혜? 이런 미친놈!”

“네?”

노인의 음성엔 냉소가 가득했기에 영호선은 어리둥절할 따름이었다.

“네놈을 위해서가 아니라 그저 나를 위한 일이니 착각은 집어치워라.”

쿵!

뒤통수를 한 대 맞은 듯 영호선은 머리가 멍해졌다.

세상에 이유없이 잘해주는 사람이 있을 리가 없지 않는가. 그것도 마도의 인물이 말이다. 왜 그 생각을 못하고 마냥 즐거워했지?

영호선은 이내 덜컥 겁이 났다. 그리고 한 사람이 떠올랐다.

‘독상군……’

온갖 영약을 처먹은 독상군을 빨아먹었던 사실을 왜 잊고 있었을까. 스스로도 독상군이 영약을 먹고 있는 모습을 볼 때면 그렇게 흐뭇할 수가 없었다.

‘그래, 더… 더, 더 먹어라. 열심히 먹어라.’

이렇게 마음 가득 응원했다. 독상군의 피가 더욱더 양질의 피가 될 수 있도록 말이다.

그런데 지금 이 상황을 보니 영락없이 자신의 꼴이 독상군이었다.

아니, 그보다 더욱 지독했다.

‘제길, 날 영약으로 사육해서 통째로 뜯어먹을 작정이었구나.’

몸이 절로 부들거렸다.

슬그머니 노인을 바라보니 옅지만 명확히 사악한 미소가 깃들어 있었다.

“으헉!”

영호선은 앉은 채로 주룩 물러섰다.

“안 돼, 그럴 수 없어.”

영호선은 벌떡 일어나 손가락을 입안에 넣고 목젓을 마구 휘저었다.

“웩~ 웩~”

토해내야 했다. 그것도 보는 앞에서. 앞으로 이끼만 먹고 사는 한이 있어도 먹잇감이 될수는 없었다.

“웩~ 웨에에엑~”

하지만 용암어의 살점 찌끄러기 하나도 나오지 않았다. 어찌나 흡수력이 좋은지 그저 신물만 넘어올 따름이었다.

노인이 그 광경을 가만히 지켜보다 인상이 딱딱하게 굳었다.

“무슨 짓이냐!”

“웩~ 으웨에엑!”

대답 대신 영호선은 필사적으로 목젓을 휘저을 뿐이었다.

그저 눈만 돌려 노인을 바라보았다.

노인은 영호선이 희번득거리며 바라보면서도 구토에 열중이자, 이내 신형을 날렸다.

이윽고.

뚜드득!

영호선의 목이 돌아갔다.

"이 새끼가 제대로 미쳤구나. 애써 먹였더니 이게 무슨 짓이냐!"

영호선은 목이 돌아가 버려 대답은 할 수 없었지만 그 상태에서도 손가락을 입에서 빼지 않고 있었다.

정말이지 목이 돌아가서까지 이래야 한다는 자신이 비참하고, 서러움이 물밀듯 밀려왔지만 그래도 먹잇감으로 길러질 수는 없었다.

참지 못한 노인이 급기야 영호선의 두 팔을 분질러 버렸다.

뚜드득!

"우욱!"

몸이 돌아가고 이어 팔이 부러지자, 영호선이 신음을 내뱉었다. 하지만 육신의 고통보다 더한 아픔이 바로 뒤를 이었다.

"원래 네놈은 죽을 놈이었으니 네 목숨은 이 노부의 것이나 다름없다. 명심해라. 네 의지 따윈 필요없다. 내가 너를 삶아먹든 구워먹든 그건 내가 결정할 문제야!"

영호선은 귀에 벼락이 꽂히는 기분이었다. 노인의 말이 메아리처럼 계속 귓가에 울려 퍼지며 떠나지 않는다.

"내가 너를 삶아먹든 구워먹든 그건 내가 결정할 문제다!"

결국 어떻게든 먹겠다는 뜻이다. 방법은 차차 생각해 본다는 건가?

주르륵!

영호선은 목이 돌아가고, 팔이 부러진 상태에서 어쩔 수 없이 서럽게 눈물을 쏟았다.

쾅, 쾅!

곡괭이가 벽을 강타했다.

지금 영호선은 노인의 강요에 의해 동굴을 파는 중이었다.

힘차게 곡괭이질을 하면서도 영호선은 노인을 힐끗거렸다.

노인은 팔짱을 낀 채 느긋하게 바라보고 있었다.

쾅, 쾅!

힐끗대던 영호선이 끝내 입을 열었다.

"진짜 안 먹는다는 말 믿어도 되는 거죠?"

노인이 삶아 먹든, 구워 먹든이라는 말을 했을 때만 해도 영호선은 잡아먹힌다고 확신했었다. 화리로 온몸을 영약화시킨 이후 물고기만 먹었으니 이젠 영양가 좋은 육식의 맛도 보자고 덤벼들 것이라고 생각한 것이다.

하지만 목이 돌아간 상태에서 노인은 ‘이 미친놈 도대체 머리에 무엇이 들어 있는지 확 열어보고 싶구나’ 라면서 먹지 않는다고 말한 것이다.

대신 노인은 곡괭이를 던져 주고 한 지점을 가리키면서 벽을 파내라고 했다.

그러나 영호선은 아직 미심쩍은 마음을 떨칠 수가 없어 묻고 또 물었다.

“절대 먹으면 안 돼요. 알겠죠?”

“네놈이 용암어보다 더 맛있더냐? 게다가 미친놈 따위는 안 먹는다.”

쾅, 쾅!

곡괭이를 내리치며 영호선은 내심 고개를 끄덕였다.

‘하긴 용암어가 맛있긴 맛있지.’

정말 재주만 있다면 용암어를 한 오십 마리 정도 잡아서 회를 뜨고 배부르게 먹고 싶을 지경이었다.

‘그런데 무슨 변덕으로 내게 용암어를 주는 걸까?

한 마리 더 잡는 것이야 식은 죽 먹기겠지만 문제는 저 괴팍한 늙은이가 왜 호의를 베푸냐는 것이었다.

잠자는데 방해된다고 사지를 부러뜨리고, 혈마환의 작용을 보자며 십여 차례나 뼈가 원상회복되는 것을 눈을 반짝거리며 지켜보던 사람이 아닌가.

사부로 모시겠다고 박박 기어도 성질만 내는 것을 보면 무공을 가르쳐 줄 생각은 없는 것 같은데 말이다.

'에라, 모르겠다. 잡아먹히지만 않으면 되지.'

쾅, 쾅!

곡괭이질은 처소를 만들 때보다 조금 더 수월했다. 곡괭이가 꽂힐 때마다 벽이 쉽게 무너져 내렸다. 단단한 암석을 깨는 것이 아니라 누군가 임시로 벽처럼 보이게 만들어놓은 것 같았다.

영호선이 그런 생각을 한 것은 곡괭이가 지날 때마다 큰 덩어리의 암석보다는 돌덩이가 잘게 부서져 내렸기 때문이었다.

거의 반 시진 정도가 지났을까.

쾅, 쾅!

푹!

한순간 돌 더미를 뚫은 곡괭이가 허공을 가른 듯 맥 빠진 소리를 냈다.

'응?'

영호선은 고개를 갸우뚱하고는 그 주변을 사정없이 난타했다. 그러자 이내 새로운 정경이 나타났다.

‘동혈?’

곡괭이질을 하면서 생각했던 대로 이곳은 원래부터 뚫려 있던 동혈인데, 누군가 임의로 막아놓은 것이었다.

동혈은 천장이 높고, 폭과 장도 넓었다. 노인이 머물고 있는 동혈에 비하자면 거의 다섯 배 정도는 될 듯했다.

영호선은 곡괭이를 휘둘러 입구를 더 넓히고, 부서진 돌더미를 부지런히 옮겨 동혈을 쉽게 드나들 수 있도록 한 다음에야 허리를 폈다.

비록 동혈이 나오긴 했지만 영호선은 노인의 의도를 전혀 알 수가 없었다.

‘영감이 처소가 좁아 옮기려는 걸까? 아니야.’

한동안 깊게 잠을 잔 이후로 노인은 거의 잠을 자지 않고 땅을 내려치거나 머리에서 김이 날 정도로 뭔가에 몰두하고 있었기에 정작 동혈에 들어가 있는 시간은 거의 없었다.

“따라 들어와라.”

노인은 성큼 드러난 동혈로 들어가며 말했다.

영호선이 뒤를 따랐다.

새로운 동혈은 동혈임이 틀림없었지만 어쩐지 정돈된 느낌이 가득 배어 있었다.

‘응? 야명주?’

천장에 야명주가 박혀 있다는 것은 의외의 광경이었다.

사실 영호선만 하더라도 완전한 어둠 속에서라도 사물을

식별하는데 어려움이 없었다. 한 점의 빛조차 없어도 적안마심공을 펼치면 주위 정경이 비록 붉은색 일색으로 비춰지긴 해도 사람의 주름살까지 식별할 수 있을 정도가 되는 것이다.

하물며 이곳은 용암이 뜨거운 열기와 함께 빛을 내주고 있어 영호선의 수준에서도 가히 밝은 대낮이라고 해도 과언이 아니었다.

'누구였는지 굉장히 수준 낮은 작자였군.'

이런저런 감상 속에서 영호선은 노인이 걸음을 멈추자, 그 뒤쪽에 섰다.

노인은 동혈의 한쪽 벽을 보며 제법 심각한 모습이었기에 영호선도 덩달아 심각한 표정으로 벽을 응시했다.

벽은 여기저기 수백 개는 족히 되어 보이는 칼의 흔적이 새겨져 있었다.

그러나 이내 영호선은 맥이 빠진다는 듯 입을 쓰게 다셨다. 그야말로 삼류 잡배가 제 성질에 못 이겨 아무렇게나 칼질을 해댄 수준 그 이상도, 그 이하도 아니었기 때문이다.

'어쩐지 야명주를 주렁주렁 박아놨더라니. 수준하고는……'

그때였다.

"검절……."

노인이 가만히 중얼거렸다.

영호선이 고개를 갸우뚱거렸다.

‘검절?

그렇게 속으로 중얼거리던 영호선의 얼굴이 사정없이 구겨졌다.

‘검절? 이 영감탱이가 노망이 났나. 왜 여기서 갑자기 검절이 튀어나와!’

검절이라면 백여 년 전 정파 최고의 고수인 검절성협이 틀림없었다. 검을 다루는 이들은 검절이라고 부르길 좋아했고, 협의를 높이 사는 이들은 검협이라고 줄여 불렀다는 바로 그 검절성협이 노인의 입에서 튀어나온 것이다.

형산에 있을 적, 영호선의 꿈 또한 검절과 같은 고수가 되는 것이었다.

하지만 지금 벽에 새겨진 중구난방의 칼질과 검절이 도대체 왜 연관되어지려 하는지 이해할 수가 없었다. 게다가 이곳은 잠마원의 밑바닥, 과거 마정대전이 벌어질 당시 마도의 최후의 보루가 아닌가 말이다.

물어보고 싶은 것은 많았지만 노인의 분위기가 심상치 않아 차마 입을 뗄 수가 없었다.

영호선은 허술하게 얽힌 수백 개의 검이 지나간 자국에서 눈을 떼고 주변을 둘러보았다.

뒤쪽으로 한 자루의 검과 족자 한 벌이 나란히 놓여 있었다. 움푹 들어간 구석에 놓여 있었는데 입구에서는 움푹 들어간 탓에 볼 수 없었던 것이 지금에야 눈에 띈 것이다.

잠마원에서 이곳에 떨어진 지 얼마 지나지 않았지만 검을 보니 순간 반가운 마음이 일었다. 게다가 족자라니. 지하에 갇힌 후 가장 사람의 기운이 풍기는 물건이 아닐 수 없었다.

영호선은 어디 보자 하는 표정을 하고 족자를 움켜쥐었다.

그럴 리는 없지만 만약 이곳에 검절이 머물렀다면 이 족자야말로 그가 남긴 비급일 가능성이 가장 컸다.

그렇게 영호선이 막 족자를 펼치려 할 때였다.

"이놈!"

노인의 격노한 음성이 동혈 안을 가득 메웠다. 어찌나 광포한 음성이었는지 영호선은 고막이 터져 버릴 것만 같이 충격을 받고 족자를 놓치고 말았다.

바닥에 떨어진 족자가 펼쳐지기 전, 노인이 손을 뻗었다.

족자는 이내 빨려들듯 노인의 손아귀에 들어갔다.

"죽고 싶어 환장을 했구나."

영호선이 놀란 눈을 연신 깜박였다. 불안했다. 느낌이 좋지 않았다. 이럴 땐 항상 일이 벌어지고 말지 않았던가.

짜악!

아니나 다를까, 노인의 손이 영호선의 뺨을 내갈겼다.

뚜드득.

영호선의 목이 돌아갔다.

주르륵!

어쩔 수 없이 눈물이 앞을 가렸다. 어째 뺨을 갈기는데 목이 돌아가 버리는지 맞을 때마다 신기하기만 하다. 그리고 아프다.

"이 망할 놈, 용암물에 삶아 가슴살을 뜯어 먹혀야 정신을 차릴 테냐!"

주르륵!

대답 대신 영호선이 눈물을 쏟았다.

뚜득!

영호선의 목이 다시 돌아왔다.

노인이 무슨 생각에선지 즉시 손을 쓴 것이다.

"……?"

의문을 담아 바라보자, 노인이 차게 말했다.

"넌 나를 위해 앞으로 무공을 익혀야 한다."

"네?"

눈물을 거둔 영호선의 눈에 이내 희열이 맺혔다. 노인네가 성질은 더럽지만 적어도 현 마도에 있어 다섯 손가락 안에는 들 것이 틀림없었다. 그런 노인네에게 무공을 직접 배운다면 잠마원의 비급들보다 더 나은 길이 아니겠는가.

영호선이 감동에 일렁이는 눈으로 바로 엎드렸다.

"사부님! 제자, 영호선의 절을 받으십시오."

"닥쳐라!"

"네? 무공을 익힌다면서요?"

"전에도 이야기했다시피 너 같은 미친놈 따위를 제자로 거둘 생각은 추호도 없다. 너는 앞으로 검절의 무공을 익힌다."

"헉!"

영호선이 노인과 벽의 흔적을 번갈아 쳐다보며 경악성을 터뜨렸다.

'뭐야, 진짜 검절? 아니, 마도에서 왜 검절의 무공을 익혀! 제길, 도대체 어떻게 된 거야!'

뭔가 뒤죽박죽이 되도 이건 도가 지나쳤다.

노인의 말투로 미루어볼 때 마치 검절을 알고 지낸 사람처럼 행세하고 있지 않는가.

게다가 노인은 마도가 분명했다.

검절의 후인이라고도 볼 수 없는 것이 검절, 검절하며 존경심 따위는 먼지 한 톨조차 없이 말하고 있고 말이다.

알고 지낸 사이라는 것도 믿기 힘들었다. 백여 년 전에 검의 극에 이르렀다 알려진 검절과 알고 지낸 것이라면 지금 노인의 나이가 어떻게 된다는 것인가.

"가부좌를 틀고 앉아라."

노인의 엄중한 말에 영호선은 수많은 의문을 뒤로하고 서둘러 정좌를 취했다.

여차하면 그냥 목이 돌아가는 것이다.

노인은 마주한 채로 정좌하고 입을 열었다.

"지금부터 전하는 것은 마운천봉공(魔雲千峰功)이다. 넌 혈마환을 복용하였고, 앞으로 화리를 계속 먹게 될 테니 심혈을 기울여 익힌다면 빠른 성취를 볼 수 있을 게야."

"네."

영호선이 차분히 답변했다.

하지만 마음속까지 차분한 것은 아니었다. 마운천봉이라 함은 마의 구름이 천개의 봉우리를 휘감는다는 뜻인데, 이 마도의 향기가 풀풀 나는 무공이 검절의 무공일 리가 없다는 생각에서였다.

그러면서도 검절의 무공을 익힌다고 하니 도대체 무슨 소리를 하고 있는 것인지 그저 아리송할 따름이었다.

곧이어 노인이 마운천봉공의 구결을 읊기 시작했기 때문에 영호선은 의문을 접고 정신을 집중했다.

그때부터 영호선은 오직 마운천봉공에만 몰두했다.

심오막측한 마공을 익힐 수 있게 된 것에 대한 자의적인 열성도 열성이지만 노인의 열정은 그보다 더해 한시도 영호선을 가만두지 않았다.

이유가 무엇인지는 여전히 의문이었고, 언제쯤 검절의 무공을 익힐 수 있는지도 몰랐지만 지금은 다른 생각을 할 수가 없었다.

매일 두 마리의 용암어를 먹고, 잠깐의 수면 외 모든 시간은 마운천봉공을 연마하는데 총력을 기울여야 했다.

영호선으로서는 용암어를 조금 더 먹고 싶다는 마음에 불만스럽기 짝이 없었지만 노인은 오직 두 마리의 용암어만 허용할 뿐이었다.

하지만 이는 사실 복에 겨운 불만이었다.

무림인 중 누군가가 영호선의 불만을 들었다면 거품을 물고 부러움에 녹아내렸으리라. 그만큼 용암어를 복용할 수 있다는 것은 그것이 단 한 마리라 할지라도 내공 증진에 막대한 영향을 끼치는 것이다.

그렇게 하루하루가 지나가며 영호선은 처소 동혈에서 마운천봉공의 운기에 힘을 쏟았다.

이날도 용암어를 복용한 뒤로 두 시진째 마운천봉공을 연마하는 중이었다.

지그시 눈을 감고 정좌한 영호선의 몸에는 무형의 서기가 주변을 가볍게 내리누르고 있었다.

"후우우!"

엷게 열린 입술 사이로 숨결이 묵직하면서도 길게 이어졌다.

그러자 숨결 사이에서 보랏빛 광휘가 번져 나왔다. 이어 보랏빛 광채는 빨리듯 영호선의 코로 스며들었다.

그 광경은 낱낱이 한 쌍의 눈에 가득 들어찼다.

바로 노인이었다.

　노인은 심혈을 기울여 영호선이 마운천봉공을 완성할 수 있도록 도와왔고, 지금 막 보랏빛 광채가 드러나는 것을 보고 슬그머니 만족스러운 미소를 머금었다.

　그와 함께 노인의 뇌리로 한사람의 얼굴이 떠올랐다.

　'검절!'

　얼마나 오랜 나날을 이곳에서 보냈던가.

　검절이 아니었다면 그저 십 년, 이십 년 정도 머물다 나왔으리라.

　어느덧 노인의 상념은 백 년 전으로 거슬러 올라갔다.

＊　　　＊　　　＊

　마정대전이 한창일 때, 마도에서 가장 애타게 찾고자 했던 사람이 있었으니 그는 다름 아닌 '광마혈성(狂魔血星)'이었다. 명실상부 마도제일의 고수인 광마혈성만 곁에 있다면 정파에 밀리는 일이 없었을 것이라는 것이 마도인들의 공통된 생각이었다.

　그러나 광마혈성은 마정대전이 벌어지기 수년 전에 이미 종적을 감춘 뒤였다.

　마도인들은 전혀 모르고 있었지만 사실 광마혈성은 마(魔)의 극(極)에 이르러, 어느 순간 마(魔) 그 자체가 되어 있던 터였다.

그것은 곧 마(魔)가 더 이상의 마(魔)가 아닌 상태, 즉 가는 길은 달라도 궁극에 이르면 결국 한 가지 도에 이른다는 이치에 이른 것이라 할 수 있었다.

그는 세상의 옳고 그름을 벗어나 진정한 마(魔)의 정수에 이르고자 했기에 마정대전 등의 일은 더 이상 그의 관심사가 될 수 없었다.

한편 마도에서 광마혈성을 찾고자 했다면 정파에서도 한 사람의 흔적을 찾고자 고군분투했으니 그가 바로 정파 최고의 고수 검절이었다.

그러나 정파인들은 마정대전이 끝난 뒤에도 검절의 그림자조차 찾을 수 없었다.

어떤 이들은 검절이 광마혈성과 동귀어진을 한 것은 아닌가 하고 조심스럽게 입을 열었고, 또 다른 이들은 검절이 검의 극에 이르러 우화등선하였다고도 하였다.

그러면서 시간은 차츰 흘러갔고, 마도인과 정도인들은 서서히 세월의 흐름과 함께 광마혈성과 검절을 잊어갔다.

그런데 세상 사람들이 어찌 알았으리요.

바로 그 시기에 공교롭게도 광마혈성과 검절의 인연이 시작되었던 것을.

*　　　*　　　*

노인의 입가에 슬그머니 미소가 떠올랐다.

검절과의 만남이 생각난 것이다.

'첫 대면 때는 무척 소란스러웠었지.'

이곳 지하 동부에 먼저 자리를 잡은 것은 광마혈성, 바로 지금의 노인이었다.

마의 극, 무의 극을 원하던 그는 과거 마군자가 설계한 활화산의 지하 암도를 생각해 내고 관문과 용암을 지나 인간이 닿을 수 없는 지금의 곳을 발견하고 머물게 되었다.

벽곡단을 준비해 갔지만 생각지도 않게 용암어를 발견한 것도 큰 수확이었다.

이미 더 이상의 내공은 의미가 없는 터라 용암어를 복용하는 것은 그저 식사를 하는 것에 불과했지만 벽곡단을 먹는 것과는 비교할 수 없는 맛이 용암어에겐 있었다.

조용한 나날이 이어졌다. 강호는 몇 차례나 뒤집어지며 마정대전이 한참이었지만 외부와의 단절로 그러한 사실조차 모르고 지내는 나날이었다.

어느 날인가는 땅이 울리는 소리를 듣고 바깥으로 나가보니 지하 사층에서 마도의 고수들이 지하 삼관문을 뚫고 내려오는 정파 고수들을 여지없이 쳐 죽이고 있었다.

정파에 오죽이나 밀렸으면 이 지경에 이르렀나 한심스럽기도 했지만 마군자의 관문이 있는 한 도움 따위는 필요없을 듯싶었다.

그렇게 하루하루가 지나 위쪽의 소란도 모두 사라져 다시금 오로지 마의 극, 그 극을 넘어서는 또 다른 세계를 엿보는 시간들이 이어졌다.

그러던 어느 날이었다.

이번에는 간접적인 소란이 아니었다.

조용하던 동부에 한 사람의 불청객이 불쑥 찾아든 것이다.

그가 바로 검절이었다.

"어? 먼저 오신 분이 있었군요."

뚱하니 바라보는 광마혈성을 향해 검절이 처음 내뱉은 말이었다.

용암을 뚫고 나온 검절은 한 자루의 검을 차고, 족자 한 벌을 손에 들고 있었다.

"뭐 하는 놈이냐?"

광마혈성의 물음에 검절이 친절하게 '모두 저를 검절이라고 부릅니다' 라고 답했다.

광마혈성의 얼굴에 기가 막힌다는 표정이 떠오른 것은 당연했다.

마도와 정파의 제일고수가 지하의 지하에서 마주하게 된 것이다.

"혹시 존함을 여쭤도 될는지요?"

"세상이 광마혈성이라고 하더군."

검절의 물음에 광마혈성이 답하자 이내 분위기가 무겁게

내려앉았다.

극과 극이 만났음을 서로 알게 된 것이다. 극성은 서로를 당긴다는 이치가 두 사람에게 닿았음인지 세상에서 사라진 두 사람이 공교롭게도 세상의 발길이 닿지 않는 곳에서 만난 것이다.

광마혈성과 검절은 말없이 서로 시선만을 주고받았다.

그러던 중에 먼저 입을 연 것은 검절이었다.

검절은 족자를 내려놓고, 정중히 예를 갖춰 입을 열었다.

"후배가 광마혈성님을 뵙습니다. 무례인 줄 알지만 감히 비무를 청할까 합니다."

광마혈성은 껄껄 웃고는 곧바로 그에 답했다.

"무례란 없다. 그저 살고 죽는 것뿐."

"그럼 후배, 최선을 다하겠습니다."

그 말을 끝으로 광마혈성과 검절은 격돌했다.

일생일대에 걸쳐 광마혈성과 검절은 적수를 찾지 못한 절세의 고수들이었다.

한 사람은 마의 극을 넘고자 했고, 또 한 사람은 검과의 합일을 넘는 신선의 검(仙劍)에 이르고자 했다.

눈에 보이지도 않을 만큼 빠르고, 천지가 격동할 정도의 격렬한 접전이 나흘을 넘겼다.

그리고 닷새째가 되던 날 두 사람의 격돌은 끝을 맺었다. 잠시 대치하고 있을 때, 검절이 선혈을 토해내며 무릎을 꿇은 것이다.

검절은 피로 얼룩진 입술을 닦으면서도 검을 지팡이 삼아 짚으며 예를 잃지 않았다.

"후배가 패배를 인정합니다. 귀한 공부가 되었으니 이보다 큰 행운은 없을 것입니다. 선배님의 처분을 기쁘게 받아들이겠습니다."

광마혈성은 비록 생사(生死)가 있을 뿐이라고 말했지만 나흘에 걸쳐 검절과 겨루며 감복한 부분이 적지 않았다.

나는 정파인이요, 라고 하듯 굳이 예를 다하는 모습에 몸이 근질거려 목을 분질러 버리고 싶다는 것 외에 무학(武學)에 대한 열정은 절로 고개가 끄덕여지는 부분이었다.

"흥, 네놈의 싸구려 목숨 따위를 거둘 만큼 한가하지 않다."

검절은 이내 멍해져 광마혈성을 물끄러미 바라보았다.

그리고 바로 고개를 숙였다.

"검절이 감사드립니다. 비록 폐가 될지라도 이곳에서 머물며 가르침을 얻겠습니다. 광마혈성 형님의 너그러움을 바랍니다."

"뭐라고? 형님?"

광마혈성은 정파 놈들이 저렇게 넉살이 좋았나 뒷골이 땡기는 기분이었다. 살려줬더니 아예 가르침을 구한다며 머리를 숙이고, 형님이라며 들러붙을 줄은 생각지도 못했던 것이다. 마도에도 저런 놈은 드물지 않던가.

당장 꺼지지 않으면 쳐 죽이겠다고 고함을 내질러도 아무 소용이 없었다.

"형님, 오는 길에 보니 용암어가 맛이 좋겠더군요. "

목숨을 거두지 않겠다는 말을 철썩같이 믿는지 장력이 머리에 근접해도 용암어 운운하며 넋을 놓고 있으니 도리어 광마혈성이 장력을 거둬들이고 그저 혼자 씩씩댈 수밖에 없을 지경이었다.

"형님, 여기 곡괭이가 있군요? 아, 이걸로 개인 동혈을 하나 만들면 되는 것이군요. 하하하!"

말끝마다 형님이라고 하는 것을 듣자니 광마혈성으로서는 정말 저놈이 소문의 '검절' 이 맞는지조차 의심스러울 지경이었다. 만약 손을 맞대지 않았다면 진정 검절이라고 믿을 수 없었을 터였다.

그렇게 검절이 지하 동부에서 뭉개기 시작하면서 지하의 지하, 비밀스런 처소는 더 이상 은밀하지도, 고요하지도 않게 되고 말았다.

그러다 보니 광마혈성으로서는 도대체 이 문둥이 놈이 왜 이곳에 오게 되었는지 궁금함이 치솟았다.

"도대체 이곳은 어떻게 알고 온 것이냐!"

검절의 대답이 걸작이었다.

"사실은 죽으려고 왔습니다."

"응? 자결?"

"네, 도저히 심마를 극복할 수 없어서 말이죠."

"이 새끼야, 그러니까 왜 이곳이냐고!"

"마지막으로 마도의 관문이나 뚫어보고 용암에 뛰어들어 죽으려고 했죠."

"오호, 그런데 왜 이렇게 버섯이 살아 있을까나?"

"너무 뜨겁더군요, 죽을 것처럼."

"이 자식아! 죽으려고 했다면서!"

"형님도 아시잖습니까, 우리 정도 되면 호신강기가 위급한 상황에서 마음과 연동되어 자연히 반응하게 되는 것을."

"이런 미친 새끼!"

그러니까 결론은 죽으려고 했는데 너무 뜨거워 죽을 것 같아서 깜짝 놀라 여기까지 흘러들어 오게 되었다는 말이다.

만약 이런 대화를 정파인들이 들었다면 충격에 몸을 비틀며 쓰러지고 말았으리라.

이윽고 광마혈성의 궁금증은 검절의 심마에 미쳤다.

그런데 물어도 어떻게 된 일인지 검절은 말을 흐릴 뿐 정확한 대답을 회피했다.

가르침을 받겠다고 하는 말이 심마에 관한 것이라고 생각했기에 광마혈성은 왜 검절이 말을 못하는지 의아할 따름이었다.

그러던 어느 날이었다.

검절의 동혈에서 기이한 신음 비슷한 소리가 들리자, 광마혈성은 신형을 날려 황급히 달려갔다.

"무슨 일이냐!"

그때 검절은 벽을 향해 가부좌를 틀고 앉아 있었는데 이마엔 송골송골 식은땀이 맺혀 있었다.

하지만 광마혈성의 외침이 들리자 안색이 붉게 변해 서둘러 뭔가를 챙기는 것이 아닌가.

뭔가 있다는 생각에 광마혈성이 들이닥치니 검절은 족자를 움켜쥐고 슬금슬금 눈을 회피했다.

"흐흐흐, 그러니까 그 족자가 문제였군."

"아, 아닙니다. 족자라뇨. 그게 어디에 있다고 헛소리십니까?"

"이 자식이 손바닥으로 하늘을 가려도 유분수지."

그렇게 광마혈성이 득달같이 달려가 족자를 빼앗아 들었다. 검절이 마음만 먹는다면 족자를 들고 사방팔방 도망쳐 다닐 수 있었지만 이미 형님으로 모시게 된 터라 식은땀만 흘리다가 족자를 빼앗기고 말았다. 손을 쓸 수는 없고, 그렇다고 멍하니 바라만 보고 있으려니 마음이 초조해진 검절은 발을 동동 굴리며 아무것도 아니니까 돌려달라고 난리를 부렸다.

"자, 뭘까나……."

광마혈성이 족자를 자르르 펼쳤다.

"응?"

광마혈성이 족자를 보고 다시 검절을 보니 검절은 이미 동혈 귀퉁이에 쪼그려 앉아 두 팔로 머리를 감싸고 있었다.

"이 변태 같은 놈, 혼자 도대체 뭘 보고 있었던 거냐!"

"……."

족자는 하나의 그림이었는데 문제는 그림이 고상한 풍경화나 정물화가 아닌 전신을 실오라기 하나 걸치지 않고 드러낸 경국지색의 미녀가 그려져 있다는 점이었다.

미녀도 단순한 미녀가 아니었다. 요염하기 그지없는 웃음에는 요기가 가득하고, 어떤 남자가 보더라도 피가 끓게 하는 그러한 정염의 화신과도 같았다.

"저기, 형님! 괜찮으십니까?"

"괜찮지 않으면?"

"그 그림이 바로 이 아우의 심마입니다."

"허허, 망할! 이 변태새끼."

"변태라뇨. 그림을 넘지 못하는 것뿐입니다."

"생긴 건 멀쩡한 놈이 사실은 변태였군. 응, 그랬던 거야."

하지만 광마혈성은 말은 변태라고 했지만 실제로는 검절의 심마가 무엇을 말하는지 정확히 알고 있었디.

아까 전 검절이 식은땀을 흘린 것은 스스로 검의 도에 들었다고 자부할 정도이니 이 미녀도(美女圖), 정확히는 환락도(歡樂圖)에 굴하지 않고 저항하는 중이었을 터였다.

만약 검절이 아니라 보통의 무림인이 이 환락도를 보았다면 그 자리에서 미쳐 버렸을 것이리라.

그제야 광마혈성은 검절이 죽고자 하는 마음을 품고 용암으로 뛰어들었다는 말도 이해할 수 있었다.

스스로 사물의 모든 이치와 인간의 정염을 넘었다고 생각했을 터인데 한 폭의 그림이 뻗어내는 기세조차 제압하지 못한 것을 수치로 여겼을 것이 틀림없었다.

검절이 가르침을 원하던 것도 분명 환락도를 넘어서는 길이었을 터이나 막상 이 사실을 드러내자니 부끄러운 마음이 더욱 커 머뭇거렸을 것이고.

"평정을 유지하고 온전히 관조(觀照)할 수가 없었습니다."

"변태 자식 같으니! 혼자서 좋은 그림을 보고 있었다니."

"어째 말이 그렇게 되는 겁니까?"

"앞으로 형님이라고 부르지도 마라."

"형님, 엉뚱한 말씀만 하지 마시고……."

"이 변태 자식이 어디서 감히!"

"커억!"

그 뒤 검절은 이미 숨길 것도 없는 마당이 되자 거의 조르다시피 광마혈성을 따라다녔다.

용암어도 잡아서 곱게 회를 떠서 대령을 하는가 하면, 회에 고운 이끼를 곁들이기도 했다.

검절의 입장에서는 광마혈성이 거의 유일한 길이었다.

　본시 심마를 만났다 함은 곧 다음 단계의 문 앞에 섰다는 의미와도 같았다.

　인간 세상의 기본 이치에서도 어떤 문제가 발생한다는 것은 곧 그 문제를 해결하게 되면 필시 얻어지는 이익과 기회가 열리게 된다는 것과 같은 맥락이었다.

　그런데 천히에 적수를 만나지 못하던 검절이 은밀한 지하 동부에서 제대로 된 맞수를 만났고, 그가 환락도에도 전혀 영향을 받지 않는 것을 보았으니 그저 물끄러미 바라만 보고 있을 수 없게 된 것이다.

　정성이 통했음인가.

　어느 날 광마혈성이 문득 입을 열었다.

　"너와 나는 사실 격차랄 게 없다. 그건 너도 잘 알 것이다."

　"……."

　"그런데 왜 너는 흔들리고, 나는 고요할까?"

　"검절이 형님의 가르침을 기다립니다."

　"너는 환락도에 버틸 수는 있으나 넘어서지 못하고 있다."

　"그것이 바로 이 아우의 고민입니다."

　"그 자체에 답이 있다."

　"우둔한 아우를 깨우쳐 주십시오."

　"너의 심마는 버티는 데 있다."

　"그럼 무너져야 하는지요?"

　"무너져서는 안 되지."

"……."

"버틸 필요가 없다. 그저 취함이 있을 뿐."

"……."

"흔들리지 않아야겠다고 생각하는 순간, 이미 흔들린다."

"……."

"네가 마음으로 범하지 말아야겠다고 생각하는 순간, 이미 범하고 있는 것이다."

"……."

"망설이는 사이 그 망설임의 약한 부분이 붕괴된다."

"……."

"범하고 싶으나 견뎌야 한다는 것이 아니다. 이미 가져 버리는 것이다."

"……."

"죽이고 싶다가 아니라 이미 잘려진 목을 손에 쥐고 있는 것이다."

"……."

"저항하지 않는다. 그저 모든 것을 받아들인다. "

"……."

"정파놈들의 약점은 바로 그 망설임에 있지. 머뭇거리는 사이 마음은 이미 침범된 상태니까."

검절은 한동안 말이 없이 광마혈성의 뜻을 마음에 새겼다. 그는 가만히 눈을 감은 채 전혀 대답이 없었지만 귀를 기울이는 그의 머리에서는 김이 모락모락 피어나고 있었다.

이윽고 광마혈성의 말이 더 이상 이어지지 않게 되고, 검절이 눈을 떴을 때 전에 볼 수 없는 신광이 쏟아져 나왔다. 극에 도달한 자에게는 천지간의 영약이나 신병이기보다 더욱 소중한 것이 마음의 깨달음이다.

검절이 지극히 평온해져서 광마혈성를 향해 진심으로 예를 갖췄다.

"검절이 귀한 가르침을 얻었으니 이는 평생의 은혜입니다. 비록 우연한 만남이었으나 이 가르침을 얻고자 이곳까지 온 것이나 다름없으니 형님은 제게 있어 스승님이라 할 수 있습니다."

어찌나 진지하던지 광마혈성이 평소에 하던대로 '개소리 하지 마라' 는 말도 꺼내지 못할 지경이었다.

이후 검절은 며칠이고 동혈에 파묻혀 좌정하더니 이윽고 환락도를 넘어서게 되었다.

"형님, 이 여인 정말 아름답지 않습니까!"

"변태 자식아, 닥쳐라."

"변태라뇨. 이래 봬도 아직 숫총각이란 말입니다."

"흘흘, 그랬었군. 원래 숫총각이란 놈들이 생각이 많은 법이지."

"제 생애 이런 미녀를 볼 수 있다는 것은 행운입니다."

검절이 환락도의 심마를 극복하게 된 것이 광마혈성의 심득에 힘입었다는 것은 기기묘묘하다할 수 있었지만 그것은 곧 극과 극은 하나로 통한다는 이치와 같았다.

광마혈성이 검절에게 전했던 것은 바로 마운천봉공의 심결이었던 것이다.

환락도의 심마를 벗어난 검절은 다시 검극의 벽과 마주하게 되었다.

그러던 어느 날 검절이 진지한 어조로 광마혈성에게 작별을 고했다.

"형님, 검절은 이제 떠날 때가 되었습니다."

"응? 떠난다고?"

"네. 형님의 가르침이 없었다면 결코 뜻을 이룰 수 없었을 것입니다. 감사드립니다."

"번거로운 녀석이 사라지는 것이야 내가 바라던 바지."

"검절에게 형님은 스승님과 같습니다. 부디 형님 또한 원하시는 바를 얻으시길 검절, 진심으로 바랍니다."

"떠난다면서 왜 이리 말이 많아. 어서 꺼지기나 해라."

검절은 즉시 그 자리에서 크게 절을 올린 후 머물던 동혈로 들어갔다.

광마혈성은 멍하니 검절이 하는 양을 지켜볼 따름이었다. 그런데 동혈에 들어갔던 검절이 나올 생각을 하지 않자, 의아하게 생각하여 검절의 동혈 입구로 다가갔다. 떠난다던 녀석이 검을 사선으로 내린 채 무심한 시선으로 벽을 응시하고 있었다.

광마혈성이 막 '어서 꺼져라' 는 말을 하려고 할 때였다.

검절이 벽을 향해 일검을 그었다.

광마혈성은 경악하고 말았다. 검절이 쳐낸 단 한 번의 검격은 충격 그 자체였다.

그 일검은 분명 일검에 불과했다. 하지만 광마혈성은 알 수 있었다. 그것이 또한 수천 번의 검과 같은 것을.

평범한 무림인이 그 모습을 보았다면 그저 벽을 향해 스윽, 쳐 올린 것으로밖에는 생각할 수 없었을 것이지만 광마혈성은 검절이 검의 극을 넘어섰다는 것을 알 수 있었다. 그로서는 도저히 맞설 수 없을 정도의 검이었다.

일검을 마친 후 검절은 검을 쳐 올린 그대로 그 자리에 굳은 채로 서 있었다.

그러나 변화가 인 것은 순식간이었다.

검을 쥔 오른손에서부터 형언하기 힘든 금빛 서광이 맺히는 듯싶더니 점차 팔과 어깨를 타고 서광이 번져 나갔다. 이윽고 금빛 광채는 순식간에 검절을 둘러쌌다.

광마혈성이 놀란 입을 다물지 못하고 있을 때, 어느덧 검절의 모습은 어디에서도 찾아볼 수가 없었다.

둑!

검절의 검만이 그저 주인을 잃고 힘없이 바닥에 떨어질 따름이었다.

광마혈성이 혼잣말처럼 중얼거렸다.

"우화등선(羽化登仙)!"

작별인사를 건넬 때만 해도 검절이 그저 이곳 지하 동부를 떠나 더 큰 경험을 찾아가는 것이라고만 생각했던 광마혈성이었다. 하지만 작별의 의미가 우화등선이었을 줄은.

멍한 눈으로 텅 빈 동혈을 바라보던 광마혈성의 얼굴은 서서히 일그러졌다.

그리고 이내 동부가 떠나갈듯 고함을 내질렀다.

"이 망할 새끼. 내 심득을 타고 우화등선해 버려! 이 나쁜 새끼야!"

고래고래 고함을 내질러도 광마혈성은 분노를 참을 길이 없었다. 벽에 주먹을 내지르고, 용암에 뛰어들었다가 다시 솟구쳐 올라와도 분노는 사라지지 않았다.

"와우, 성질 나 미치겠구나. 으아악, 참을 수 없어."

사실 이때 광마혈성이 화를 주체하지 못한 것은 검절이 우화등선을 이루었기 때문이 아니었다.

검절은 비록 정도의 길을 걸었으나 그 무학의 깊이는 감탄할 만한 것이었다.

심지어 승부를 인정하고, 머리를 숙일 수 있다는 것만으로도 이미 검절이 정과 마에 얽매임이 없는 상태였다는 것을 의미하는 것이었다.

문제는 검절이 마지막 펼친 검법이었다.

그것은 검절이 우화등선에 이르는 최후의 심득이자, 자신을 넘어선 검결을 보여준 것이었다.

광마혈성의 분노는 바로 거기에 있었다.

검절이 보인 마지막 일검을 도저히 현재의 자신으로서는 맞설 수 없다는 아득함으로 인해 화가 치밀어 올라 견딜 수 없게 된 것이다.

그때로부터 광마혈성의 길은 오직 검절이 남긴 마지막 검결을 어떻게 깨뜨릴 수 있느냐로 결정되었다. 그것은 광마혈성에게 있어서 어떤 의미에서 마지막 심마라할 수 있었다.

다시 홀로 남은 지하 동부에서 그는 용암어와 함께 수많은 나날을 보냈다.

그 와중에 위쪽에서는 잠마원이 지어졌다. 그러나 그것은 그의 관심사가 아니었다. 어느 누구도 그가 용암 아래, 즉 지하의 지하에 머물고 있다는 것을 알 수 없었기에 방해가 되지 않았던 것이다.

수많은 나날이 지났지만 광마혈성은 검절의 마지막 검결의 해법을 찾지 못하였으나 마의 극에 이른데다 용암어를 매끼 식사로 먹는 그는 세월을 잊고 이때까지 이르게 되었다.

그런 그가 영호선에게 무공을 가르치는 이유는 오직 한 가지 이유였다.

검절의 검결이 다시 재현되는 것을 직접 보며 그 파훼법,

그 이상의 경지에 이르고자 함이었다.

그러기 위해서 영호선이라는 애송이는 환락도를 넘어서야 했고, 그 환락도를 극복하기 위해서는 바로 자신이 검절에게 전했던 마운천봉공을 익혀야 할 필요가 있었던 것이다.

第七章
환락도

潛魔
劍仙
잠마검선

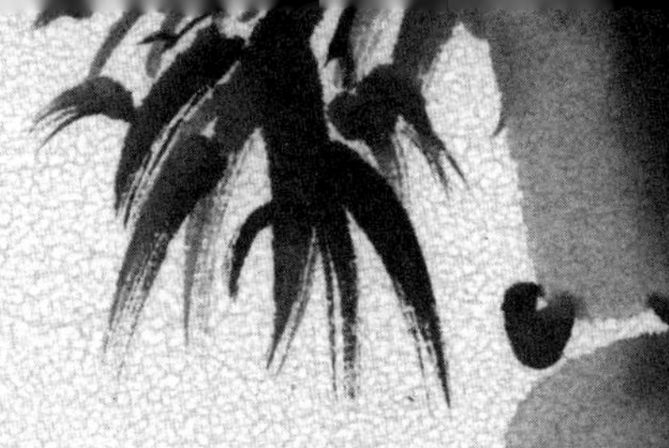

　다른 날과 마찬가지로 영호선은 이날도 좌정한 채로 마운천봉공에 몰두했다.

　한 식경이 지날 무렵, 보랏빛 광채가 뿜어져 나왔다. 이는 마운천봉공이 삼성에 이르렀다는 의미이기도 했다.

　그러나 오늘 동혈 안 풍경은 다른 날과는 달랐다.

　영호선이 의식을 가라앉히고 몰입해 있을 때, 어느샌가 광마혈성이 영호선과 마주 앉아 있었던 것이다.

　광마혈성은 고요한 신색으로 마운천봉공을 끌어올렸다.

　일순 그의 주위로 무형의 기운이 아지랑이처럼 피어올랐다.

지금 그는 영호선이 더욱더 빠르게 마운천봉공을 완성할
수 있도록 이끌어주려는 것이었다.

검절이 떠난 지 백여 년이 지났어도 아직까지 그의 머릿속
에는 검절의 마지막 검무가 마치 어제 일처럼 선명하기만 하
다.

그때부터 시작된 심마!

그는 이 심마를 극복하는 방법은 오직 검절의 마지막 검결
을 깨뜨려야 한다는 것을 잘 알고 있었다.

영호선이 검절이 남긴 검결을 모두 습득하는 날, 광마혈성
은 영호선을 죽일 생각이었다.

마의 결정체와 같은 그에게 한 목숨을 세상에서 지우는 것
은 한낱 먼지를 털어내는 일과 같았다.

연민, 죄책감 등은 이미 오래전에 사라졌다.

단지 내키느냐, 내키지 않느냐의 순전한 자유로움만이 있
을 뿐인 것이다. 그리고 지금 영호선을 향한 마음은 그저 심
마를 넘어서는데 필요한 요소일 뿐, 그 이상도 그 이하도 아
니었다.

광마혈성이 느릿하게 손을 뻗었다.

무형의 기운이 넘실거리며 손끝을 따라 물결쳤다.

그 광경은 마치 꿈결 같았다.

모든 사물이 느리게 움직이는 듯한 착각이 일 정도의 느림,
그리고 출렁임이었다.

광마혈성은 검지와 중지만을 펼친 상태로 영호선의 백회를 살짝 눌렀다.

그 순간 잔잔한 호수에 파문이 일듯 영호선의 머리 위에 공기가 물결이 퍼지듯 퍼져 나갔다.

그것은 그저 광마혈성이 영호선의 머리에 살그머니 손을 내려놓는 모습으로 보였으나 정작 당사자인 영호선에겐 전혀 달랐다.

지금 영호선은 광마혈성이 바로 앞에 앉아 있다는 것도, 광마혈성의 손이 머리에 닿았다는 것도 느끼지 못하는 몰아지경에 빠져 있었다.

그러나 광마혈성의 손이 백회혈에 내려앉았을 때 몰아지경 속에서 번개가 몸에 작열하고 있다는 사실만은 명확히 알 수 있었다.

쾅!

정수리에 꽂힌 번개는 아침 빛이 천지를 향해 순식간에 뻗어나가 지난밤의 어둠을 삽시간에 쫓아내듯 그렇게 온몸에 퍼져 갔다.

머리에서 발끝까지 서서히 퍼지는 것이 아닌, 단지 쾅, 하는 천둥소리가 나는 순간 발끝까지 관통되는 것이라 해야 옳았다.

영호선의 의식 너머, 그리고 몸 안의 기경들은 거대한 충격에 의해 관통되었지만 정작 영호선의 외부, 즉 몸은 평온함을 유지하고 있었다.

광마혈성의 손이 다시 영호선의 백회혈을 눌렀다.

쾅!

영호선의 전신 경맥이 다시 번개에 꿰뚫렸다.

쾅!

이번엔 전신 세맥이 번개에 관통되었다.

그렇게 번개가 열두 번에 걸쳐 영호선의 온몸을 지났다.

영호선은 흥분에 몸을 마구 떨어댔다.

지금 그의 손에는 족자가 들려 있었다.

"흐흐, 이것이 바로 검절이 남긴 절기라는 말이렷다."

곁에 노인이 같잖다는 표정을 짓고 있었지만 영호선은 그 딴 것은 상관없었다.

이제부터 진짜를 익히게 되는 것이 아닌가 말이다.

사실 영호선은 사흘 전 좌정을 마친 후 온몸이 날아갈 듯 가벼워지는 것을 느꼈었다.

몸이 마치 마음과 같았다.

마음이란 본시 뜻이며, 뜻을 일으켜 몸을 움직이는 것인데 몸이 마치 마음과 합일된 듯 수족의 부림이 자연스럽기 그지없었다. 더불어 마운천봉공의 진척이 이어지지 않던 부분들이 일순간에 깨우쳐진 것이다.

하늘을 날 듯한 기쁨 속에서 영호선은 크게 외쳤었다.

"하하, 도대체 어떻게 된 거지!"

그리곤 그 말과 함께 픽, 쓰러져 사흘 동안 의식을 잃고 있다가 깨어난 것이었다.

이는 사실 영호선이 마운천봉공의 진전을 빠르게 습득하면서 스스로는 느끼지 못하고 있었지만 거의 모든 심력을 쏟아냈기 때문이었다.

소모된 심력을 회복하고자 몸이 깊은 수면을 원했기에 나타난 현상이었기에 그건 영호선을 위해서도 당연한 수순으로 진행되어야 했던 상황이었다.

깨어난 뒤, 영호선은 용암어를 먹고 노인으로부터 기쁜 소식을 들으니 그것이 바로 족자를 펼쳐 보라는 것이었다.

영호선은 노인네가 검절의 무공을 익히라고 말을 해놓고 정작 마공을 전수하자 내심 의아함을 감추지 못했는데 비로소 족자를 건네자 흥분을 감출 수 없었던 것이다.

영호선은 곁에 노인이 같잖다는 표정을 짓고 있는 것도 모른 채 그저 한없이 들떠 있었다.

비록 바도세일의 고수가 목표이긴 해도 까짓 강해질 수만 있다면 정파의 무공이든 마도의 무공이든 무슨 상관이란 말인가. 그래, 이제부터 진짜를 익히게 된다.

'흐흐흐!'

영호선은 절로 웃음이 떠올라 견딜 수 없을 지경이었다.

크게 심호흡을 하며 서서히 족자를 펼쳤다.

처음 펼쳐진 부분은 꽃이었다.

'웅? 검절 이 양반 의외로 순정파였네? 비급에 웬 꽃?

역시 정파 나부랭이에 머무는 작자들의 순진함은 알아줘야 한다.

조금 더 펼치자 이번엔 여자의 얼굴이 나왔다.

영호선의 얼굴이 와락 일그러졌다.

'뭐야?

족자의 크기는 한정되어 있는데, 꽃은 그렇다 쳐도 여자의 면상이 지나치게 컸다.

얼굴 크기가 이 정도면 비급의 내용이 현격하게 적은 분량이라는 말이 아니고 무엇이겠는가.

영호선은 뭔가 수상한 느낌에 족자를 한꺼번에 펼쳤다.

차르르!

"헉, 뭐야!"

실망이 떠올랐다. 하지만 그 실망이 사라지는 것은 그보다 더욱 빨랐다.

화아아!

영호선은 주변의 풍광이 일거에 뒤바뀌는 것을 볼 수 있었다.

동혈이 사라지고, 수많은 기화이초들이 즐비하게 주변을

수놓고, 꽃밭에선 전신에 실오라기 하나 걸치지 않은 매혹적인 미녀가 부끄러운 듯 미소를 머금고 다가오고 있었다.

족자의 형태는 어디에서도 찾아볼 수 없었다. 모든 것이 현실이 되었고, 미녀는 바로 눈앞에서 걸어오고 있었다.

영호선의 눈이 한순간 꿈꾸듯 풀어졌다.

그리고 저절로 입이 열렸다.

"아… 그대는… 너무나 아름답군요."

미녀가 수줍게 손을 들어 입을 가렸다.

─당신을 기다렸어요. 당신은 영준하기 이를 데 없군요.

영호선이 침을 흘렸다. 그러나 정작 본인은 침을 흘리는 지도 전혀 모르고 있었다. 그저 여인의 음성이 천상에서 막 내려온 선녀와 같다는 생각이 들 뿐이었다.

"아, 이게 꿈인지 생시인지… 나는 당신을 볼 수 있어 기쁘기 그지없소이다."

미녀가 한걸음 더 다가왔다.

적나라한 여체가 고스란히 드러났다.

─당신의 이름은 어떻게 되나요?

"난 영호선이라고 하오."

―영호선… 좋은 이름이에요. 게다가… 당신의 눈, 투명한
눈이 마치 수정과 같네요. 제게 당신이 간직하고 있는 수정을
주시지 않겠어요?

영호선은 황홀하게 바라보며 중얼거렸다.
"내 눈… 수정……."
그 상태에서 고개를 끄덕인 영호선이 손을 들어 두 눈으로
가져갔다. 파서 줄 것이다. 기꺼이! 원한다면 팔다리도 잘라
서 줄 수 있다. 무엇이 아까우랴!
"물론이지요. 그대를 기쁘게 할 수만 있다면……."
그때였다.
빠악~
막 눈을 뽑으려던 영호선은 엄청난 통증과 함께 그대로 고
꾸라졌다.
"으윽!"
곁에 있던 광마혈성이 인상을 찡그리며 영호선의 뒤통수
를 후려갈긴 것이다.
"쯧쯧, 그동안 처먹은 용암어가 아깝다, 아까워."
"크윽, 왜 때리세요. 지금 막 눈알을 뽑으려 했는… 헉!"
영호선은 자신이 스스로 내뱉은 말을 귀로 듣고 경악성을
토해냈다.

오른손의 검지와 중지가 눈 근처에 있었다. 서둘러 주변을 둘러본 영호선은 기화이초와 절색의 미녀가 온데간데없이 사라진 것을 보고 식은땀을 쏟았다.

"어떻게 된 거죠?"

"용암어에 혈마환까지 처먹고, 내 마운천봉공까지 익힌 놈이 고작 환락도에 홀리다니… 쯧쯧!"

"환락도라뇨?"

어느새 광마혈성은 족자를 말아 손에 들고 있었다.

"멍청한 놈아, 네놈이 지금 무슨 짓을 했는 줄이나 알아? 그림 속의 떡을 진짜 떡인 줄 알고 그림을 통째로 뜯어 먹으려고 했다면 이해하겠냐? 이 환락도를 본 놈들은 스스로 눈을 파내고, 혀를 자르고, 심장까지 꺼내 바치고 만다. 그러면서도 황홀한 표정을 짓고 죽음에 이르니 환란살인도라고도 하지. 마운천봉공의 기본 심결이 무엇인지 다시 새겨봐라. 이 멍청한 놈아!"

영호선은 아랫입술을 깨물고 속으로 욕을 퍼부었다.

'제길, 이 영감탱이가 미쳤나. 자기가 괜히 이상한 그림을 보여주고 또 홀렸다고 성질이야. 이럴 거면 차라리 안 보여줬으면 좋았잖아.'

하지만 욕을 하면서도 영호선은 이 환락도가 보통 물건이 아니고, 무언가 반드시 보아야 할 필요가 있기 때문에 노인이 보여준 것이라는 생각도 들었다.

불만은 가득했지만 괜히 허튼소리를 지껄이다 화를 자초할 필요는 없었다.

"휴우!"

혹시 머뭇거리면 목이 돌아갈지도 몰라 영호선은 즉시 가부좌를 틀고 마운천봉공의 구결을 떠올렸다.

얼마나 지났을까.

길게 이어지는 구결 중에서 한순간 마음에 와 닿는 구결이 있었다.

눈으로 본 것을 그대로 받아들인다. 눈이 본 것을 마음이 다시 생성한다. 나는 그것을 거부한다. 그 속의 의미를 헤아리지 않는다. 보는 것을 전부로 하여 살의가 떠오르면 즉시 참한다. 존재하는 것, 머무는 것, 떠도는 것, 흉한 것, 길한 것, 그 모든 것은 그 자체일 뿐. 사물의 본질은 언제나 그 자리에 영원히 머물러 있을 뿐이나 마음은 본질을 떠나 환상을 만드나니…….

절로 수긍이 가는 구결이었다.

분명히 그림 속의 여인은 비록 아름답긴 했지만 그뿐이었다. 단지 그림일 뿐. 그 이상, 그 이하도 아니었다.

관(觀)을 통해 마음(心)이 일고, 서서히 욕(慾)이 육체를 잠식해 들어가는 것이다. 모든 이들이 욕망에 젖어드는 것은 바로 보는 것에서 시작된다.

그런데 이 환락도의 경우 관(觀)하는 순간 이미 욕(慾)에 이르는 것이라는 점이 문제였다.

그 정염에 타오르는 것이 마치 일 년여의 정염이 단 한순간에 일거에 쏟아져 나오는 것과 같이 인간의 마음을 휘몰아친다. 그렇기에 그 모든 그림 속의 것들이 살아 있는 것처럼 생명력을 얻어 미혹에 빠지는 것이다.

마운천운봉은 그런 점에서 마의 정수가 담긴 마공인지라 그저 존재를 바라보고 그 바라봄에서 멈출 수 있는 심결이 담겨 있었다.

관(觀)한 순간, 심(心)에 이어, 욕(慾)을 끌어올리는 것이 마운천봉공의 심결을 통해 바라보자면 관(關)은 그 뒤로도 그저 관(關)일 뿐인 것이다.

이는 마치 불도(佛道)의 무심관(無心觀)과 도가(道家)의 무념(無念)의 도(道)와 일맥상통한 것이라 할 수 있었다.

광마혈성의 마운천봉공은 분명 마도에 기반한 마공이었지만 극과 극은 통한다는 이치를 따라 결국은 불도와 도가의 심오한 불의와 도의와 합치되고 있었던 것이다.

그렇기에 검절이 비록 광마혈성의 마공심결에 도움을 얻었다고는 해도 큰 의미로는 무학의 극에 이른 진정한 이치의 도움을 얻었다고 해야 옳았다.

깨달음이 거기에 이르자, 영호선의 머리에선 김이 모락모락 피어올랐다.

원래 영호선은 심결의 진의를 온전히 체득하기도 전에 임의로 광마혈성에 의해 마운천봉공의 경지가 끌어올려진 상태였는데 환락도를 통해 도리어 마운천봉공의 기운이 심결을 이끌어낸 것이었다.

세상엔 많은 노력과 꾸준한 지식과 경험을 통해 부(富)를 성취하는 자가 있는 반면 원래부터 부(富)를 지니고 태어나 그 부(富)를 더욱 늘려가는 자가 있다. 영호선은 바로 후자의 입장과 같았다.

영호선이 슬며시 눈을 떴다.

그러자 자색 광망이 스산하게 눈 주위에 떠올랐다.

한걸음도 움직이지 않고 곁에서 지켜보고 있던 광마혈성의 입가에 희미하게 미소가 걸렸다.

그는 일부러 족자를 건넬 때 족자 속의 내용에 대해 전혀 주의를 주지 않았고, 족자를 열기 전에 마운천봉공으로 극복하라는 말도 꺼내지 않았는데 그것은 바로 지금과 같이 환락도와 강하게 부딪쳐 인의적인 충돌에 의해 빠른 성취로 나아가길 바랐기 때문이었다.

그런 점에서 영호선의 지금 성취는 결코 가벼운 것이 아니었다. 어느 누가 있어 환락도에 맞서게 하고, 심마에 빠졌을 때 도움을 줄 수 있는 사람을 옆에 두고 수련할 수 있겠는가 말이다.

아니나 다를까, 영호선은 환락도의 여운에서 완전히 벗어나 담담히 마기를 뽑아냈다. 그동안 처먹은 용암어가 전혀 아깝지 않은 상황이랄 수 있었다.

광마혈성이 영호선을 향해 족자를 던졌다.

쉭!

"다시 보아라."

영호선은 족자를 붙들고 망설이지 않고 차르르 펼쳤다.

자광이 어른거리는 상태로 영호선은 지그시 족자 속 그림을 바라봤다.

한순간 족자 속의 풍광이 주변으로 퍼지려 했다. 그와 동시에 여인 또한 마치 그림에서 걸어나오려는 듯 평면의 형태가 아닌 입체적인 자태로 변하였다. 하지만 좀처럼 그림 속에서 튀어나오지 못하고 꾸준히 올록볼록한 상태로 시도만을 되풀이할 따름이었다.

영호선의 입에 조소가 걸렸다.

"후훗, 그림 따위가 까불고 있군."

그 말과 함께 풍광이며, 여인이 다시 그림으로 돌아갔다.

그러다 다시 풍광이며 여인은 그림에 갇혀 있기 힘들다는 듯 올록볼록 마구 일부분씩 족자에서 튀어나오려 했다.

"워워, 진정해라, 진정해. 내가 아무리 멋있어도 그림에서 튀어나올 것까지야. 하하하하!"

족자 속의 여인이 서글프게 울기 시작했다.

"고작 눈물 공세냐! 쯧쯧, 얼굴이 아깝군."

영호선은 여유롭게 조롱했다.

하지만 그 곁에서 영호선을 바라보고 있던 광마혈성은 짜증이 말로 형용할 수 없을 만큼 솟구치고 있었다.

'이 멍청한 놈이 그림하고 이야기를 하네? 그림은 그저 그림일 뿐이란 것을 아직도 이해를 못했다니.'

광마혈성의 답답한 마음은 영호선의 목소리가 아닌 몰골 때문이었다.

여유로운 목소리와는 달리 영호선은 지금 식은땀 범벅이 되어 있었다.

마치 검절이 환락도에 대항해 겨우겨우 견딜 때의 모습과 다를 바 없었다. 그런데 이 영호선이란 놈은 마치 환락도를 넘어서기라도 한 듯 멋대로 지껄이고 있으니 어이가 없을 따름이었다.

"여인이여! 그냥 그림 속에 처박혀… 우웩!"

느긋하게 지껄이던 영호선은 일순 머리가 혼미해지며 피를 한 사발 토하고 그대로 혼절해 버렸다. 환락도와 맞서다 결국 기혈이 뒤틀린 것이다.

광마혈성이 길게 한숨을 내쉬었다.

"어휴, 이 답답한 새끼."

영호선의 지금 상황은 제압이 아닌 겨우 버티고 대항하는 수준에 불과했던 것이다. 치열한 정신 공방에 의해 기혈이 일

순 뒤틀린 영호선이 결국 버티지 못하고 각혈을 하는 것으로
패배를 시인한 꼴이었다.

광마혈성은 나뒹군 영호선을 지켜보다 화를 참지 못하고
걷어차기 시작했다.

퍽퍽, 퍽퍽퍽!

"그냥 죽어, 이 자식아. 나가 뒈지라고."

퍽퍽, 퍼퍼퍽!

"살아서 뭐 할래. 그냥 이대로 쭉 죽어버리란 말이다."

영호선의 몸이 발길에 닿을 때마다 움찔거렸다.

광마혈성이 죽으라고 말은 하고 있었지만 실제로는 발길
질로 뒤틀린 기혈을 바로잡아 주고 있었기 때문이다.

"멍청한 놈의 새끼가 그림하고 말을 해? 그래, 그림이 뭐라
고 하든? 같이 살자든? 혼인하재? 이 새끼야, 그냥 죽어. 제발
좀 죽으라고……."

퍽퍽퍽!

기혈이 다시 제자리를 찾으면서 정신이 돌아온 영호선이
주르륵 눈물을 쏟았다.

영호선이 환락도를 넘어선 것은 그 후로 다섯 번의 각혈과
그에 상응한 열댓 빈의 발실질이 지나서였다. 안되면 될 때까
지 패면 된다는 광마혈성의 의지에, 꾸준히 용암어를 복용한
결과였다.

"하하, 그림으로 사람을 죽이다니. 환락도가 아니라 살육
도잖아. 요년아, 도대체 얼마나 많은 사람을 죽인 거냐!"

환락도를 넘어선 뒤 영호선은 시도 때도 없이 족자를 펼쳐
놓고 농을 건네도 무리가 없을 정도에까지 이르렀다.

"대체 어떤 작자가 이따위 그림을 남긴 거야!"

이따위 그림이라고 말하면서도 영호선은 자꾸 펼쳐 보았
다.

영호선에게 환락도는 더 이상 환락도가 아니었다. 그저 여
체를 섬세히 그려놓은 한 폭의 춘화도에 불과했다.

"보면 볼수록 잘 그렸단 말이야. 캬아, 이 살결하며……."

영호선이 그렇게 개인 동혈에서 뒹굴거리며 한 폭의 그림
감상에 여념이 없을 때였다.

"이 변태자식아, 어째 하는 짓이 검절하고 똑같으냐! 족자
는 집어치우고 이쪽으로 와라."

광마혈성의 고함에 영호선이 족자를 아무렇게나 팽개치고
서둘러 나갔다.

광마혈성은 용암어 두 마리를 잡아 벌써 회를 뜨고 있었
다.

"와아, 고기다!"

영호선은 날듯이 달려가 광마혈성의 맞은편에 앉았다. 손
을 마구 비벼대고, 침을 꿀꺽거리는데 매서운 시선이 느껴졌
다. 흠칫해서 보니 용암어들이 살이 도려내지는 중에도 매섭

게 노려보고 있었다.

영호선이 마주 노려봤다.

"음식 따위가 노려보는 것 아니라고 했을 텐데."

쉭쉭! 쉭쉭!

즉시로 영호선의 손이 빠르게 움직여 용암어의 눈을 모조리 파냈다.

"헤헤, 영감님, 드십시오."

네 개의 눈알을 건네자, 광마혈성이 눈알을 받아 으드득 깨먹었다.

곧이어 살이 모조리 발리자, 영호선이 한 마리를 순식간에 해치웠다.

매일 먹는 것이지만 정말이지 질리지도 않고, 먹으면 먹을수록 고소함이 더해진다. 이 깊은 지하에서 이런 진미가 있을 줄 세상 누가 알겠는가. 세상 그 어떤 음식도 이보다는 못할 것이리라.

영호선은 마지막 한 점을 털어 넣으면서 입안 가득 깊게 맛을 음미했다.

"으음, 최고야, 최고."

그때였다.

빠악!

눈까지 감고 지그시 맛을 음미하던 영호선이 뒤통수에 벼락을 맞은 듯 그대로 앞으로 고꾸라졌다. 이마가 땅에 닿고 튕겨졌다.

버락을 내린 건 당연히 광마혈성이었다.

광마혈성은 후려 팬 뒤 성질을 부렸다.

"얼빠진 놈, 정신 차리지 못해! 고작 환락도를 넘었다고 여유나 부리고 있다니. 당장 따라와라."

영호선은 인상을 찡그리며 아랫입술을 깨물었다. 예로부터 먹을 땐 개도 안 건드린다는데 저 미친 영감탱이는 해도 해도 너무했다.

'확 미친 척하고 한 번 붙어봐?

환락도를 넘어서면서 내력이 그야말로 용솟음치는 것을 느끼고 있는 영호선이었다. 시험 삼아 호신강기를 이끌어봤을 때, 오랫동안 유지하기는 힘들었지만 일각 정도를 유지할 수 있는 수준이란 것을 확인했었다. 과거 호신진기만을 운용할 수 있을 때와는 비교할 수 없는 발전이었다.

호신강기를 운용할 수 있다는 것은 영호선에겐 매우 중요했다. 단지 무공이 강해졌다는 것 이상의 의미였다.

그건 바로 용암을 뚫고 이곳 지하 동부를 벗어날 수 있다는 것이었기 때문이다.

'아니, 아직은 참아야 해. 영감탱이가 무슨 수작을 부리는 것인지는 모르지만 얻을 수 있는 것은 모조리 빼내야 한다. 검절의 기예를 익힌 뒤에 암습으로 죽여 버리면 되지. 그때가 되면 호랑이 새끼를 키웠다는 것에 뼈가 시리도록 후회하게

될 테고. 흐흐흐!'

영호선은 내심 칼을 갈며 후일을 기약했다.

하지만 정작 노인이 자신을 도구로 삼고 있으며 종국엔 죽여 버릴 것이라고는 전혀 짐작도 못하고 있는 영호선이었다.

노인이 우화등선에 이른 검절의 검결을 뛰어넘기 위한 수단으로 사육되고 있다는 것을 안다면 결코 이처럼 희망에 젖어 들떠 있지는 못했을 것이다.

이렇게 영호선과 광마혈성은 같은 공간에 있으면서도 서로 다른 꿈을 꾸었다. 그 동상이몽(同床異夢)의 둘 사이에 검절의 검결이 있었다.

노인의 뒤를 황급히 따른 영호선은 노인이 야명주가 틀어박힌 동혈로 들어가는 것을 보고 설마하니 벽에 남겨진 수천 개의 어설픈 칼자국을 검절의 절기로 오인하지는 않겠지, 라고 생각했다.

허나 우려는 현실이 되었다.

"이것이 앞으로 네가 익혀야 할 검절의 검결이다."

노인의 담담한 말에 영호선은 짜증이 확 났다.

이건 사람을 그저 놀리겠다는 뜻이었다.

세상천지 누구라도 벽의 흔적을 본다면 짜증을 낼 것이 틀림이 없으리라. 그처럼 벽의 흔적은 무질서했고, 어떤 부분은 도저히 검이 지나간 것이라고는 보기 힘들 정도로 움푹 패어 있는가 하면 실처럼 가느다랗게 선만 그어져 있기도 했다.

그저 하루하루 소일거리가 없어서 일 년 내내 분풀이하듯 검을 그어댄 것이라고 밖에는 생각할 수 없을 정도였다.

그래도 대놓고 성질을 부릴 수는 없었다.

"에잇, 영감님도 농담이 지나치시네요."

"하긴 네놈이 이걸 알아볼 리가 없지."

혹시 목을 돌려 버릴까 은근히 조바심을 내던 영호선은 노인의 차분히 가라앉은 냉소적인 반응에 의문에 찬 눈초리로 바라봤다.

"검절은 단 일검을 그었을 뿐이다."

"네?"

영호선은 혹시 잘못들었나 싶었다.

"단 일검! 일검(一劍)이 곧 천검(千劍)이고, 천검이 곧 일검인 셈이지."

"어떻게 단 일검에… 혹시 영감님이 직접 보셨습니까?"

영호선은 노인이 하릴없이 시답잖은 소리를 할 사람이 아니란 것을 잘 알고 있었다.

노인이 담담히 말을 받았다.

"물론. 검절 그놈이 보란 듯이 내 곁에서 펼치고 갔으니까."

"흐음!"

영호선이 침음성을 삼켰다.

노인의 진지한 기운으로 보아 거짓을 말하고 있는 것은 아니란 생각이 들었던 것이다.

그런데 또 한편으로는 이 노인이 실제로 이곳에서 검절과 함께 지냈단 말인데, 그게 참 믿을 수 없는 노릇이었다. 그럼 노인의 나이가 도대체 어찌 되는지 아득할 따름이었다.

"이보다 병확한 검결도 없지. 넌 앞으로 마운천봉공을 기반으로 하여 이곳에서 검법을 익히도록 해라. 바로 지금부터."

그 말을 끝으로 노인이 몸을 돌려 나가자, 영호선은 막연한 느낌에 노인의 뒷모습과 벽을 번갈아 바라보았다.

'뭐가 어떻게 된 것인지 자세히 말을 해주면 얼마나 좋아.'

아직까지 영호선은 이 낙서 같은 흔적이 검절의 것인지 믿기 힘든 상황이었다.

'에라 모르겠다.'

불만은 가득하지만 그렇다고 대들 수는 없는 일. 영호선은 일단 뒤쪽에 세워진 검을 집어 들었다.

"흠, 그러니까 이게 바로 검절이 쓰던 검이라는 거군."

혹시 명호가 새겨져 있나 하는 마음에 영호선은 검집을 세심하게 훑어봤다.

하지만 어니에도 검절의 검 자도 찾을 수가 없었다. 실망한 영호선은 검을 뽑았다.

스릉.

푸른 검신이 야명주의 빛에 반사되어 서늘한 빛을 뿌렸다.

"약해, 약해."

영호선이 고개를 저었다.

제법 검신은 예기를 머금고 있었지만 보검이라고 부르기엔 부족했다.

잠마원에서 각 수련생들에게 지급된 검과도 그다지 차이가 느껴지지 않았다. 검의 극에 이르면 굳이 병기의 우월함에 기댈 필요가 없다는 것을 알고 있지만 그래도 조금은 맥이 빠지는 건 어쩔 수 없었다.

영호선은 쩝쩝 입을 다시며 낙서 자국 앞에 가부좌를 틀고 앉았다.

검은 가부좌를 튼 다리 위로 수평으로 놓았다.

마음으론 이 낙서가 검절의 일검이라는데 동의하기 힘들었지만 일단 시도는 해봐야겠다는 생각을 했다. 이내 영호선은 주의를 집중했다.

'좋아. 내가 만약 검절이라고 치자. 어떻게 발검하면 일검에 이토록 무수한 검 자국을 남길 수 있을까?

그러나 그 생각이 떠오르기 무섭게 바로 웃음이 나왔다.

"크크, 어처구니가 없네."

검절이라고 치고 생각을 해보려 해도 자신은 역시 자신일 뿐, 당장 검절이 되는 것도 그 수준에 이른 것도 아닌지라 애초에 검절이라고 치자는 생각의 발단은 맞지 않았다는 것을 깨달은 것이다.

영호선은 생각을 바꿔 낙서를 왼쪽에서부터 순차적으로 천천히 읽었다.

고작 벽의 흔적 중 십분의 일도 채 훑지 않았을 때였다.

"휴우!"

절로 한숨이 나왔다. 아무리 봐도 절대 일검에 쳐낸 흔적이 아니었다.

영호선은 이때 머릿속으로 스스로 검을 휘둘러 벽의 흔적을 재현해 보고 있었다.

바둑의 고수들은 텅 빈 바둑판을 보고도 한 달 전, 아니, 일 년 전의 대국을 기억해 순서대로 흑돌과 백돌을 정확한 위치에 놓을 수 있다.

그뿐 아니라 아예 바둑판을 보지 않고도 서로 대국을 치르는 경우도 바둑의 고수들 간에는 어려운 일이 아니었다.

그런 것처럼 무공의 성취가 어느 수준에 이르게 되면 검법 또한 자신이 과거에 시전한 변형된 형태까지 고스란히 떠올릴 수 있으며 굳이 직접 검을 들지 않고도 검을 시전한 순서와 그에 동반되었던 보법, 그리고 운기의 형태까지 온전히 마음으로 시전이 가능한 것이다.

그래서 지금 영호선은 마음으로 벽의 흔적을 따라가며 검을 펼쳐 보았다.

그런데 흔적과 흔적이 중간에 완전히 사라져 버리고 한참이나 떨어진 부분에 놓여 있는 것이 아닌가.

이는 적어도 한 호흡의 숨결과 두 번의 보법 변화가 필수적으로 이루어져야만 그다음으로 이어질 수 있는 형태의 흔적이었다.

'말도 안 돼. 상식적으로 생각해 봐도 결코 일검에 쳐낼 수 없는 거잖아.'

영호선은 동혈 입구 쪽으로 시선을 돌렸다.

노인에게 이건 헛짓거리 같다는 말을 해야 할 것 같았다. 하지만 이내 아랫입술을 깨물고 다시 시선을 벽으로 향했다.

노인이 진지하게 말을 꺼냈던 만큼 적어도 노력하는 시늉은 한 뒤에 말을 해도 늦지 않을 터였다.

'좋아, 일단 닥치고 부딪쳐 보자.'

영호선은 노인의 말을 떠올렸다.

"일검(一劍)이 곧 천검(千劍)이고, 천검이 곧 일검인 셈이지."

"일검이 천검이고, 천검이 일검이라……."

영호선은 눈을 감고 생각에 잠겼다.

일검으로 천검을 그었다. 보이는 천검은 실은 일검이기도 하다. 검절이라면 일검으로 천검을 만들어낼 수 있을 것이다.

또한 천 번의 검격으로 일검의 위력을 나타낼 수도 있을 터.

'나는 일검으로 천검을 이룰 수 없다. 이건 뭐 인정해야지. 그래, 내가 할 수 있는 것만 해보자. 천검을 온전히 순차적으로 펼쳐 내는 것. 혹여 알아? 천검을 온전히 펼쳐 내면 일검으로 합일해 단 일검에 천검을 펼쳐 낼 수 있을지도 모르잖아.'

대충 생각을 정리한 영호선은 자리를 떨치고 일어섰다.

기수식은 검을 가장 자연스럽게 늘어뜨린 상태인 채로 시작했다.

앉아서 흔적을 따라갔을 때, 벽의 흔적은 그어진 선마다 벽에 팬 자국이 달랐다.

어느 것은 깊게, 어느 것은 마치 실처럼 가느다랗게 살짝 그어져 있을 뿐이었다. 또 어떤 것은 길게 이어지는 와중에 점점 팬 자국이 옅어지거나 혹은 반대로 깊어지기도 했다.

그러한 차이는 발의 위치와 내력의 강약의 변화를 의미하는 것으로 영호선은 받아들였다.

일단 영호선은 벽의 흔적을 열 개로 분할해 그중 제일 왼쪽의 십분의 일의 위치까지 시전했다.

천천히 검을 뻗고 거두며 하나씩 따라갔다. 검식의 기반은 당연히 마운천봉공의 운기법을 따랐다.

검이 흔적을 따르는 것인지, 흔적이 검을 이끄는지 모를 정도로 영호선이 몰입했다.

그러다 십분의 일 지점이 거의 끝나갈 쯤이었다.

영호선은 그 자리에서 굳어버렸다.

벽의 흔적은 수평각에서 순식간에 수직각으로 변했는데 단지 그뿐이라면 별문제가 아니었지만 수직각은 이미 거쳐 왔던 전 지점의 중간 정도로 이어져 있었다.

검식의 변화가 극렬하기 이를 데 없다지만 이건 심해도 너무 심했다. 이 상태에서는 거의 몸을 옆으로 눕다시피 하여 검을 그은 후 다시 검식을 이어가야 하는데 이걸 인간이 펼칠 수 있을 리 없다는 생각이 든 것이다.

영호선은 인상을 찡그리고는 혹시 잘못된 흔적을 쫓았나 싶어 다시 처음부터 시작해 보았다.

하지만 역시나 그 부분에서 정확히 방향을 잃었다. 검식은 특별한 것도 없었고, 그다지 위력적으로 느껴지지도 않았다.

영호선은 일순 오기가 생겼다.

'안 돼? 안 돼는 게 어딨어. 되게 하면 되지. 될 때까지 하면 되는 거다.'

세 번째 시전할 때는 전반부를 조금 빠르게 이어갔다.

그리고 막혔던 부분에 이르자 순간적으로 몸을 옆으로 뉘여 검을 수직으로 그었다.

그러나 막 다시 몸을 세우려 할 때였다.

"커억!"

영호선은 피를 한 사발이나 토해냈다.

기혈이 급작스럽게 역류하며 온몸에 지진이 인 것처럼 고통이 찾아왔다.

고통에 찬 비명 소리에 광마혈성이 한달음에 달려왔다.

광마혈성은 쓰러져 입에서 피를 연거푸 토해내는 영호선을 보고 혀를 찼다.

"어휴, 이 새끼 이거 제대로 하는 게 없네."

광마혈성은 척 보고 기혈이 뒤틀린 것을 알아차렸다. 그렇다면 일단 살려는 놔야 했다.

그래서.

퍽퍽 퍼퍼퍽!

영호선을 살리기 위해 가차없는 발길질이 가해졌다.

"욱, 웁. 커억!"

영호선은 온갖 고통에 찬 신음성을 쏟으며 기혈이 안정되는 것을 느꼈다. 하지만 그렇다고 발길질이 아프지 않은 것은 아닌지라 내부가 진탕되는 것은 잦아들었지만 외부는 격렬한 새로운 고통에 시달렸다.

열심히 한다고 했다.

놀고 있다가 피를 토했다면 맞아도 할 말이 없지만 정말 열심히 하다가 이렇게 맞으니 서럽기 짝이 없었다.

그래서 영호선은 강력하게 항변했다.

"살려주세요, 아프다니까요."

"머리 나쁜 놈들은 원래 이렇게 맞아야 해. 이 미련한 놈의

새끼야. 시작한 지 얼마나 됐다고 기혈이 뒤틀려! 도대체 용
암어를 그렇게 처먹여도 머리가 아직도 붕어 대가리 수준이
라니. 다 토해내, 이 개자식아!"

퍽퍽, 퍽퍽퍽!

"웁, 웁, 웁!"

발길질이 가해질 때마다 영호선은 고통에 찬 신음을 연신
내뱉었다.

영호선은 좀처럼 그 부분을 넘어서지 못했다.

광마혈성이 열받은 건 당연했다.

그 결과로 영호선은 연신 얻어터지는 축복을 누렸다. 왜 축
복인가 하면 계속해서 혈도를 자극하는 발길질이 이어졌기
때문이었다.

비록 고통은 따르지만 사실 무림인이라면 광마혈성이 타
혈을 해준다면 아예 일 년 내내 맞을 수도 있다는 생각을 한
사람이 줄을 설 것이었다. 하지만 문제는 영호선은 노인이 현
재 전 무림을 통틀어 독보적인 존재인 광마혈성이라는 것을
모르고 있다는 점이었다.

맞고 나면 몸이 날 듯 개운하긴 해도 기분이 그에 반비례해
굉장히 더러워지는 것이다.

영호선은 그 뒤로도 거의 열흘이 넘도록 나아가지 못했
다.

그러자 광마혈성도 서서히 생각이 바뀌었다.

사실 광마혈성이 비록 영호선을 패면서 미련한 놈 운운했지만 진심으로 그렇게 생각하는 건 아니었다.

마운천봉공을 어느새 팔성까지 이룬 영호선의 성취는 용암어와 혈마환등의 작용이 도움이 되긴 했겠지만 그보다 본인이 천재성이 없다면 불가능한 성취였다.

엄격히 말하자면 그가 강호에서 활동하던 때 거두었던 두 명의 제자와 거의 맞먹는 수준이라고 할 만했다.

생각이 거기에 미치자 조금 더 구체적으로 검절의 검결에 닿을 수 있도록 끌어줘야겠다고 결심하기에 이르렀다.

'막힌 부분만 조금씩 잡아주자. 돼지 새끼도 잡아먹으려면 먹이는 물론이고, 더 살이 오르도록 꾸준히 돌봐야 하는 것이니까. 흐흐흐!'

광마혈성에게 있어 영호선의 용도는 돼지 그 이상도 그 이하도 아니었다.

이제껏 수없이 많은 나날 동안 검절의 검결을 깰 수 있는 마공을 창안하기 위해 노력해 왔으나 실패하지 않았던가.

영호선을 키워 검절의 무공을 시전케 하고 그에 맞서 파훼법, 아니, 그 이상의 마공을 만들어내는 것이야말로 그의 유일한 목표다. 그것은 곧 우화등선을 넘어서는 마의 최종 목적지라 할 수 있었다. 그 와중에 영호선은 필연적으로 죽일 수밖에 없을 터.

‘역시 그래야겠군.’

광마혈성은 즉시 영호선을 앉혀놓고 영호선이 답보 상태에 이르렀던 곳을 쭉 훑어보았다.

“이곳이더냐?”

“네, 그 부분이 맞습니다.”

영호선이 눈치를 보며 고개를 끄덕였다.

“쯧쯧!”

광마혈성이 혀를 차고는 말을 이었다.

“가지고 있어도 사용할 줄을 모르는 멍청이 같으니. 마운천봉공의 오단의 심결이 무엇인지 읊어봐라.”

영호선은 즉시 머릿속에서 마운천봉공의 심결을 떠올렸다.

“역천의 힘이 곧 천지를 돌려놓는다.”

“미련한 놈아, 네놈이 정녕 뇌가 있는 놈이라면 한 번 당했으면 왜 그러는지 생각을 하고 대처해야 할 것이 아니냐.”

“끙!”

영호선은 잔뜩 기가 죽어 어깨를 움츠렸다.

역천의 힘이 곧 천지를 돌려놓는다는 심결이 무엇을 의미하는지는 알고 있었다.

이 심결을 통해 제압된 혈도를 역으로 풀어낼 수도 있을 뿐만 아니라 일시적으로나마 혈도의 위치까지 바꿔 점혈에 능한 고수를 상대할 때 유용한 수법으로 응용이 가능했다.

하지만 기혈이 역류해 버리는 것과 무슨 상관이 있다고 저러는지 당최 알 수가 없었다.

"매번 검식이 변할 때 기혈이 역행했다면 그것은 네가 운기하는 흐름이 제아무리 바르고 옳다고 해도 그 자체로 바르고 옳다 할 수 없다. 이 순간에는 그것이 곧 역행인 셈이지. 그렇다면 어떻게 해야겠느냐!"

"……."

"네놈이 생각을 안 하기로 작정을 했구나."

짜악!

뚜드득!

멍하니 정신 줄을 놓고 있던 영호선의 목이 돌아갔다.

목을 돌려놓은 광마혈성이 노성을 터뜨렸다.

"이 멍청한 놈아, 검식이 변할 때 당연히 네놈 스스로 기혈을 미리 역류시키면 되잖느냐!"

영호선의 두 눈에서 눈물이 주르륵 흘러내렸다.

충분히 알아들었다.

검식이 기혈을 역류시키니 애초에 기혈을 역류시켜 그에 순응시키면 전혀 충돌이 생기지 않을 것이라는 것.

이미 마운천봉공이 오성에 이를 때 기혈을 강제로 역류시켜 혈도의 위치를 바꾸고, 혈도를 역으로 뚫을 수 있게 되었다.

다 좋다. 맞는 말이다. 그런데 왜 그 말을 목을 돌려놓고 이야기를 한단 밀인가!

주르륵!

서러움에 절로 눈물이 흘러내렸다.

뚜득!

목이 다시 제자리로 돌아왔다.

"정신 똑바로 차리지 않으면 그냥 확 묻어버릴 테니 알아서 해라."

광마혈성이 눈알을 부라리고 동혈을 나갔다.

홀로 남은 영호선은 소맷자락으로 눈물을 훔쳤다. 이제껏 살면서 이렇게 눈물을 흘리게 될 줄은 꿈에도 생각지 못했다. 사인방에게 당해 죽음 직전까지 갔을 때도 눈물 한 방울 흘리지 않았던 영호선이 아니던가. 하지만 지금은 죽음의 위기도 아니고, 어찌 보면 평안하기까지 한데 도대체 왜 이렇게 서러운지 모르겠다.

'영감, 조금만 기다려. 언젠가 늙은 두 눈에서 닭똥 같은 눈물을 흘리게 해줄 테니까.'

기분이 잡친 영호선은 한쪽에 세워진 족자를 펼쳐 들었다.

환락도, 아니, 이제 춘화도로 전락해 버린 그림 속에서 여인이 고혹적인 미소를 짓고 있었다.

"이런 쌍! 웃어? 지금 웃음이 나와? 확 이걸 그냥!"

第八章
삼원귀진

潛魔劍仙
잠마검선

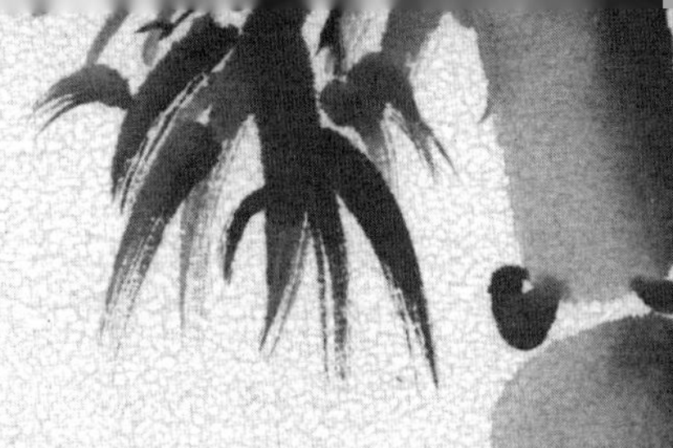

　영호선의 진전은 광마혈성이 적극적으로 개입하면서 빠르게 나아갔다.

　물론 개입이 있을 때마다 목이 돌아가긴 했지만 그때마다 마운천봉공의 심결이 어떤 식으로 운용이 되어 벽의 흔적의 문제를 돌파해 내는지 깨달아가는 것은 영호선에게도 매우 큰 깨우침이었다.

　이때까지도 영호선은 검절이 남겼다는 벽의 흔적에서는 크게 감흥을 갖지 못하였다. 도리어 막힐 때마다 그 기반이 되는 마운천봉공의 오묘함에 감탄만 더해질 따름이었다.

　그렇게 벽의 흔적을 거의 구 할가량을 가끔씩 목이 돌아가는 것 빼고는 순조롭게 이어갔다.

그러나 문제는 나머지 최종적으로 남은 십분의 일에서 시작되었다. 그것은 마치 지금까지 지나온 구 할의 검식과는 전혀 다른 의미를 내포했다.

기혈을 매우 섬세하게 다루고, 운기가 정교하지 않으면 바로 숨이 턱하고 막힐 지경이었다. 게다가 마음에 한 점 잡념이라도, 그것이 매우 단순한 단 한순간의 상념이라 할지라도 바로 기운이 흩어졌다.

영호선으로서는 그야말로 난감한 상황이 아닐 수 없었다.

이건 단순히 념(念)이 사라져야 가능한 것이었기에 영감탱이의 도움을 구하는 것도 무의미했다. 철저히 스스로의 몫이었다.

이제껏 지나오는 동안 벽의 흔적에 감탄한 적은 한 번도 없었는데 이 상태에 이르자 비로소 이것들이 그저 단순한 것이 아닌, 매우 오묘한 이치를 담고 있다는 것을 인정하지 않을 수 없었다.

영호선은 몇 번인가 시도하다 맥이 탁 풀리는 것을 경험하고 나자, 벽 앞에 가부좌를 틀고 앉아 한참이나 노려봤다.

검을 들고 설쳐 봐야 그저 힘만 빠질 뿐이었다.

답답한 마음에 말을 걸어봤다.

"어이 이봐, 도대체 뭘 어떻게 해야 하는 것이냐!"

벽을 향해 말했지만 벽이 대답을 할 리 만무했다.

그러나 마음으로는 하나의 대답이 돌아왔다.

'신(身)을 쓰기 전에 먼저 염(念)을 제거하는 게 낫겠군.'

즉시 검을 무릎 위에 올려놓고, 손을 검처럼 들었다.

깊게 숨을 들이쉬고, 가느다랗게 숨결을 흘려보냈다.

한줌의 진기가 온몸을 맴돌고 이어 가느다란 숨결에 따라 한순간 공허함이 찾아왔다.

스윽!

영호선이 벽의 흔적을 따라 손을 그었다.

손이 움직인다는 의식이 사라졌다.

벽을 보고 있다는 것조차 잊었다.

내가 어디에 머물고 있는가!

세상 속의 나는 누구인가!

정(正)은 무엇이고, 마(魔)는 무엇인가!

기쁨도 분노도, 슬픔도, 즐거움도, 욕망도 이 순간은 모두 잊었다.

몸을 쓰지 않아서인가!

영호선은 무념(無念)에 그대로 빨려들었다.

스윽, 스윽!

완벽한 공허함 속에서 손이 검식을 따라 흘렀다.

시간이 얼마나 흘렀는지도 알 수 없었다.

그렇게 막 열두 번째 식에 도달했을 때였다.

촤아악!

주변 경관이 일순간에 돌변했다.

*　　　*　　　*

황량한 들판이었다.

겨울의 찬바람 속에 던져진 들판은 외롭고 쓸쓸해 보였다.

그 들판의 한가운데 영호선이 서 있었다.

영호선은 어리둥절한 상태로 주변을 둘러보았다.

분명히 무념의 상태에서 손이 움직인다는 어릿한 느낌만 있었다. 눈을 뜨고 바라보고 있어도 바라보지 않음의 상태였다.

그런데 지금 이 상황은 도대체 무엇이란 말인가.

오들오들 춥기까지 했다. 잘못돼도 크게 잘못된 것이 틀림없었다. 혹시 의식하지 못한 사이에 환락도를 들고 쳐다보다가 환락도 안으로 빨려든 것은 아닌가 하는 생각도 들었다.

"영감님! 저 좀 어떻게 해주세요. 여기 뭔가 이상합니다!"

두 손을 입에 모으고 크게 외쳤다.

하지만 목소리는 겨울의 찬바람에 쓸려갈 뿐, 노인의 모습은 어디에도 나타나지 않았다.

"정말 춥다니까 그러네. 얼른 좀 꺼내주란 말입니다. 영감님~"

역시 아무런 변화도 없었다.

끝없이 펼쳐진 황량한 들판이라 어디 장소를 옮겨볼까라

는 생각도 들지 않았다.

영호선은 화가 치밀어 마구 욕을 내뱉다 제풀에 지쳐 그 자리에 주저앉았다.

"제길, 될 대로 되라지."

그때였다.

수변의 경관이 바뀌기 시작했다.

황량한 들판에 푸른 잎사귀가 나고, 꽃이 피었다. 찬바람은 온데간데없고, 따스한 기운이 대지를 가득 메웠다. 방금 전까지 나무라곤 밑동만 남은 것뿐이었는데 순식간에 하늘에 닿을 듯한 거목이 풍성한 잎사귀를 자랑하며 성장했다.

칙칙한 정경 대신 화사한 풍광이 눈을 어지럽게 했다.

혹시나 했던 환락도의 미녀는 보이지 않았다.

영호선이 절로 탄성을 내질렀다.

"와아, 굉장하네."

'굉장하지요!'

혼잣말을 한 것뿐이었다. 대답이 있을 것이라고는 전혀 생각지 못했다. 그런데 누가 있었단 말인가.

영호선은 어딘지 낯익은 목소리라고 생각했다.

"누구냐!"

‘누굴까요?’

“허허, 어떤 새낀지 숨지만 말고 나와 보지? 한칼에 썰어줄
테니.”

‘하하, 저는 숨어 있지 않습니다.’

그때 영호선은 웃음소리를 듣고 고개를 옆으로 돌렸다.
하늘에 닿을 듯 솟은 거목 중간 정도에 나뭇가지에 놈이 앉
아 있었다.
“응?”
영호선은 갸웃했지만 곧바로 놈을 알아봤다.
놈은 다름 아닌 ‘영호선’이었다.
영호선이 훗, 하고 비웃음을 지었다.
“너였냐? 뒈진 줄 알았는데 살아 있었네.”
영호선은 기분 잡쳤다는 듯 땅에 침을 뱉었다.
나무 위의 영호선이 방실 방실 웃었다.

‘살아 있어서 미안하군요.’

“미안할 것까지야. 내가 죽여줄 테니 걱정은 마라.”

‘하하하, 그럴 수 있을까요?’

"크크크, 예전의 내가 아니거든."

‘물론 저도 예전의 제가 아니랍니다.’

"오호, 형산파 애송이 주제에 자신만만이로군."

‘입이 거치시군요. 어머니께서 말씀하셨죠. 언제나 바른 말을 써야 하는 이유는 말이 곧 그 사람을 결정하기 때문이라고 하셨지요. 이제 제가 돌아왔으니 떠나주십시오.’

영호선이 비릿하게 말했다.
"난 지금이 좋아. 마도의 자유로움이 좋다."

‘정도가 진정한 자유로움이지요.’

"내 앞에서 의와 협을 떠들 셈이냐! 의와 협 따위는 아무 의미도 없어. 그저 강하냐, 약하냐가 있을 뿐."

‘아직 어리십니다.’

"후후, 형산파 애송아! 그냥 꺼져라. 난 다시는 과거로 돌아가지 않는다. 꺼지지 않겠다면 당장 아래로 내려와 목이나 늘어뜨려라. 다시는 알짱거리지 못하게 썰어주마."

'정도에 순응하십시오.'

"후후, 고리타한한 것은 여전하군."

'검절님 덕분이지요. 게다가 어르신도 목만 안 돌리면 꽤 좋은 분이십니다.'

"어라, 네놈도 알고 있었군."

'물론이지요. 전 속에서 성장하고 있었으니까요. 똑같이 웃고, 울고, 두려워하고 그랬습니다.'

"그래, 그럼 더 이상 두려워하지 않게 해주마."

'과연 그럴 수 있을까요?'

"이 새끼가……."

‘어쩔 수 없군요. 그럼 손을 쓰겠습니다.’

 영호선은 내력을 끌어올렸다.
 단 일격에 쳐 죽인다. 다시는 귀찮게 하는 일 따윈 없도록.
 영호선이 신형을 날렸다. 그와 동시에 나무 위의 ‘영호선’
도 거침없이 신형을 폭사했다.
 둘 모두 서로의 ‘존재’를 위해 최대한의 절초를 펼쳤다.
 단 일검에 모든 것을 건 승부수였다.
 영호선과 ‘영호선’이 각기 검을 뿌렸다.
 푸욱!
 “욱!”
 투욱!

 ‘컥’

 영호선은 ‘영호선’의 심장에 검을 박아 넣었다.
 ‘영호선’은 영호선의 미간을 뚫어버렸다.
 돌이킬 수 없는 일격에 영호선과 ‘영호선’은 믿을 수 없다
는 표정을 지으며 쓰러졌다.

 스으윽!
 영호선은 눈을 떴다. 손은 여전히 허공에 든 채였다. 그리

고 점차 의식이 흐려지며 그대로 고꾸라졌다.

쿵!

머리가 깨지는 소리에 광마혈성이 날듯이 달려왔다.

"뭐야?"

광마혈성은 인상을 찡그렸다.

나름 열심히 수련에 힘쓰는 줄 알았거늘 완전히 뻗어 있었다. 패달라고 사정을 하는 것이나 다름없었다.

"그래, 멋대로 뻗어버렸다 이거지."

광마혈성이 발을 내질렀다. 그렇게 순식간에 복부에 발이 닿으려 할 때였다.

"응?"

광마혈성은 발을 멈추고 고개를 갸우뚱거렸다.

뭔가 이상했다.

"뭐지, 이 이질감은?"

분명 어린 핏덩이 녀석이 틀림없는데 또 다른 놈인 것 같은 기분이 들었다.

"이상하네……."

그러다 불현듯 놀라 소리를 질렀다.

"아! 이 자식 마기가 모두 어디로 간 거야?"

마기를 전혀 느낄 수가 없었다. 그것도 아주 깨끗하게 지워져 버렸다.

광마혈성이 검의 흔적이 남겨진 벽을 바라보았다.

"검절, 이 망할 놈! 네놈의 짓이구나. 쩝, 혈마환의 혈기까지 지워 버리다니."

광마혈성은 기분이 그리 유쾌하진 않았다. 비록 그가 마도의 극에 이르러 더 이상 정과 마에 얽매이지 않는 경지에 이르렀다곤 해도 근본은 마도였다.

마운천봉공이 극성에 이르면 마기조차 완전히 사라진다.

현재 자신도 마기는 전혀 없었다.

그가 언짢은 건 이 핏덩이가 마운천봉공이 아닌 검절의 검결을 통해 삼원귀진을 이루어 마기와 혈마환을 속박해 버렸다는 점이었다.

검절의 검결이든 마운천봉공이든 결국은 삼원귀진(三元歸眞)을 이끌어낸다.

삼원이란, 천(天), 지(地), 인(人)을 뜻한다.

사람 안에도 바로 천지인이 자리한다. 그것은 바로 작은 하늘, 작은 땅, 소천(小天), 소지(小地)인데 삼원귀진이란 천지(天地)가 인(人)을 따르게 된다는 것을 의미한다.

자기 안에 존재하는 하늘과 땅이 마음의 근본 본성을 따르게 되는 현상인 것이다.

지금 영호선이 혈마환의 혈기나 마기가 느껴지지 않은 것은 곧 혈기와 마기까지 넘어섰다는 것, 그것들이 본성 위에 서지 않고, 본성을 거스름없이 따르게 되었다는 것을 의미했다.

혈마환에 잠식된 영호선이 무념의 의식 속에서 죽은 것은 실제로 죽은 것이 아닌 더 큰 자신으로 돌아온 것이라 할 수 있었다.

이런 까닭에 광마혈성은 놀라면서도 한편으로는 짜증이 나려 하는 것이다.

"이놈 설마하니 정파랍시고 죽자사자 덤벼드는 건 아니겠지?"

그럴 가능성도 충분했다. 내가 왜 여기에 있는 것이냐며 울고 불고 할지도 모르는 일이었다.

생각이 그에 미치자 울화가 치밀었다. 그동안 먹인 용암어가 몇 마리인가. 마운천봉공까지 전수해 준 마당이다. 검절의 검결을 완전히 습득해서 대적을 해줘야 할 놈이 죽겠다며 버틸 것을 생각하니 열이 올랐다.

"이 핏덩이 자식이 감히 어디서!"

추측은 어느새 확신이 되었다. 이미 기어오르고 있는 것이 눈에 선했다.

광마혈성은 그대로 영호선을 걷어차기 시작했다.

퍽퍽, 퍼퍽퍽.

"일어나라, 어디서 죽은 척이냐! 어린놈의 자식아, 일어나지 못해!"

격렬한 발길질에 영호선이 '웁', '웁' 하며 신음과 함께 정신을 차렸다.

"네놈이 감히 날 배신했겠다. 그래, 한번 대들어봐라. 앙!

쌍판을 쳐들고 대들어 보란 말이다."

신음을 내뱉으며 영호선이 말했다.

"왜 때려요? 아파 죽겠네. 내가 무슨 잘못을 했다고 때리는 거냐구요."

"엉?"

원망하는 소리에 광마혈성이 발길질을 멈췄다.

어째 말투가 달라진 게 없었다.

"너, 똑바로 말해. 너 대체 누구야?"

"누구긴요. 영호선이지."

"으응? 그렇지, 영호선이지."

광마혈성은 마기가 완전히 사라졌는데도 불구하고 변한 것이 없는 것 같자, 괴이한 마음이 들었지만 팰 명분도 사라져 버려 슬그머니 꼬리를 내렸다.

"아, 용암어나 잡아볼까나."

광마혈성이 대충 얼버무리며 어슬렁거리며 나갔다.

영호선은 광마혈성의 뒤통수를 사정없이 째려보며 몸을 일으켰다.

휘청!

순간 현기증이 일며 균형을 잡기 어려웠다.

맞은 곳은 배와 등인데 어째 머리가 빙빙 돌고 깨질듯 아팠다.

영호선이 두 손으로 머리를 움켜잡았다.

순간 지난 시간들이 마치 꿈결처럼 하나씩 떠올랐다.

“어머니께서 말씀하시길 모든 생명이 귀하다고 하셨지요. 이 독수리 또한 살기 위해서 어쩔 수 없었을 터이니 제가 앞으로는 먹이를 주도록 하겠습니다.”

“개미님은 저의 스승이십니다. 가르침을 베풀어주신 은혜 잊지 않고 더욱더 부지런한 삶을 살겠습니다.”

형산에서의 일이었다.
이어 거울 속의 영호선이 나타났다.

“아무렴. 무엇에도 얽매이지 않고 살 수 있지.”

“답답한 의와 협 같은 것은 아무 짝에도 쓸모없지.”

“죽이고 싶으면 죽이면 돼. 고리타분한 형산파같으니… 하하하하, 기분이 좋아. 이렇게 마음이 편안하고 가뿐할 수가……. 내가 그동안 얼마나 갇혀 있었던 거지. 하하하하하!”

금마와 나눈 대화도 선명히 떠올랐다.

"나는 마곡의 장로 금마라고 한다."

"크크, 나를 자유롭게 해준 것이 영감이었나?"

잠마원에 간 일이 잇따라 떠올랐다.

"나는 형산파의 영호신이다. 음하하하하하! 근데 지금은 마곡의 영호선이랄까, 하하하하!"

잠마원에서 날뛰던 모습과 대화들이 빠르게 떠오르며 스쳐 지나갔다.

영호선은 두통이 이내 사라지자, 그 자리에 앉았다.

생각을 정리할 시간이 필요했다.

"허허, 내가 어떻게 된 거지?"

형산에서의 '나' 도 나이고, 잠마원에서의 '나' 도 나라는 생각이 들었다.

모두 영호선이었다.

그저 극단으로 치우치며 살아온 것이란 생각이 들었다.

"이상하네. 그럼 지금의 나는 뭘까?"

영호선은 난감하기 이를 데 없었다. 모든 것이 기억이 나고, 그 어떤 것도 부정할 수 없었다.

사실 이 현상은 심원귀진을 이룬 결과였다.

영호선이 무의식중에서 정도에 몰입한 영호선과 마도에

몰입한 영호선이 동귀어진을 하여 함께 죽음으로서 나타난 결과이기도 했다.

둘이 융화를 이루어 정(正)과 마(魔)를 뛰어넘어 오직 영호선이라는 한 인격체 그 자체가 된 것이다.

이는 영호선에겐 커다란 기연이며 성장이었다.

검절이, 그리고 광마혈성이 무(武)의 극(極)에 이르러 정과 마를 초월한 의식을 얻었다면, 영호선은 혈마환과 검절의 검결, 그리고 마운천봉공을 통해 마음의 자유를 얻은 것이다.

검절이나 광마혈성과 다른 점이라면 무공의 성취에 불과했다.

이것은 과거의 영호선에서 지금의 영호선이 달라졌지만 또한 달라지지 않았다 할 수 있었다.

마성에 젖은 영호선이 죽은 순간, 뼛속까지 정의로운 심령을 가진 원래의 영호선도 죽어 정확히 그 중간 지점에 이른 것이다.

영호선이 중얼거렸다.

"그러고 보니 꿈에서 형산의 나와 잠마원에서의 내가 서로를 죽였지."

아마도 그 때문에 모두 소중한 존재로 여겨지나보다고 영호선은 생각했다.

"흐, 거참. 그래도 잠마원에서는 내가 좀 심하긴 심했는걸."

흡혈귀가 되어 피를 무지막지하게 빨았다.

생각이 그에 미치자 자연스럽게 독상군이 떠올랐다.

'흐흐, 독상군 녀석 고생 많았네.'

문득 이곳을 빠져나가게 되면 기념으로 한 번 더 피를 빨까, 라는 생각이 들었다.

그러나 이내 영호선은 고개를 가로젓고 침을 뱉었다.

"퉤!"

비릿한 피 맛이 입안에 맴도는 것 같아 비위가 상했다. 도대체 그땐 무슨 정신으로 그 비린 피를 맛있다고 빨아댔는지.

그러나 마냥 기분이 안 좋은 것은 아니었다. 그 광경이 눈에 선하게 떠오르자 웃음이 났다.

"고마워, 친구. 잘 마실게."

목을 물려 부들거리던 독상군의 몸짓이 느껴지는 것 같다.

차례로 독상군과 같은 처지에 놓였던 흡혈 대상들의 얼굴이 떠올랐다.

그중 역시 가장 기억에 남는 건 '설요홍' 이었다. 비록 병상에 있을 때 몰래 빨아 마신 것이긴 해도 마도 기재 중 첫째라는 녀석의 피를 빤 것이 아닌가.

'흐흐, 유은령 덕분이라고 해야겠지.'

유은령의 변화는 그야말로 변신이라고 해도 과언이 아니었다.

‘근데 유은령 고 녀석이 정말 날 좋아했던 거로군.’

살짝 맛이 가긴 했지만 나름 순정파라고 할 만한 유은령이었다. 문득 유은령의 웃는 얼굴이 떠오르자 영호선의 입가에도 미소가 떠올랐다.

‘흐흐, 녀석.’

정말이지 정신없이 지내온 나날이었다.

다시 그때로 돌아가라면 또다시 그렇게 할 수 없을 것 같았다. 아니, 오조원 녀석들을 생각하니 그렇게 하면 큰 일이 날 것 같았다.

옥헌무는 배가 갈리고, 그 와중에 내장을 끄집어내 구경까지 하지 않았던가. 또 지하 관문을 돌파한다는 명목 아래 녀석들의 등판을 표적 삼아 수없이 암기를 날렸었다.

영호선은 혀를 끌끌 찼다.

‘불쌍한 놈들. 이제 안심해라. 이 형님은 이제 잠마원 따윈 관심없으니까.’

그나저나 어떻게 한다. 영호선은 잠마원에 머물고 싶은 생각은 없었다. 또한 이곳 지하 동부에서 뼈를 묻고 싶지도 않았다.

‘역시 형산으로 돌아가야겠지.’

사부님과 장문인, 그리고 문중 어른들께 호통은 듣겠지만 그래도 형산이 가장 편안했다.

아직 이곳을 빠져나갈 수 있다는 확신은 없었지만 어렴풋하게나마 나갈 수 있을 것 같다는 생각이 들었다. 물론 방법이 없다면 만들어야만 한다.

그 뒤엔 형산으로 돌아가 쥐 죽은 듯이 몇 년간 파묻혀 있는 것이 좋겠다고 생각했다.

그렇게 생각을 정리할 때였다.

"미친놈아, 뭘 히죽기리고 있냐! 어서 나와라."

영호선의 눈이 번쩍 뜨였다.

'그렇지, 용암어!'

영감탱이가 아까 용암어를 잡겠다고 하지 않았던가. 용암어가 회 떠진 채 기다리고 있다.

"하하, 갑니다요~"

영호선은 한달음에 달려가 노인의 맞은편에 앉았다.

역시나 용암어 두 마리가 껍질이 벗겨져 투명한 속살을 드러내며 '어서 오십쇼' 하며 눈알을 부라리고 있었다.

쉭쉭쉭쉭!

영호선이 용암어의 눈알을 재빠르게 뽑았다.

"영감님, 드십쇼."

광마혈성은 영호선과 손바닥에 올려진 눈알을 번갈아 바라봤다.

분명히 애송이긴한데 묘하게 다르다. 마기가 쭉 빠지고 대신 현기가 어른거리는데 지금 하는 행동은 또 그전과 똑같았다. 아니, 조금 더 얄궂어 보이기까지 했다.

‘이 새끼, 알 수 없는 놈이네.’

마기가 빠져나간 것을 확인했을 때만 해도 애가 확 달라져 긴장으로 가득 차 있을 줄 알았는데 도대체 뭐가 달라진 것인지 분간할 수조차 없지 않은가.

게다가 얼핏 검절을 닮았다 싶었는데 지금 생글거리는 것을 보니 영락없이 검절이 눈앞에서 생글거리는 것 같았다. 검절과 함께 시간을 보낼 때 검절이 용암어를 잡아 회를 뜨고 ‘형님, 드십쇼’ 하면서 태연하게 웃음을 지었다.

광마혈성은 검절 생각이 나자 괜히 성질이 났다. 지금까지 삶에서 무림인과 일반인을 통틀어 유일하게 인정하는 한 사람이 검절이었다. 그런데 지금 이 어린놈을 보며 검절이 떠오르니 짜증이 우러나온 것이다.

탁!

우두둑!

광마혈성이 용암어의 눈알을 낚아채 격하게 씹었다.

영호선이 흐, 하고 웃으며 입을 열었다.

“영감님, 매번 이렇게 용암어도 주시고 고맙기 그지없습니다. 정식으로 제 소개를 드립지요. 에~ 그러니까 저는 형산파의 영호선이자, 마곡의 특급 기재로 잠마원에 입부하여 서열 오위로 있다가 지금쯤은 사망한 것으로 알려져 있을 영호선입니다. 그리고 이름 모를 노고수에게 마운천봉공을 전수받고, 검절의 기예도 익히고 있기도 하지요.”

광마혈성이 한쪽 입꼬리를 치켜 올렸다.

속내가 훤히 보였다.

"흥, 굉장히 거창하구나. 그러니까 네놈의 말인즉, 노부의 이름이 뭐냐 이거렷다?"

"하하, 척하면 착이시군요."

그랬다. 영호선은 이 노인이 궁금해진 것이다.

"네놈이 검절을 들어봤다면 당연히 노부의 별호도 들어봤을 테니 잘 생각해 봐라."

영호선이 아랫입술을 삐죽 내밀고 고개를 갸우뚱거렸다.

사실 영호선은 마성을 벗어나기 전에는 벽의 흔적이 검절의 것이라고 인정하지 않았었다. 하지만 지금은 확실히 검절을 인식하고 있었다. 검절의 검결이 아니라면 어찌 마성을 벗어나게 할 수 있었겠는가.

일단 그 전제가 마음에서 인정되자, 추론이 빨라졌다.

백여 년 전 정파제일고수는 당연히 검절이었다. 그리고 마도에는 검절보다 더 전에 한 사람이 천하를 위진시켰다.

'광마혈성? 설마 이 영감이? 뭐야, 너무 오래 살았잖아.'

영호선이 의심스러운 눈으로 광마혈성을 쳐다봤다.

"정말입니까?"

아예 광마혈성이 독심술을 익혔다치고 묻는 격이었다.

광마혈성이 인상을 찡그렸다.

"이 새끼가 지금 뭐라고 그러는 거야!"

“정말 광마혈성이십니까? 마도의 미친 개, 광마혈성! 사람을 아예 두 손으로 찍어 죽인 뒤, 붙잡은 채로 네 발로 펄쩍거렸다는 그 광마혈성 말입니다.”

“이 새끼가 정말!”

짜악!

뚜드득!

영호선의 목이 여지없이 돌아갔다.

영호선이 눈물을 주르르 흘리며 생각했다.

‘광마혈성이 맞구나.’

이보다 더 정확한 대답이 어디에 있겠는가.

第九章
검절이 원하는 바
第九章

潛魔
劍仙
잠마검선

　단지 검의 흔적을 따라간다는 것이 이렇게 난해할 수 있단 말인가.

　영호선은 다시금 검절이 남긴 검결에 몰두했다.

　그저 앉은 채로 손을 들어 흔적을 따라가는 것은 그리 어렵지 않았다. 무념의 상이 깨지지 않았고, 온전히 끝까지 따라갈 수 있었다.

　하지만 검을 들고 보법을 밟아가며 운기까지 곁들이는 중에는 번번이 무념에 머물 수가 없었다. 그때마다 온몸의 기운이 일거에 탈진하듯 빠져나갔다. 그래서 다시 처음으로 돌아와야 했다.

　한편, 광마혈성은 그 모양을 지켜보며 답답함을 금할 길이 없었다.

　'저놈 정말 달라진 게 없네.'

　그러나 문제는 단순히 마지막 검결을 이루지 못한다는 것만은 아니었다. 그보다 더 큰 것은 아무리 봐도 검의 기세가 도무지 위력적이지 않다는 점이었다. 키워서 잡아먹어야겠다는 원대한 계획이 자칫 시간만 낭비한 꼴이 될지도 모를 일이었다.

　그렇게 영호선은 영호선대로, 광마혈성은 광마혈성대로 답답함에 젖은 채 하루하루가 지났다. 그저 그 와중에 용암어만 죽어나갔다.

　참다못한 광마혈성은 더욱 거칠게 패며 채근했다.

　이 세상 누구도 패는 데는 장사가 없는 법이다. 패서 안 되면 더 세게 패면 되는 것이다.

　"이 망할 자식아, 생각을 하지 말란 말이다. 생각을 왜 하는데! 네놈이 대체 무슨 생각할 게 그렇게 많다고 생각을 하는 거냐!"

　신나게 맞고 나서 영호선도 할 말은 했다.

　"그럼 영감님이 해보십쇼. 생각이 안 날 수가 없다니까요. 검결은 다 외워서 몸을 그대로 굴려도 단 한순간에 념이 이는데 어쩌란 말입니까!"

　"오냐, 그래 좋다. 똑똑히 봐라."

순간 열이 받은 광마혈성이 검을 빼앗아 들었다.

영호선은 즉시 동혈 입구 쪽으로 몸을 피했다. 괜히 재수없으면 얼떨결에 목이 떨어질 수도 있었다.

광마혈성은 벽의 제일 왼쪽, 검의 흔적이 시작되는 지점을 향해 살짝 검을 늘어뜨렸다.

순간 검에 예기가 스멀거리며 어렸다.

사실 지금 이 순간 광마혈성은 홧김에 검절의 검결을 시전한다고는 했지만 그렇다고 무턱대고 나선 것만은 아니었다.

그는 검절이 우화등선을 할 당시 그 광경을 직접 눈으로 목격한 당사자였고, 검만을 남긴 채 검절이 사라진 뒤, 벽의 흔적을 보고 경탄을 금치 못했었다.

검결이 어떻게 이루어지는 것인지는 누구보다 잘 알고 있었다. 하지만 실제로 검을 들어 시전을 한 적은 단 한 번도 없었다.

그저 심안을 열어 검결을 들여다보고 그 속에서 검절의 검결을 넘어설 방법을 찾으려 노력했던 것이다.

그런데 생각을 바꿔 영호선이 검절의 검을 익히도록 하여 키워 잡아먹으려고 했던 와중에 몇 번인가 막힌 부분을 직접 시전을 하다 보니 심안으로 들여다보는 것보다 더욱 명확히 검결이 보이는 것이 아닌가.

마음속 어딘가에서 조금씩 꿈틀거리는 그 무엇이 있었다. 조금만 더 나아가면 넘어설 수 있다고. 그렇게 외치는 소리가 들려온 것이다.

광마혈성은 마운천봉공을 운기하며 천천히 검의 흔적을 따라갔다.

천 개의 흔적은 바로 하나의 검흔!

하나의 검흔으로 천 개의 흔적을 남기는 것은 바로 천 개의 흔적을 따른 뒤일 터.

게다가 검결의 기반이 되는 것은 바로 마운천봉공이었다.

스스스!

광마혈성이 검흔을 따라 검을 날렸다.

너울너울 화려한 검무가 이어졌다.

영호선은 넋을 놓고 그 광경을 바라봤다.

'원래 저런 것이었나?

광마혈성은 찌르고, 돌고, 베며 유연하게 움직였다.

단 한순간도 멈춤이나 머뭇거림이 없이 마치 물이 흐르듯 자연스러웠다.

영호선은 자신이 얼마나 검절의 검결을 어설프게 펼쳤는지 실감할 수 있었다. 누가 펼치냐에 따라 저리도 달라질 수 있는지. 그저 보잘것없는 평범한 검식이라고 생각했건만 상상을 초월하는 광경이었다.

광마혈성은 어느덧 중반을 넘어서고 있었다.

광마혈성은 원래 영호선을 위해 느리게 시전했었는데 어느 한순간 몰아지경에 빠져든 상태였다.

스스로를 잊고, 지금 무엇을 위해 검법을 펼치고 있는지도 잊어버렸다.

완전한 검과의 일체.

이때 영호선도 뭔가 이상하다는 것을 느꼈다.

검식이 보여야 할 텐데 도무지 아무것도 볼 수가 없었다.

게다가 검에서 뿜어져 나오는 기세가 입구까지 휘몰아치자 영호선은 급히 호신강기를 끌어내 몸을 보호했다.

마운천봉공이 팔성에 이른 영호선은 일각 정도는 능히 호신강기를 유지할 수 있을 정도가 되었던 것이다.

'영감탱이가 완전히 돌아버렸나?'

영호선은 어느 순간엔 광마혈성이 몰아지경에 들 것이라고 생각했다. 그것은 최후 십분의 일에 해당하는 검결의 영역이었다. 그런데 광마혈성은 중반부부터 거의 무념의 상태에 든 것처럼 검을 휘몰아치고 있는 것이다.

이건 아무리 봐도 정상이 아니었다.

스슥!

일진광풍이 불 듯 무형의 기운이 회오리처럼 솟아올라 동혈 안의 공기를 일순간에 빨아들였다.

그 순간 광마혈성의 검무도 멈췄다.

영호선이 길게 한숨을 내쉬었다.

'이제 끝났군.'

시전치고는 너무도 진지했다. 박수라도 칠까, 라고 고민하고 있을 때였다.

"응?"

영호선의 고개가 한쪽으로 삐딱하게 기울었다.

'왜 저러지? 설마 또 하려나?'

그랬다.

지금 광마혈성은 무형의 기운을 뿜어내면서 다시 묘하게 기수식을 취하고 있었다.

살짝 사선으로 검을 늘어뜨린 모습. 극단의 허허로움이었다.

그리고 한순간 광마혈성이 검을 뿌렸다.

이번에는 검무가 아니었다, 그저 일검!

샤아악!

패도적인 일격이 벽을 참했다.

그 광경을 보며 영호선의 눈은 튀어나올 듯 커다랗게 변해 버리고 말았다.

"일검에 천 개의 검식… 저것이었나……."

벽에 원래 나 있던, 검절이 남긴 검결 사이사이 똑같은 흔적이 그 옆에 새겨졌다.

그저 일검을 그었을 뿐인데 한참이나 검무를 펼쳐야 가능한 천 개의 검식이 새겨진 것이다.

그러나 그것은 다음에 벌어질 일에 비하자면 사실 놀라운 일도 아니었다.

검을 비껴친 자세로 굳은 듯 멈춘 광마혈성의 오른팔, 즉

검을 붙들고 있는 손에서부터 인간 세상의 빛이라고는 믿기지 않는 찬란한 금빛 광망이 일기 시작한 것이다.

"헉!"

영호선이 입을 쩍 벌렸다.

"무슨 일이 벌어지고 있는 거야?"

강기를 펼치는 것은 아니었다.

그동안 보아온 영감탱이의 강기는 붉은 기가 감돌았는데 지금의 광망은 눈이 시릴 정도로 금빛 광망을 뿌리고 있었다.

손에서 시작된 빛은 어느새 팔까지 훑고 어깨로 확산되고 있었다.

그때였다.

"이게 도대체 어떻게 된 거야!"

광마혈성이 마치 벌레 보듯 자신의 오른팔을 노려보며 기겁했다.

영호선도 경악했다.

'뭐야, 영감도 모르는 일이 벌어진 건가?'

영호선이 보니 광마혈성이 빠르게 스스로의 몸에 점혈하는 것이 보였다. 그것은 마치 죽은 검절이 광마혈성에게 독을 주입해 광마혈성이 황급히 막는 것처럼 보였다.

"검절, 이 개자식아, 무슨 생각이었던 거냐!"

"무슨 일입니까? 제가 도와드릴까요?"

영호선도 혹시 저러다 광마혈성이 죽지 않을까 싶어서 말했다.

"넌 닥치고 있어."

광마혈성의 말에 영호선이 입술을 깨물었다.

저 지경에서도 자존심이란 말인가!

하지만 사실 도와달라고 했다고 해도 과연 도와줄 일이 있을지 의문이기도 했다.

광마혈성은 격렬히 빛이 몸에 전이되는 것을 막으며 고래고래 고함을 질러댔다.

"검절, 이 망할 놈아, 내가 왜 우화등선을 해야 하는 거냐!"

"흐게엑!"

영호선은 순간 자신의 귀를 의심했다.

"우화등선?"

이게 무슨 개소리란 말인가. 그럼 지금 저 상태가 우화등선의 현상이고, 그걸 지금 노인네가 거부하고 있다는 뜻이란 말인가?

'도대체 왜?'

그에 답하듯 광마혈성이 선언하듯 외쳤다.

"나는 나의 길을 스스로 선택한다. 멈춰라!"

그건 마치 영혼을 향한 외침처럼 들렸다.

꿀꺽!

영호선이 마른침을 삼켰다.

'그러니까 지금 내가 우화등선을 거부하는 인간을 보고 있

다는 건가!'

문득 영호선은 검절이 이곳에서 우화등선을 했을지도 모른다고 생각했다. 그렇다면 검절이 벽에 남긴 마지막 검결은 완성된 선검(仙劍)이 틀림없으리라.

그리고 지금 그 길을 광마혈성이 뒤따르는 상태이고…….

'그러니까 왜 우화등선을 거부하는 것이냐고!'

영호선은 마음속으로 고함을 내질렀다.

미쳐도 이렇게 미치기가 어디 쉽단 말인가.

그 와중에도 광마혈성은 우화등선을 향한 빛을 막느라 애를 먹고 있었다. 영호선은 완전히 돌아버렸다는 평가를 내렸지만 사실 광마혈성의 의지는 단호했다.

그가 이처럼 우화등선을 거부한 것은 오직 한 가지, 검절의 검결에 의해 이루어진 결과라는 점 때문이었다.

그는 스스로의 길을 찾고 싶었을 뿐이었다. 비록 자신이 검절에게 도움을 주었고, 이 검결의 바탕에 마운천봉공이 받침대처럼 형성되어 있다고 해도 이것은 완전한 자신의 것이 아니었다.

실제로 검절이 광마혈성에게 작별을 고하고 마지막 검결을 벽에 남겨둔 것은, 사실 그 깨달음을 광마혈성에게 남겨 광마혈성 또한 우화등선할 수 있길 바라는 마음에서였다.

검절은 진심으로 광마혈성에게 고마운 마음을 가지고 있었던 것이다.

하지만 검절이 어찌 알았으랴.

광마혈성이 우화등선의 순간에서조차 오로지 외길 자신만의 길을 가겠다며 거부할 줄이야.

초절정의 고수에게 있어 확언(確言)의 한마디는 그 어떤 말보다 더 큰 의미를 지닌다.

즉, 마음이 가면 몸이 따르며, 의식의 기반 아래 몸이 통제되는 것이다. 그렇기에 지금 광마혈성은 스스로를 향한 확언을 통해 몸과 내면에까지 미치는 이 현상을 거부하여 도리어 몰아내려고 하는 중이었다.

물론 그것을 지켜보는 영호선으로서는 황당함을 금할 길이 없는 것이 당연했다.

우화등선이 어디 뉘 집 강아지 이름이던가.

일생일대의 지고한 깨달음의 경지에 이르지 못하면 꿈에서조차 실현할 수 없는 다른 차원, 다른 세계의 선인이 되는 것이다.

어느 누가 있어 우화등선이 일어나고 있는 시점에서 대놓고 욕을 하며 거부한단 말인가.

'영감님, 제발 그냥 가. 가버리라고. 세상에 무슨 미련이 남았다고 그리 버티는 거야.'

영호선으로서는 광마혈성의 진의를 알 길이 없어 안타까워했지만 광마혈성은 정녕 진심이었다. 그가 검절이 떠난 뒤에도 이곳 지하 동부에서 머문 것도 오로지 그 하나의 일념 때문이었다.

찬란한 광망이 이윽고 차츰 사그라졌다.

그러자 비로소 광마혈성이 안도의 한숨을 내쉬었다.

"휴우, 다행이다."

영호선은 이제 어처구니가 없는 지경이 지나 허탈해져 주저앉을 것 같았다.

'다, 다행이라고요?'

용암어를 지나치게 많이 먹어 부작용이 난 것이 틀림없었다. 그렇지 않고서야 사람이 저렇게 돌아버릴 수 없는 일이 아닌가. 뭐든지 좋은 것도 적당히 먹어야 한다는 가르침이 아닐는지.

이때 광마혈성은 놀랐다는 듯 머리를 절레절레 흔들고 있었다.

그와 동시에 영호선도 보내 버리지 못한 것이 못내 아쉬워 머리를 흔들었다.

그러나 바로 그 순간이었다.

화아악!

광마혈성의 미간에서 새하얀 빛이 뿜어지더니 어떻게 막을 새도 없이 온몸을 휘감았다.

"헉!"

"뭐야!"

영호선과 광마혈성이 동시에 경악성을 토했다.

지켜보는 사람이나 당하는 사람이나 모두 '우화등선'을 떠올렸다. 한 사람은 이 기회에 그냥 등선하라고 염원했고, 또 한 사람은 빛이 어리는 것을 맥없이 바라봤다.

스스스스!

잠시 후 빛이 사라졌다.

영호선이 인상을 찡그렸다.

"앙?"

노인네가 사라지지 않았다. 그저 빛만 나타났다가 사라졌을 뿐이었다.

그러나 어떻게 된 일인지 광마혈성은 전혀 미동도 없이 서 있었다. 그저 고요히 선 채로 마치 깊은 참선에 든 불승과도 같이 그렇게 서 있을 뿐이었다.

영호선은 혹시 노인네가 혼백이 빠져나가 버렸나 하는 마음에 황급히 동혈 안으로 뛰어들어 갔다. 가까이서 보니 미세한 빛무리가 노인의 얼굴과 온몸을 옅게 휘감고 있었다.

'뭔가 이상하네?'

노인은 노인인데, 틀림없이 광마혈성이라는 전대의 마두인데 달라져 있었다.

"무슨 신선 같은 느낌?"

무심결에 뱉었는데 다시 보니 정말 그런 것 같았다.

사실 영호선은 갸웃거렸지만 실제로 광마혈성은 신선에 근접한 경지에 이르렀다.

우화등선이 인위적으로 멈추게 되자, 그 후속 조치로 그 바로 아래의 경지에 이르게 된 것이었다.

이름하여 반선(半仙)!

선계와 인간의 경계에 머무르는 살아 있는 인간으로서는 지고지순한 절대적인 경지라 할 수 있었다.

영호선이 광마혈성을 멍하니 바라보고, 광마혈성이 여전히 석상처럼 굳어 서 있을 바로 그때였다.

와르르르!

동혈의 벽, 정확히는 검절이 남긴 흔적의 벽이 무너져 내렸다. 검절의 흔적에 광마혈성의 흔적이 이중으로 겹쳐지자, 벽이 견디지 못하고 뜯어져 내리고 만 것이다.

번쩍!

광마혈성이 눈을 떴다.

신광이 폭사하고, 맑은 정기가 줄기줄기 뻗어 나왔다. 그러다 이내 고요히 깃들어가더니 잔잔한 호수처럼 안광이 차츰 잦아들었다.

광마혈성이 잔잔히 입을 열었다.

"검절, 이 망할 놈의 자식이 끝까지 사람을 괴롭히는구나!"

아마도 검절이 들었으면 서운해 죽으려 했으리라.

이때 영호선은 광마혈성의 말에 순간 기겁했다.

'말투가 달라진 게 없어. 뭐지? 뭔가 그래도 최소한 신선처럼 고즈넉하게 입을 열어야 하는 것 아니냐고!'

이것은 곧 뭔가 사단이 날 것 같은 불길한 전조였다.

영호선은 혹시나 불똥이 튈까 봐 바로 몸을 날려 동혈을 빠져 나갔다.

우화등선을 거부한 인간이다.

아니, 거부도 아니고 아예 때려 막아버린 인간이다.

정녕 그러한 것이 막는다고 막아지는 것인지는 알 수 없었지만 지금 눈앞에 그 증거가 있지 않은가.

아까까지 추측으로 생각했던, 검절이 저런 형식으로 우화등선을 했겠다는 것도 이젠 확신이 되었다.

그럼 그다음엔?

'제발 화풀이 따윈 하지 말아달라고.'

희망은 그저 희망에 그쳤다.

"내가 바라던 건 이게 아니란 말이다!"

광마혈성이 고함을 내질렀다.

이젠 거의 선풍도골의 모습을 띠고 있건만 날뛰는 것이 그야말로 마선이 따로 없었다.

"이게 다 네놈 때문이다."

날뛰던 광마혈성이 영호선을 가리켰다.

영호선이 오들오들 떨었다.

"너, 이리 와."

오란다고 순순히 갈 영호선이 아니었다. 하지만 몸은 그렇지 않은 모양이다.

"어? 어어, 뭐야?"

광마혈성이 손을 뻗었을 뿐인데 마치 그 손에 자석이라도 달린 듯 영호선이 손아귀로 빨려들었다.

광마혈성은 일체의 망설임없이 영호선을 후려 패기 시작했다.

"네놈이 제대로만 했다면 내가 이 지경이 되지도 않았을 것이다. 순전히 네놈이 미련해서 생긴 일이다. 죽어라, 죽어. 이 핏덩이야."

퍼퍽 퍽퍽퍽!

"읍, 욱, 커억!"

영호선은 호신강기를 일으켜 몸을 보호할까도 싶었지만 그렇게 하면 괜히 화를 더욱 북돋아 강기로 쳐맞을지도 모른다는 생각에 슬쩍슬쩍 몸을 틀어가며 치명타를 빗겨냈다.

"왜 내게 검절의 검결을 펼치라고 한 거냐! 이 자식아, 너 때문에 내 꼴이 뭐가 됐느냔 말이야."

퍽퍽, 퍽퍽퍽!

영호선은 왜 맞아야 하는지는 몰랐지만 일단 지금은 다른 생각을 할 겨를이 없었다. 괜히 사혈에라도 맞으면 바로 즉사인 것이다.

광마혈성은 그렇게 한참이나 때리고 나자 그제야 조금 화가 가리않는지 발길질을 밈췄다.

영호선은 모로 누운 채로 슬그머니 눈을 뜨고 광마혈성의 눈치를 살폈다.

이내 광마혈성이 주저앉아 머리를 감싸는 것이 보였다.

영호선은 그냥 눈을 감아버렸다.

여기서 괜히 기척을 내봐야 좋은 일은 없다. 그냥 기절한 척 하는 것이 제일이었다.

하루가 지났다. 그리고 또 하루가 갔다.

고요하기 이를 데 없는 지하 동부에서의 하루는 세상에서의 하루와는 사뭇 다르다. 그것도 아무 말도 없이 시간을 보낼 때면 그야말로 하루가 한 달은 되는 듯 길게 느껴지는 곳이 바로 지하 동부였다.

우화등선 사건 이후 이틀.

광마혈성은 침중하니 동혈에 틀어박혀 나오지 않았다.

그렇다 보니 영호선도 괜히 나다닐 수 없어 개인 동혈에 누웠다 앉았다 하며 시간을 죽이고 있을 수밖에 없었다.

영호선은 그 와중에 작은 희망을 품고 있었다.

노인네가 무슨 의도로 자신에게 검절의 검결을 익히라고 했는지는 아직 뚜렷하게 알 수 없었지만 우화등선까지 등장하는 요란스러움 속에서 그 목적 자체가 사라진 것을 알 수 있었다.

그렇다면 더 이상 이곳에 머물고 있어야 할 이유가 없었다.

지금 상태라면 호신강기를 운용해 용암을 뚫고 나갈 수 있을 것 같았다. 아니, 나갈 수 있다. 그리고 잠마원을 몰래 빠져나가 형산으로 돌아가야 한다.

영호선은 희망에 젖어 형산을 떠올렸다.

'형산으로 가는 것이다. 그리고 잠잠해지면 집에도 다녀오고.'

이때 광마혈성도 복잡한 머리가 조금씩 정리되고 있는 중이었다.

원래 계획한 대로 된 것은 아무것도 없었다.

그야말로 엉망진창이었다.

원래대로라면 지금쯤 검절의 검결을 뛰어넘는 새로운 경지에 들어서야 했다. 그런데 문제는 이게 끝이다라는 것을 스스로 알아버렸다는 점이었다. 모든 것이 하나로 귀일한다는 것이 바로 이런 것이리라.

마(魔)든 정(正)이든 결국 궁극에 이르면 우화등선에 이른다는 것.

검절은 마운천봉공의 도움을 받아 우화등선에 이르렀고, 자신은 검절의 검결에 도움을 얻어 우화등선이 발현되었다.

인위적으로 거부하는 확언을 했지만 이제 더 이상 이룰 목적이 없어져 버린 것이다.

세나가 검절의 검결은 이제 몸에 완전히 배어들어 있다. 빼도 박도 못하는 상태인 것이다.

'휴우, 젠장할……'

절로 한숨이 나온다.

이제 저 애송이를 처리하는 일이 남았다.

'녀석을 죽여 버릴까나.'

광마혈성은 이내 고개를 저었다.

죽이지 않을 것이란 것을 스스로가 누구보다 잘 알고 있었다.

검절을 떠올리게 하는 놈이다. 그리고 짜증난 일이지만 그동안 지내오면서 저놈의 기괴함이 마음에 들어버렸다.

게다가 마운천봉공을 팔성까지 가르쳐 놓았지 않은가. 그리고 먹인 용암어가 몇 마리인가. 그게 아까워서라도 죽일 순 없었다.

죽여 버리면 후회할 것이다. 왠지 애송이 놈이 죽으면 허전해질 것 같았다.

그렇다고 죽이지 않고 이대로 돌려보내는 것도 어쩐지 속이 뒤집히는 일이다. 보나마나 형산으로 쪼르르 기어갈 것이 아닌가 말이다.

'저놈을 어찌한다……'

그 순간 광마혈성의 뇌리로 한 가지 생각이 떠올랐다.

절로 웃음이 나왔다.

"흐흐흐! 그래, 그렇게 하면 되겠구나. 간단한 일이잖아!"

다시 하루가 더 지났다.

영호선은 용기를 내기로 했다. 굳이 머뭇거릴 이유는 없었다. 목이 돌아가더라도 첫 번째 시도라도 해야 했다. 그렇지 않으면 어쩐지 영영 이곳에서 나가지 못할 것 같았기 때문이다.

"저기요, 영감님! 전 이만 가볼까 합니다."

"……."

광마혈성이 영호선을 빤히 바라봤다.

"그럼 안녕히 계십… 욱!"

영호선이 막 고개를 숙이자, 광마혈성이 영호선의 뒷덜미를 움켜잡았다.

영호선은 황급히 목을 움츠리고 올려다봤다.

"……."

"……."

두 사람은 그렇게 한동안 말없이 서로를 바라봤다.

영호선은 혹시 죽이려고 이러나 싶기도 하고, 한편으로는 이곳에서 평생 지내자는 황당무계한 말이 뛰어나올까 두려움에 떨었다.

광마혈성이 입을 열었다.

"죽을래, 절 할래?"

영호선이 뜻밖의 말에 의문이 가득 한 눈을 깜박거렸다.

죽을래가 나온 것이니 이건 무조건 다른 것을 선택해야 한다. 그런데 절을 해? 무슨 절?

"죽을래?"

"하하하, 무슨… 섭섭한 말씀을. 절해야죠."

광마혈성이 다시 묻고 영호선이 답했다.

그제야 광마혈성이 손을 놓았다.

영호선도 어차피 작별 인사를 할 생각이었기에 바로 무릎을 꿇고 큰 절을 올렸다.

"영감님, 그동안 고마웠습니다. 다음에 기회가 되면……."

영호선의 다음 말은 이어지지 못했다.

"여덟 번 남았다."

"네?"

영호선이 마른침을 꿀꺽 삼켰다.

여덟 번이 남았다고? 그럼 설마? 아니, 아닐 거야. 그럴 리 없었다. 그전에 얼마나 사부님으로 모시겠다고 졸라댔었던가.

그때마다 온갖 욕설과 목이 돌아가 버린 것을 기억하는 영호선이었다. 마성에 젖은 채로 잠마원으로 복귀하는 것이라면 사정이 다르겠지만 이제 형산으로 가려는 마당에 광마혈성을 사부로 둘 생각은 추호도 없었다.

하지만 문제는 아까의 두 가지 선택지였다.

죽을래? 절할래?

그렇게 영호선이 심각한 내부 분열에 시달릴 때였다.

"죽는 게 낫겠지?"

광마혈성이 무심한 표정으로 툭 던지듯 말했다.

영호선은 이를 악물었다.

각오를 다진다. 불굴의 의지로.

나는 영호선이다, 그 누구도 아닌.

각오를 다진 영호선이 크게 숨을 몰아쉬고 외쳤다.

"사부님! 제자 영호선의 절을 받으십시오."

그렇다.

죽을 수는 없었다. 살고 봐야 한다. 싸늘한 시체가 되어 용암에 던져지면 용암어들이 기뻐 날뛰며 이 새끼 잘 만났다며 뜯어 먹을 것이리라.

이마를 쿵쿵 찧어대며 영호선이 구배지례를 마쳤다.

마지막으로 예를 표하고 나서도 한동안 영호선은 머리를 들지 못하고 무릎을 꿇은 채로 어깨를 들썩였다.

쳐맞아 죽고 싶지 않아 구배지례를 하긴 했지만 형산으로 돌아가는 마당에 형산의 사부님이 이 사실을 알면 뭐라고 하실 것인지 암담하기 그지없었다.

"흑흑흑!"

결국 흐느낌이 새어 나왔다.

그 광경에 광마혈성이 만족스럽다는 표정으로 고개를 끄덕였다.

"그래, 네가 얼마나 감격스러울지는 짐작이 가고도 남는다. 마음껏 울어라.”

영호선이 하도 어이가 없어 눈물이 범벅이 된 눈으로 광마혈성을 올려다봤다.

“흑흑흑!”

당최 눈물을 멈출 수 없었다. 저런 표정으로 봐서 제자랍시고 사방팔방 떠들고 다니지나 않을지 걱정스럽기까지 하다.

“네놈에겐 사형과 사저가 한 명씩 있다. 죽었는지 살았는지 모르겠다만 그 녀석들이 살아 있어서 널 보면 아주 볼만한 표정을 짓겠구나.”

영호선이 그 말을 듣고 더욱 서럽게 울었다.

사부만 있는 것이 아니다. 사형과 사저란다. 이 인간이 이렇게 오래도록 안 죽고 살아 있는 것만 봐도 제자라는 인간들도 무병장수하였을 터. 앞날이 점점 암담해졌다.

“흑흑흑흑!”

그때 광마혈성이 영호선의 어깨를 붙들었다.

그는 이어 어깨 쪽의 옷을 단번에 찢어내더니 어깨 바로 밑, 팔이 시작되는 부분에 검지 손가락을 대고 몇 차례 휘감았다.

“으아악!”

어깨가 타들어가는 느낌에 영호선이 비명을 내질렀다. 발버둥도 쳐봤지만 무쇠팔에 잡힌 듯 꿈쩍도 할 수가 없었다.

고통이 잦아들자, 영호선이 도대체 무슨 짓인가 하고 어깨로 눈을 돌렸다.

"흑흑흑!"

말이 필요없이 눈물이 흐른다. 오른쪽 어깨에 횃불 문신이 정교하게 그려져 있다. 이젠 정말 부정하려고 해도 부정할 수 없게 되고 만 것이다.

앞으로는 웃통 벗고 싸우지도 못한다. 되도록 오른팔 쪽 옷이 뜯겨지는 것도 신경 써야 하고.

"흑흑흑!"

"내가 그렸지만 너무너무 멋지군. 이건 내가 제자들에게 남기는 성스러운 문신이다. 고맙게 여기거라. 흐흐흐!"

광마혈성이 만족스럽게 웃었다.

영호선은 무거운 마음으로 자리에서 일어섰다. 소맷자락으로 서러움에 겨워 흐르는 눈물을 훔쳐 내고 예를 갖췄다.

"제자, 이만 돌아가 보겠습니다."

"그래, 어디로 갈 참이냐?"

"저는 형산으로 갈 생각입니다."

말을 하고 나니 뭔가 이상하다. 욱, 하며 감정이 복받쳐 주르륵 눈물이 나왔다.

광마혈성도 쓰게 입을 다셨다. 예상은 하고 있었지만 그래도 직접 들으니 영 기분이 개운치 않았다. 이건 마치 팥으로 메주를 당당히 쓰겠다는 말처럼 들리지 않는가.

"사부님은 계속 이곳에 계셔야겠죠?"

영호선이 소망을 담아 요상하게 질문을 던졌다. 제발 이곳에서 오래오래 살다가 못다 이룬 우화등선을 다시 하길 바라는 마음이 담겨 있었다.

"천천히 생각해 봐야지. 여기에 있으면 검절 그 망할 놈이 생각나니까 나가긴 나가야겠지만, 일단 이곳 용암어를 더 먹어야 하니까."

복잡한 심경 중에도 용암어 생각을 하자 수긍이 갔다. 또 어디에서 이런 맛을 볼 수 있단 말인가.

그러한 영호선의 심중을 읽은 듯 광마혈성이 말했다.

"용암어나 먹고 가도록 해라. 지금 나가봐야 아직 초저녁이야. 밤이 깊을 때 나가는 게 좋지."

"그럴까요?"

영호선이 어느새 눈을 반짝거렸다. 하루의 시간대를 어떻게 정확히 아는지 신기했지만 그보다 용암어 맛에 벌써부터 군침이 돌았다.

잠시 후 용암어 네 마리가 시원스럽게 껍질이 벗겨져 나갔다. 마지막이라고 두 마리씩 먹게 하려는 배려가 엿보였다.

당연한 듯 영호선이 눈알을 뽑아 건넸다.

당연한 듯 광마혈성이 눈알을 받아 들었다.

살점을 집어 든 영호선은 이제 이것이 마지막 용암어라고 생각하니 더없이 소중할 수가 없었다.

새로이 사부와 제자가 된 노소는 말없이 한동안 용암어를 음미했다.

그렇게 시간이 고요히 흘러 용암어가 사라져 갈 쯤이었다.

불쑥 광마혈성이 입을 열었다.

"미친 제자놈아, 차라리 그냥 잠마원에 있지 그러냐?"

"아뇨, 예전처럼 피를 빨고, 등에 칼을 꽂는 일은 충분히 했는걸요. 형산에 최소한 오 년 정도는 틀어박혀 있으려고요."

"흠, 아쉽군."

"그런데 사부님, 가만히 생각해 보니 용암어의 가시를 암기로 사용해도 괜찮겠는데요?"

"물론이지. 암기를 사용하는 사람이 누구냐에 따라 희대의 암기가 되겠지. 암기로 쓰려고? 그딴 짓은 내가 용납하지 않는다. 광마혈성의 제자가 암기를 뭐 하려고 사용해? 그냥 쳐죽이면 되지."

영호선이 멍하니 사부를 바라보았다.

어련하시겠습니까? 라는 표정이었지만 얼른 표정을 지우고 답했다.

"선물을 하려고요."

"누구?"

"있어요."

"누군데?"

"있다니까요."

"아, 유은령이로군."

“에엥? 유은령을 아시네요? 밖에는 언제 다녀오신 겁니까? 그리고 그런 사이 아니에요. 애가 좀 불쌍해 보여서 그러죠.”
“이쁘더라.”
“이쁘긴 하죠. 머리가 약간 돌아버려서 그렇지.”
“이 새끼야, 너도 만만치 않아.”
“큭!”
“자, 이제 나가자꾸나.”
“네, 가야죠. 에? 같이 가시려고요?”
“제자가 가는데 사부가 그 정도 배웅은 해야지.”
“뭔가 말이 바뀐 것 같습니다만.”
“잠깐 바깥 구경하는 것도 나쁘지 않겠지.”
“네, 그러시든지요.”

第十章
한밤의 인사

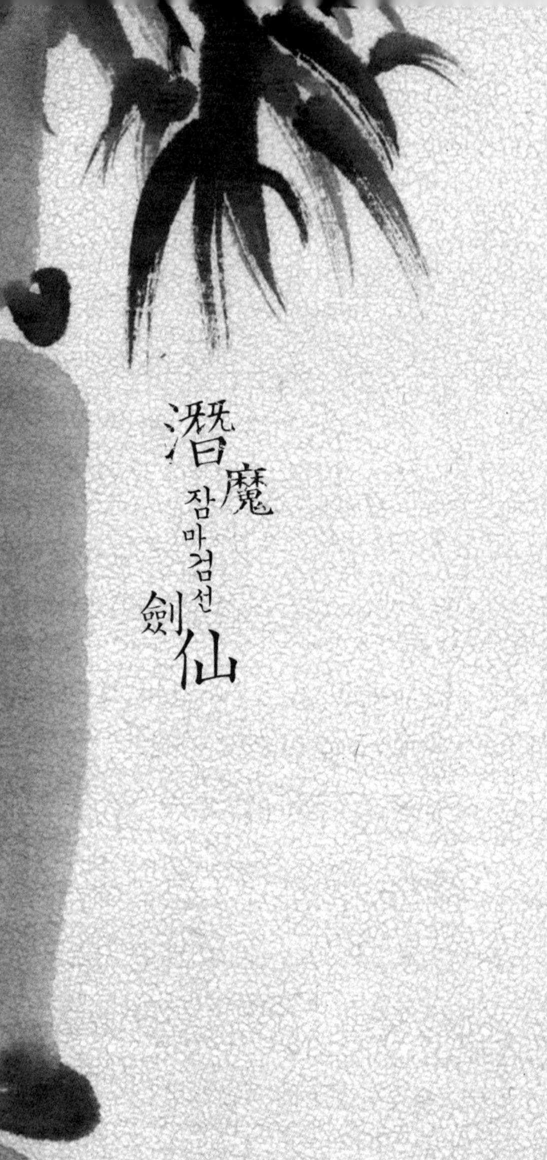

潛魔
잠마검선
劍仙

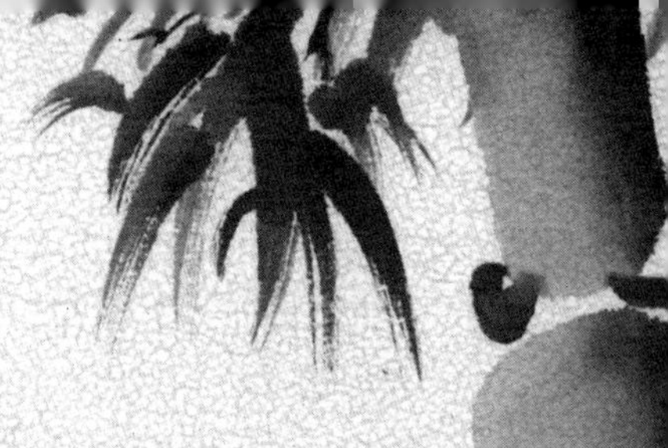

푸확!

용암의 물줄기가 솟구치며 두 인영이 모습을 드러냈다.

그중 하나의 인영은 그대로 날아올랐고, 다른 인영은 용암에서 나온 후 가파른 경사의 절벽을 연속해서 딛고 신속히 오르고 있었다.

착!

먼저 잠마원의 지하 사층 위에 올라선 것은 광마혈성이었다. 뒤이어 절벽을 박차고 영호선이 그 옆에 내려섰다.

영호선은 올라온 용암과 지면을 번갈아 보며 감회에 사로잡혔다.

이곳에서 떨어질 때만 해도 이대로 죽는구나 싶었는데, 다시 이곳에서 아래를 내려다보게 되다니. 마성에 사로잡혀 있을 때는 오조원 놈들을 때려 죽여야겠다고 생각했지만 지금 생각해 보면 어떤 의미에선 고마운 녀석들이 아닐 수 없었다. 용암을 헤쳐 나올 정도로 호신강기를 부리게 될 줄은 꿈에도 생각지 못했던 일이었다.

"뭘 멍청히 있는 거냐!"

"네? 아뇨. 하하!"

"가자."

"네."

광마혈성은 거침없이 지하 삼관문으로 뛰어들었고, 영호선이 그 뒤를 따랐다.

버겁기만 했던 관문들은 이제 수월하기 이를 데 없었다. 스쳐 가는 암기들이 고스란히 눈에 보일 지경이었고, 호신강기 덕분에 신경도 쓰이지 않았다.

두 사람은 제이관문과 제일관문을 차례로 돌파했다.

광마혈성이 거대한 철 덮개를 소리없이 열어젖혔다.

아래쪽에서 그 모습을 보며 영호선은 사부와 함께 오지 않았으면 난감했겠다는 생각을 했다. 지하 일관문에서 철 덮개까지의 높이도 높이지만 기관으로 움직이는 철 덮개를 소리도 없이 열기엔 아무리 생각해도 벅찬 일이었다.

영호선은 사부가 덮개를 여는 동안 쏟아져 나온 묵환강시가 도달하기 전에 신속히 몸을 솟구쳤다.

중간쯤 상승 기세가 꺾일 때, 광마혈성이 손을 쭉 뻗었다. 그러자 무형의 기운이 영호선을 감싸 위로 끌어 올렸다. 영호선은 몸을 맡긴 채로 그대로 그 힘을 빌어 벌어진 철문 사이로 빠져 나가 기척없이 내려섰다.

광마혈성이 이어 빠져나와 전음으로 물어왔다.

[유은령한테 갈 테냐?]

[아뇨, 먼저 오조 숙소에 들를까 합니다.]

[왜?]

[그래도 잠마원에 머물다 가는데 기념품 한 가지는 가져가야죠.]

[기념품?]

[그런 게 있습니다.]

영호선이 생각하고 있는 건 대롱이었다. 대롱은 독안마의 는 물론이고, 수많은 사람의 추억이 담겨 있으니 잠마원의 기념품으로는 대롱만 가져가면 충분했다.

이번에는 숙소의 위치를 정확히 인지하고 있는 영호선이 앞서고, 그 뒤를 광마혈성이 바짝 붙었다.

이미 영호선은 마운천봉공이 팔성에 이른데다 검절의 검결의 진수에 이르진 못했어도 검결을 이루는 보법을 자연스럽게 체득해 움직임이 과거와는 비교할 수 없을 만큼 은밀하고 표홀했나.

잠마원은 사부의 말대로 깊은 어둠에 잠겨 있었다.

오조 숙소에 들어가자 익숙한 얼굴들이 보였다.

죽이려 했던 놈들이었지만 막상 얼굴을 보니 괜히 반가운 마음이 들었다. 영호선의 입가에 미소가 떠올랐다.

사부의 말에 의하면 지하 동부에 갇혀 지낸 지 백여 일이 지났다고 했는데 지금 오조원들을 보니 수년간 떨어졌다가 만난 것 같았다.

'불쌍한 놈들, 고생 많았다. 이 영호선님은 진짜로 간다. 이제 가면 다시 볼 날이 없겠지.'

영호선은 과거 머물던 방문을 조심스럽게 열었다.

개방된 침소에 숫자가 총 열아홉이라서 방이 비어 있을 것이라는 생각이 들었지만 혹시 다른 누군가가 조장으로 들어앉아 있을 수도 있다는 생각에서였다.

안을 확인하니 방 안은 아무도 없었다.

'이놈들 그래도 내가 오길 기다렸었나?

기특한 생각이 들었다.

영호선은 알 리 없었지만 사실 오조원들이 영호선의 방을 비워둔 것은 순전히 유은령의 후환이 두려워서였다.

유은령은 여전히 영호선을 생각하며 우울한 나날들을 보내고 있었고, 가끔씩 영호선이 머물던 방에 찾아와 멍하니 앉아 있다가 가곤 했기 때문에 오조원들은 방을 차지하는 대범한 짓을 할 수 없었던 것이다.

　그랬다가 확 돌아버린 유은령을 감당할 사람은 한 명도 없었으니까.

　영호선은 그런 내막은 모른 채 방을 쭉 돌아봤다.

　모든 것들이 그대로였다. 검이 놓인 자리며, 기물들이 주인을 기다리고 있었다는 듯 정갈히 놓여 있었다.

　영호선은 그중 작은 서랍을 열었디.

　'하아, 있구나.'

　대롱을 보니 오랜 친구를 만난 것처럼 반갑기 그지없었다. 생각이 거기에 미치자 스스로가 조금 어이가 없어졌다.

　이윽고 영호선은 침대 위에 가만히 누워보았다.

　포근히 침대가 주인을 맞아주었다. 마치 '주인님 어서 오세요. 꽤 오랜만에 뵙습니다' 라고 말하는 것 같았다.

　영호선은 싱긋 웃고 몸을 일으켰다. 그렇게 반갑게 맞아줘도 잠마원에 머물 생각은 추호도 없다.

　영호선은 미끄러지듯 방을 빠져나왔다.

　사부는 차분히 뒷짐을 진 채로 숙소 입구에 서 있었다.

[가시죠.]

[그건 뭐냐?]

[대롱요.]

[대롱?]

[이걸로 보혈을 섭취했습죠. 하하히!]

[아하! 그 대롱이라는 게 이거였구나.]

[알고 계셨네요?]

[지나는 말로 들었을 뿐이야. 목에 때가 있는 놈들 때문이었냐?]

[아뇨, 뭐 그냥 확 물어버린 적도 꽤 되죠.]

[흐흐, 이 미친 새끼.]

[크크!]

영호선과 광마혈성은 오조의 숙소가 있는 건물을 나와 십조 숙소로 향했다.

[누구지?]

광마혈성의 전음에 영호선이 막 물으려 할 때, 어느새 광마혈성이 영호선의 몸을 잡아 채 숙소 뒤편 그늘로 숨어들었다. 그제야 영호선이 전음을 발했다.

[왜 그러세요? 누가 오고 있는 건가요?]

[아니, 아직은. 넌 잠시 여기 있어라.]

[어디 가시려고요? 소란 피우시면 안 됩니다, 사부님.]

[조용히 처리할 테니 염려는 집어치워라.]

영호선은 비록 오조 숙소에서 대롱을 챙기고, 유은령에게 가시 암기를 건네줄 생각이었지만 그렇다고 ‘나 여기 살아 있네’라고 떠들고 싶지 않았다.

대롱이야 없어져도 누가 신경조차 쓰지 않을 것이고, 유은령 또한 가시를 받아도 그것이 설마하니 자신의 선물이라고 생각지 않을 것이기 때문이다.

영호선이 한 번 더 당부를 하려 했지만 때를 놓치고 말았다.

어느새 광마혈성이 꺼지듯 사라져 버렸던 것이다.

'누굴까? 잠마원주? 아니면 교두?'

영호선은 누구든 괜히 쓸데없는 이야기를 나누지 않기만을 간절히 바랐다.

한편 광마혈성은 마치 밤바람이 스지고 지나듯 신형을 움직였다. 누가 쫓아오거나 하는 것은 아니었다. 그저 눈길 하나가 느껴졌을 뿐이다.

분명 은밀히 움직이는 그림자를 보고 자신이 본 것이 맞는지 지금쯤 머리를 갸우뚱 하고 있으리라.

광마혈성의 생각이 맞았다.

무영마객 현원령은 처소의 지붕에서 삐딱하게 누워 잠마원을 크게 조망하고 있었다.

은신과 추적에 능한 현원령은 밤의 그림자처럼 잠마원의 밤 풍경을 보는 것을 좋아했다. 과거 영호선이 날뛸 때도 그는 은밀한 시선으로 그 모든 것을 지켜보며 어이없어하며 웃기도, 혀를 차기도, 그리고 얼굴이 딱딱하게 굳어지기도 했었다.

그런 현원령은 지금 고개를 갸우뚱거리고 있었다.

하나인 듯 눌인 듯 뭔가가 빠르게 오조의 숙소에서 빠져나온 것을 보았는데 그것이 정확히 무엇인지 알 수 없어 의아하기 짝이 없었다.

현재 잠마원 내에 자신의 눈을 피해 움직일 수 있는 사람은 잠마원주 외엔 없다고 해도 과언이 아니었다. 그래서 더욱 아리송했다. 게다가 둘인지, 하나인지 그림자 숫자까지 헷갈리다니.

'일단 한번 가보자. 잘못 본 것이 아니었으면 좋겠군.'

생각이 정리되자 현원령은 곧바로 신형을 날렸다.

그의 몸이 허공으로 떠올랐다. 분명히 떠올랐다. 그런데 그다음이 문제였다.

파삭!

머릿속에서 뇌가 바스러져 버린다면 이런 소리가 날까?

현원령은 순간 시야가 뿌옇게 변하는 것을 느꼈다.

의식도 통째로 날아갔다.

그렇게 현원령은 뒷통수에 강한 통증을 느끼고 허공에 뜬 채로 정신을 잃었다. 정신을 놓기 직전 그가 느낀 것은 누군가의 손길이 뒷덜미를 잡아 추락을 방지했다는 것뿐.

광마혈성은 현원령을 붙잡고 한쪽 입꼬리를 올렸다.

'이 쥐새끼 같은 놈이 감히 누구 뒤를 밟겠다고.'

광마혈성이 현원령을 옆에 끼고 신형을 날렸다.

순식간에 잠마원 원내를 벗어나 한적한 곳에 이르자 광마혈성이 현원령을 버렸다.

휙!

투드득.

그렇다. 이건 그야말로 버린 것이었다. 아무 짝에도 쓸모 없게 된 물건을 몰래 버리듯.

광마혈성이 잘 버렸다고 생각하는지 만족스럽게 웃고 신형을 날렸다.

스슥!

[처리했다.]

영호선은 벽 그림자에 숨어 있다 문득 들려온 전음에 고개를 돌렸다. 마치 오래전부터 옆에 있었다는 듯 자연스러움 속에서 사부가 전음을 발하고 있다.

그런데 처리했다니?

[죽여 버리신겁니까?]

[무슨! 그냥 버리고 왔다.]

[버, 버려요?]

[눈에 띄지 않게 잘 버렸으니 신경 쓸 것 없다.]

[신경 쓰인단 말입니다.]

[확, 이 자식이.]

영호선의 목적은 그저 소리 소문 없이 잠마원을 벗어나는 것이다. 하지만 상대가 상대이니만큼 멱살을 움켜잡을 수도 없는 노릇이다. 그저 길게 한숨을 내쉴 뿐.

"휴우……."

[미련한 놈아, 한숨도 전음으로 해라. 그 정노는 해야 내 제자라고 할 수 있지.]

광마혈성이 눈알을 부라렸다.

[휴우……!]

어쩔 수 없이 영호선이 명을 따랐다.

[그래, 바로 그거야.]

[사부님은 여기 계십시오. 제가 금방 다녀오겠습니다.]

[무슨 소리? 나도 간다.]

[쿵!]

영호선은 어쩔 수 없다는 듯 입을 다시고 십조 숙소로 진입했다.

오조 숙소 때와는 달리 영호선은 신형을 더욱 은밀히 움직였다. 유은령은 잠마원 수련생들 중에서도 첫째, 둘째를 다투는 실력이기에 괜히 선물을 한답시고 갔다가 깨어나기라도 한다면 그보다 골치 아픈 일이 없을 것이다.

비록 과거에 비하면 자신의 수준이 유은령을 능히 능가하지만 기척을 알아차리는 것은 무공이 낮아도 충분히 벌어질 수 있는 일이지 않는가.

소리없이 문을 열고 들어가니 깊이 잠들어 있는 십조원들이 보였다.

영호선은 잠시 마운천봉공의 무심결을 운용해 스스로의 기척을 완전히 죽이고 슬금슬금 한걸음씩 떼 유은령의 처소 방문을 열었다.

그 뒤로 광마혈성이 영호선의 동작을 따라하듯 한걸음씩

조심스럽게 뗐다.

  방문이 열림과 동시에 향긋한 체향이 코끝을 간지럽혔다. 언제나 유은령이 곁에 다가올 때면 나던 내음이었다.

  영호선은 살짝 이맛살을 찡그렸다.

  잠마원에 있을 때도 이 향기가 문제였다. 맡는 것만으로도 짜증이 무럭무럭 피어나는 향기. 그윽하고 괜히 기분이 좋아지는 그런 향기라서 도리어 짜증이 났던 유은령의 향기.

  유은령은 새우처럼 웅크리고 잠들어 있었다. 그리고 이불 밖으로 나온 두 손은 목각 인형을 가슴 쪽으로 당긴 채 꼭 쥐고 있었다.

  그때 광마혈성이 전음을 보냈다.

  [저기 목각 인형이 너지?]

  [지 멋대로 생각하는 거라구요.]

  [예쁘긴 예쁘구나.]

  [그렇죠. 근데 저 애 완전히 돌아버렸어요.]

  [이 새끼 보게? 너는 안 돌았었냐?]

  [흠, 그야 전 혈마환을 먹었던 것이니까요.]

  [사랑을 하게 되면 원래 사람이 돌게 되어 있지.]

  [유은령 따윈 관심없어요.]

  [흐흐, 퍽이나 관심없겠다.]

  [정말이라니까요.]

  영호선이 전음으로 짜증을 부리고는 더 이상 말을 섞어봐야 남는 것이 없다는 판단 아래 품에서 용암어의 가시를 머리 위 탁자에 올려놓았다.

걸음을 옮기려는데 유은령의 얼굴이 한가득 시선에 들어왔다. 자면서도 근심이 가득한 얼굴이다. 두 손을 보니 혹시라도 놓칠까 봐 깍지까지 낀 채 목각 인형을 붙들고 있었다. 괜히 측은한 기분이 들었다.

'유은령……'

마음속으로 가만히 불러본다.

'잘 있어라. 영호선 같은 놈은 생각하지 마.'

도대체 뭐가 좋다는 것인지 영호선 스스로도 납득할 수가 없었다.

'유은령, 꼭… 제정신으로 돌아와라.'

당부 아닌 당부를 건네며 영호선이 방을 빠져나왔다.

[가시죠.]

[잠깐 기다려라.]

[뭐 하시게요?]

광마혈성은 대답을 하지 않고 유은령에게 다가갔다.

영호선은 어쩐지 사고를 칠 것 같아 불안하기 짝이 없었다.

[사부님! 깨우시면 안되요.]

[안 깨운다.]

영호선은 이때 광마혈성의 등을 보고 있을 뿐이어서 광마혈성이 무엇을 하는지 도통 알 수가 없었다. 환락도의 미녀를

무슨 암퇘지 취급하는 노인네니 유은령의 미모에 반할 리는
없을 텐데 말이다.

　이때 광마혈성은 영호선을 등진 채 부지런히 유은령의 얼
굴 위쪽 허공에 손을 휘젓고 있었다. 그것은 마치 어린아이들
이 장난을 하듯, 사람이 깊이 잠들었는지 아닌지를 확인하는
것 같았다. 한동안 그렇게 휘젓던 광마혈성이 돌아섰다.

　[됐다.]

　[돼요? 뭘 하신 겁니까?]

　[이 자식아, 내가 뭘 어쨌다고 그래? 깨우기를 했어, 애 목
을 돌려놨어. 이놈의 새끼가 유은령 앞이라고 감히 눈알을 부
라리네.]

　수틀리면 다 집어치우고 이 자리에서 목을 꺾어버릴 기세
인지라 영호선은 바로 꼬리를 내렸다.

　[아니, 그게 아니고요.]

　[이제 그만 가자.]

　[네.]

　영호선은 방문을 닫기 전 물끄러미 유은령을 마지막으로
바라봤다.

　'진짜 마지막이군. 잘 지내라.'

　두 사람이 십조 숙소를 빠져 나와 건물의 그림자 속에 몸을
맡기고 서로를 마주 봤다.

　영호선과 광마혈성은 누가 더 진지한지 시합이라도 벌이

는 듯 그렇게 서로의 눈을 주시했다.

[이만 가보겠습니다.]

영호선이 먼저 말했다.

[그래, 가라. 기회가 되면 내가 형산에 한번 가마.]

영호선이 흠칫 몸을 떨었다.

[번거롭게 오실 필요 없습니다. 제가 찾아뵙겠습니다.]

[누구든 먼저 찾아가면 되는 거다.]

[그, 그렇습니까?]

[그렇지.]

[제가 꼭 찾아뵙겠습니다. 믿어주십시오.]

[잔소리 그만하고 어서 가봐라.]

영호선이 바로 무릎을 꿇고 크게 절을 올렸다.

미우나 고우나, 미쳤거나, 제정신이거나 일단 사부는 사부다.

광마혈성이 만족스럽게 크게 고개를 끄덕였다.

몸을 일으킨 영호선이 곧바로 신형을 날렸다.

드디어 그리운 형산으로 간다. 지금 할 일은 최대한 빨리 잠마원을 벗어나는 것이다.

영호선이 자리를 뜨자, 광마혈성이 떠나는 그의 뒷모습을 물끄러미 바라봤다.

이윽고 영호선의 신형이 보이지 않자, 광마혈성은 지붕 위로 올라갔다. 옅게나마 모습이 보인다.

그리고 다시 보이지 않자, 좀 더 나아가 나무 꼭대기 가느 다란 가지를 밟고 올라섰다.

점점 희미하게 변하다 완전히 모습이 사라지자, 광마혈성이 희미하게 웃었다.

'미친놈이 가는군.'

지하 동부의 인연 중 김질은 황당무계하게 작별을 고했지만 어린 핏덩이는 그래도 서서히 뒷모습을 충분히 보여주며 사라졌다. 그리고 또 언젠가 볼 수 있을 것이다.

문득 먼저 거둔 두 명의 제자가 떠올랐다. 그 녀석들도 이제 꽤 늙었겠다 싶었다. 괜히 감상에 젖어드는 광마혈성이었다. 얼렁뚱땅 어린 핏덩이를 제자로 거두게 되었다.

광마혈성은 숨을 크게 몰아쉬었다. 차가운 밤공기가 폐부 깊숙이 들이찬다.

광마혈성이 소리 높여 외쳤다.

"이… 놈, 영… 호… 선… 잘 가거라! 하하하하하!"

거대한 외침이 잠마원을 뒤흔들었다.

음파가 폭풍같이 잠마원을 휩쓸었다.

주변 산새들이 날아오르고, 잠마원에 머무는 모두가 고막을 찢어발기듯 들려온 소리에 벌떡 일어섰다.

심지어 신법을 극한으로 끌어올려 달리던 영호선도 똑똑히 그 소리를 들었다. 당연했다. 영호선에게 들리도록 외친 것이었으니까.

영호선은 이때 형산만을 생각하며 달리다 귀청을 때리는 미친 사부의 음성에 놀라 다리가 꼬여 달리던 속도 그대로 나뒹굴었다. 기혈이 뒤틀리거나 그런 것이 아니었다. 잠마원을 휘저으면서 애써 전음으로 은밀히 이야기를 하고, 조바심을 내며 겨우 몰래 나왔다고 생각했는데 그 모든 것을 단 한 방에 날려 버리는 외침이었기 때문이었다.

"어후, 정말 영감탱이가 미쳐도 곱게 미쳐야지."

떼굴떼굴 굴러 겨우 몸을 멈춘 영호선이 일어서며 한숨을 내쉬었다.

"모르겠다, 일단 튀고 보자."

영호선은 혹시 누가 쫓아올 새라 미친 듯이 내달렸다.

영호선이 한숨이었다면 잠마원은 폭풍이 몰아닥쳤다.

거대한 외침에 잠마원이 폭발할 듯 깨어난 것이다.

'영호선이 살아 있다!'

도대체 어떤 미친놈이 외친 것인지는 몰라도 그 외침 중에 영호선이 들어 있다는 것이 중요했다. 영호선이 죽고 나서 야밤에 소란이 인 적은 단 한 번도 없었다. 그런데 지금 영호선의 이름이 거론되자마자 잠마원의 밤이 들썩인 것이다.

가장 놀란 것은 단연 오조원들이었다. 영호선 살인범들인 오조원들은 거의 사색이 되어 각기 검을 들고 창문을 통해 분분히 튀어나왔다.

독상군을 비롯한 흡혈대상자들도 경악한 얼굴로 숙소를

빠져나왔다.

사인방, 유은령! 그리고 어느새 잠마원주와 교두들도 모습을 드러냈다.

잠마원주의 표정은 그 어느 때보다 어두웠다. 영호선도 영호선이지만 방금 전 외침은 모골이 송연할 지경이었기 때문이다.

엄청난 고수가 잠마원에 등장한 것이다.

잠마원주 소요마선은 즉시 교두들에게 주변을 수색하도록 명했다. 교두들은 간단히 서로 방위를 정하고 분분히 신형을 날렸다.

그야말로 한바탕 제대로 난리가 난 것이다. 그 광경을 광마혈성은 나무 그늘에 숨어 느긋하게 감상했다.

수련생들 사이가 갑자기 소란스러워졌다. 그것은 오조원 쪽이었다.

오조원들은 달빛 아래 드러난 서로의 얼굴을 보며 외쳐 대고 있었다.

"너 얼굴 왜 그래?"

"내 얼굴이 어때서? 그러는 네 얼굴에 붓 자국은 뭐야?"

"뭐? 내 얼굴에도 있어?"

그건 오조원 열아홉 명 전부의 얼굴에 각기 다른 형태로 붓으로 낙서가 되어 있었다. 그저 아무렇게나 쭉쭉 그어진 것이었다.

오조원들은 한 사람을 떠올렸다. 이렇게 할 사람은 오직 한 사람밖에 없지 않은가.

"헉, 영호선!"

"숙소에 왔다 갔던 거야."

"근데 왜 우릴 살려두었을까?"

"천천히 죽이려는 건가?"

오조원들의 얼굴에 두려움이 가득 떠올랐다.

그때였다.

"없어!"

아직 숙소에 있던 옥헌무가 창밖을 향해 외쳤다.

옥헌무는 혹시나 하고 숙소에서 영호선의 방을 뒤지고 있던 터였다.

"뭐가 없다는 거냐!"

초이량이 긴장을 풀지 못하고 물었다.

"없단 말이야. 대롱이 없어졌어."

오조원들의 안색이 더욱 무거워졌다.

그러나 초긴장 상태가 된 것은 독상군을 비롯한 흡혈 대상자들이었다. 그들에게 대롱은 거의 신외지물이었다. 대롱이 사라졌다는 것은 곧 어디선가 불쑥 대롱이 몸을 뚫고 그사이로 피가 빠져나갈 것을 의미했다.

모두가 긴장과 착잡, 그리고 짜증 속에 헤매일 때, 유일하게 기뻐한 것은 유은령이었다.

유은령은 한밤을 깨우는 외침 속에 영호선의 이름이 등장
하자 벌떡 일어났다.

그 순간 유은령은 머릿속으로 글자들이 마구 떠오르는 것
을 느낄 수 있었다. 왜 갑자기 그러한 글이 떠오르는지는 알
수 없었다.

"유은령, 나 영호선 왔다 간다. 언제 다시 보게 될지 몰라 선물
을 두고 가. 네 머리맡에 있는 것은 특별한 암기로 사용할 수 있을
거다. 밝은 표정일 때의 네가 보기 좋더라. 안녕!"

유은령은 이 글자들이 그녀 스스로가 만들어낸 상상의 산
물이 아니라는 것을 명확히 인지했다. 글자들이 저절로 떠다
니게 하는 재주는 없었다. 이것이 영호선이 만들어낸 것이라
면 분명 머리맡에 선물이 있을 터.

침상 위 탁자에 물고기 가시와 비슷한 것이 보였다.

유은령이 활짝 웃었다. 세상마저 모두 밝아지게 하는 그런
아름다운 웃음이었다.

"영호선, 살아 있었어……."

웃은 채로 유은령은 눈물을 흘렸다.

"날 생각해 주고 있었구나. 살아 있으면 됐어. 언젠가는 다
시 보게 될 테니끼. 고마워, 살아 있어줘서."

유은령은 영호선의 선물을 서랍 속에 고이 넣어두고 창문

을 통해 밖으로 나갔다.

당황하고 있는 오조원들 앞에 선 유은령은 활짝 웃으며 말했다.

"미안!"

초이량을 비롯한 오조원들이 갑자기 등장한 유은령을 경계하며 긴장을 늦추지 않았다.

"왜 그러냐, 유은령. 뭐가 미안하다는 거냐!"

유은령이 눈을 연신 깜박거리며 기뻐서 어쩔 줄 몰라 하며 말했다.

"너희를 의심했었어. 그래서 사실 내일 너희들을 모두 죽여 버리려고 했었거든. 그래서… 미안."

오조원들이 식은땀을 쏟았다.

"……."

"나 영호선에게 선물도 받았다. 좋아 죽겠는 거 있지."

오조원들이 한시도 긴장을 늦추지 않고 유은령을 바라봤다.

초이량이 용기를 내 물었다.

"조장은 어디에 있어?"

"모르지. 하지만 굉장히 강해졌나 봐. 다녀간 것을 전혀 몰랐거든."

유은령이 꿈꾸는 표정을 지었다. 그리고 말을 이었다.

"예전에는 내가 영호선이 자고 있을 때 그 곁에서 지켜봤는데, 이번엔 영호선이 반대로 나를 지켜봤던 거야. 사실 난

보기보다 무척 예민한 편이라 누가 부시럭거리기만 해도 금방 깨기 일쑤이거든. 그래서 십조원 중 몇 명 잠버릇이 심한 놈들은 아예 잘 때 기절을 시켜놓을 정도야.”

오조원들이 꿀꺽 침을 삼켰다.

‘그, 그러시겠죠……’

“그런데 이번엔 영호선이 다녀간 것을 전혀 알아차리지 못했으니까 어디선가 굉장히 좋은 피를 빨아먹고 왔나 봐. 호호호, 정말 대단도 하지. 어디서 그런 피를 빨아 마셨을까?”

꿀꺽!

그렇게 영호선이 잠마원을 빠져 나간 날, 잠마원은 날이 샐 무렵까지 소란에서 벗어나지 못했다.

그리고 그 모든 것을 구경한 광마혈성은 유유히 지하 동부로 스며들어 갔다. 아직 지하 동부가 편했다. 용암어 없이 지내기도 싫고.

오조원들의 얼굴에 붓으로 낙서를 해놓은 것이며, 유은령의 얼굴에 글자를 써서 깨어났을 때 글자가 떠다니게 한 것도 모두 광마혈성의 작품이었다.

그건 나름 광마혈성다운, 제자를 위한 배려라고 할 수 있었다. 물론 영호선이 들었다면 거품을 물었겠지만 말이다.

第十一章
옛친구

潛魔
잠마검선
劍仙

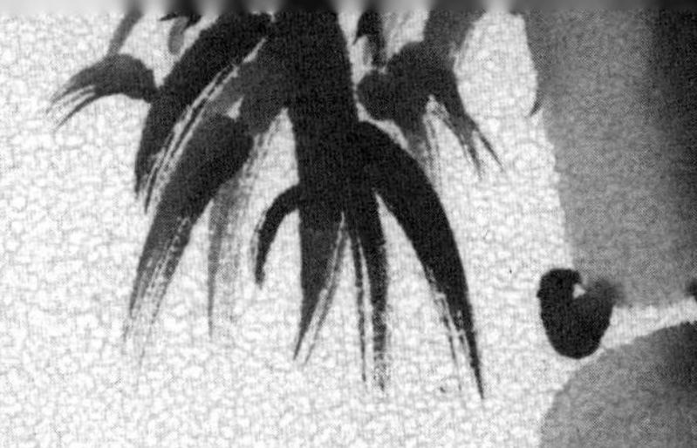

땡그랑.

구리 돈 한 닢이 떼구르르 굴러 한 거지의 발아래 떨어졌
다.

바로 목소리가 뒤를 이었다.

"애야, 뭐 하는 짓이니?"

"엄마, 이 거지새끼가 너무 불쌍하잖아요."

이제 열 살 남짓 되어 보이는 한 남자아이가 꾸짖는 어머니
를 보며 답했다.

중년 여인이 긴 한숨을 내쉬었다.

"애야, 말을 곱게 가려서 해야지. 도대체 어디서 그런 말버

릇을 배워온 거니?”

“죄송해요.”

아이가 고개를 숙였다.

모자의 대화를 듣고 있던 거지새끼! 아니, 영호선은 욱, 하고 화가 치밀었다.

‘내가 어딜 봐서 거지…….’

생각은 더 이상 이어지지 못했다. 어딜 봐서, 라며 눈으로 자신의 몰골을 훑어보았던 것이다.

‘어딜 봐도 거지로구나. 쩝.’

잠마원에서 발이 보이지 않을 정도로 달려 형산 부근에 이른 영호선은 잠도 줄여가며 온 탓에 그야말로 거지가 다 되어 있었다.

그러나 정작 형산이 지척에 이르자 영호선은 마음이 복잡해 선뜻 형산으로 오르지 못하고 그저 멀리 솟은 형산을 바라보고 있는 중이었다.

잠마원을 떠날 때만 해도 사부님과 사문의 어른들의 호통이야 기쁘게 받을 수 있을 것 같았는데, 막상 형산을 보고 있자니 잠마원에서 미쳐 날뛰던 것과 미친 사부를 새로 모시게 된 것이 마음에 걸려 쉽게 발걸음이 떨어지지 않았다.

과거엔 명색이 ‘군자검’ 이 아니었던가.

지금은 도저히 군자검처럼 말하고 행동하는 것이 닭살이 돋아서 할 수 없는데 변한 모습을 보이는 것도 어떻게 받아들일지 염려스러운 부분이었다.

그런 고민 속에 거리 귀퉁이에 쭈그리고 앉아 있으려니 느닷없이 거지 취급을 받게 된 것이다.

영호선이 두 모자를 물끄러미 바라봤다.

화도 나지 않는다. 어린아이에게 화를 내봐야 무슨 의미가 있겠는가. 그저 아이가 어머니의 바른 가르침을 받고 깨달음을 얻는다면 그것 또한 나쁘지 않은 일.

영호선이 무슨 말이 나올까 하고 기다릴 때였다.

중년 여인이 아이의 머리를 사랑스럽다는 듯 쓰다듬었다.

"괜찮다, 괜찮아. 하지만 무슨 일이 있어도 욕을 해서는 안 된다. 알겠지?"

영호선이 내심 흐뭇함에 젖었다.

'아무렴, 욕을 하면 곤란하지.'

"거지에게도요?"

'윽!'

"그럼 당연하지. 젊은 나이에 거지가 되었으니 지나는 사람들이 얼마나 많이 손가락질하고 침을 뱉었겠니. 너도 방금 거지새끼라고 했지만 아마 다른 사람들은 더 심하게 욕을 했을 거야. 봐라, 눈동자가 풀리고 입을 멍하니 벌리는 것을. 서러움에 지쳐 마음마저 죽어버린 거야."

영호선은 뒤통수를 한 대 얻어맞은 것처럼 정말 멍하니 중년 여인을 바라봤다. 차라리 아이가 백 배는 더 낫다.

"정말 불쌍한 거지네요."

"그렇지. 너도 이 거지처럼 되지 않으려면 열심히 책을 읽고 스스로를 갈고닦아야 하는 거야."

"그렇게 할게요, 엄마."

"그리고 돈은 도로 주워라. 거지를 돕는 길은 스스로 일어나도록 용기를 줘야지? 돈을 주면 안 돼."

아이가 힘차게 고개를 끄덕이고는 구리 돈을 주웠다.

중년 여인은 아이의 머리를 쓰다듬었다.

이윽고 두 모자가 자리를 뜨자, 영호선이 퀭한 눈으로 두 사람의 뒷모습을 바라봤다.

휘이잉~

바람이 불어와 영호선의 머리카락을 날렸다.

영호선은 두 모자의 대화 속에서 기분은 나쁜 것은 둘째 치고, 한 가지 확실한 사실을 깨달았다.

'이대로 형산에 오르면 큰일나겠구나.'

마음이 복잡한 것도 복잡한 것이지만 먼저는 깨끗이 씻고 깔끔하게 옷을 갈아입어야 했다.

이 몰골로 형산에 갔다가는 도대체 어디서 굴러다녔기에 이 지경이 되었냐며 추궁이 끊이지 않고 이어질 것은 불을 보듯 뻔한 일이었다.

게다가 잘 마시지도 않았던 술 한잔이 간절해졌다. 형산에 발을 딛는 순간, 세상과 차단되어 살아갈 테니 그땐 술이고 뭣이고 아무것도 기대할 수 없을 터였다.

"하아, 그런데 어디서 술을 마시고, 씻는담?"

영호선은 그야말로 빈털털이였다. 운좋게(?) 굴러온 구리 돈 한 닢마저 도로 주워가 버린 것이 작금의 현실이었다.

눈을 느리게 꿈벅이던 영호선의 머리로 불현듯 한 사람이 떠올랐다.

"그렇지, 백이청! 흐흐흐!"

과거 사매 홍미미와 함께 만두 요리가 끝내주던 화월반점에서 인연을 맺었던 백이청이 언제라도 찾아오라고 했던 말이 떠올랐다. 그라면 분명 반갑게 맞아줄 것 같았다.

백이청의 표정은 오묘하다고밖에는 달리 표현할 말이 없었다.

지금 눈앞에 거지가 있었다. 그런데 원래는 거지가 아니라 부처님 같은 미소를 띤 형산의 제자였다.

하지만 지금 차려놓은 상에 음식들을 쓸어가는 것을 보면 또 확실히 거지다. 또 한편으로 음식을 집은 손이 입으로 들어가기까지 손이 보이지 않을 정도인 걸로 보면 단순히 거지라고 하기엔 손이 빨라도 너무 빨랐다.

거지냐, 아니냐 속에서 영호선을 바라보는 백이청의 표정은 이상야릇함이 가득 떠올라 있었다.

그래도 이 상황에서 한 가지 다행스러운 점이라면 아버지와 어머니께서 외가 쪽 일로 자리를 비웠다는 것이었다. 형산의 영호선이라면 모를까, 거지 영호선은 그리 곱게 보시지 않았을 것이다.

'휴우, 알 수 없는 사람이로구나. 고작 일 년이 조금 넘었을 뿐인데 부처님 같은 미소는 어디로 가고 게걸스러운 모습만 남았을까.'

영호선이 찾아온 것은 한식경 전이었다.

문밖에서 실랑이가 이는 것을 보고 직접 나선 백이청이 가까스로 영호선을 알아보고 안으로 들인 것이었다. 그리고 상을 내오자마자 영호선은 미친 듯이 손을 놀리고 있는 중이다.

"도대체 어디에서 무엇을 하고 지냈는지 궁금해지는군요."

백이청이 혼잣말처럼 중얼거렸다.

영호선이 가슴을 쿵쿵 치며 뭐라고 웅얼거렸다.

"어? 물 말입니까?"

영호선이 고개를 끄덕이자, 백이청이 바깥을 향해 물을 더 가져오라 명했다.

이윽고 시비가 가져온 물을 들이켠 뒤에야 영호선이 입을 열었다.

"뭐라고 하셨죠?"

"아니, 지금 모습을 보니 그동안 개방에서 지낸 것 같아 보여서 말입니다."

"아, 이거! 그냥 좀… 여기저기 깊은 산중으로 들어가 영약을 캐다 보니까 그렇군요."

"영약?"

"꽤 많이 찾긴 했답니다."

"역시 형산파의 제자는 대단하군요. 가져온 것도 있습니까?"

"하하, 다 먹었죠."

"꽤 많이 찾았다면서 남겨오지 그러셨습니까?"

"음, 그게… 들고 올 수 없는 것들이었습니다."

백이청은 아리송해서 고개를 갸우뚱거렸다.

그래도 영약을 먹었다는 것이 조금은 믿어지는 백이청이었다. 영호선이 무섭게 손을 놀리는 것이 거의 신기에 가까웠기 때문이다.

"식사를 마치거든 뜨거운 물을 준비해 놓으라고 했으니 씻도록 하십시오. 옷도 준비해 두겠습니다."

그 말이 끝나자마자 영호선이 백이청을 물끄러미 바라봤다.

뭔가 격정에 휘말린 듯한 표정이었기에 백이청이 겸양했다.

"뭘 이 정도 가지고……."

백이청의 말은 끝을 맺지 못했다.

"꺼억!"

영호선이 거침없이 트림을 한 것이다. 그러니까 격정이고 뭐고 소화가 안 되었던 것이다.

백이청은 의문에 깊게 사로잡혔다.

'괴이하구나. 예전의 그 친절하던 사람이 아니야. 그저 얼굴만 닮은 사람인 걸까?

그때 영호선이 백이청을 보고 웃었다.

"고맙습니다."

"허허!"

백이청은 허탈해져 웃음을 터뜨렸다. 비록 다른 사람일지도 모르지만 묘하게 싫지 않았다.

"자, 이제 씻으십시오. 술은 씻고 나서 차분히 기울이시죠."

"하하, 좋죠."

"씻는 동안 전 밖에 나가 친구들을 불러오도록 하지요. 그때 용천방 무사가 행패를 부릴 때 반점에서 함께했던 친구와 다른 친구 한 명인데 괜찮겠지요?"

"전 괜찮습니다."

백이청이 즉시 시비를 불렀다.

시비가 공손히 시립했다.

"귀한 손님이니 소홀함이 없이 모시도록 하거라."

"네!"

백이청이 절친한 두 명의 친구를 부르러 처소를 나서자, 시비가 영호선을 욕탕으로 안내했다.

"저를 따라오십시오."

영호선이 뒤를 따르며 주변을 둘러보며 물었다.

"여기가 손님을 맞는 곳입니까?"

"아닙니다. 이곳은 소가주의 처소입니다."

"허어, 굉장히 화려하네."

그동안 잠마원과 지하 동부에 머물러서인지 더욱 화려해 보였다. 잠마원은 순전히 마도의 교육 기관의 기능적인 측면에 의해 모든 건물이 지어졌고, 이후 지하 동부에 머물렀을 때는 굳이 입 아프게 말할 거리도 되지 못했다.

시비가 '우리집보다는 덜하지만' 이라는 말을 그저 호기를 부리는 것이라고 생각하고는 그저 담담히 입을 열었다.

"소가주께서 손님을 처소에서 맞으신 것은 매우 드문 일입니다. 게다가 욕탕은 외부 손님을 접대하고 머물게 하는 곳에도 있습니다만 소가주께선 그렇게 하지 말라고 하셨습니다."

영호선은 고개를 끄덕였다.

반갑게 맞아주지 않을 수도 있다고 생각했는데 백이청은 비록 추레한 모습으로 나타났지만 진심으로 반겨준 것임을 알 수 있었다.

과거 용천방의 무사가 점소이를 핍박할 때 분연히 떨치고 일어나던 그 모습이 아직까지 여전한 것이었다.

"이곳입니다. 들어오시지요."

스스로도 미소를 머금고 있다는 것을 모르고 있던 영호선은 시비의 말에 정신을 차렸다.

시비는 욕탕 안으로 들어가 있었다.

따라 들어가며 보니 욕탕 한가운데 욕조가 놓여 있고, 뜨거운 김이 모락모락 피어나고 있었다. 이 얼마만의 평온함인가! 절로 마음이 포근해지는 영호선이었다.

그렇게 미소를 띠며 욕조를 바라보고 있는데 한 가지 문제가 있었다.

영호선은 미소를 싹 거두고 힐끗 시비를 바라봤다.

시비는 공손히 두 손을 모으고 욕조 곁에 서 있었다.

영호선이 고개를 삐닥하게 기울였다.

"저기… 안 나갑니까?"

시비가 무심한 시선으로 답했다.

"목욕을 도와드려야 합니다."

그다지 기분 내켜 하는 목소리가 아니었다.

눈치 빠른 영호선이 그것을 모를 리 없었다. 지금 자신의 꼴이 이 모양이니 시비로서는 마치 길가의 거지로밖에는 보이지 않을 것이 분명했다. 그러나 그보다 여자가 목욕 시중을 든다는 것은 영호선으로서는 받아들일 수 없는 일이었다.

"하하하, 그 무슨… 말도 안되는……."

"소가주께서 그리 명하셨습니다."

"괜찮으니 그냥 나가도 됩니다."

"아닙니다. 저는 신경 쓰지 마시고 어서 옷을 벗으시고 욕
조 안으로 들어가시지요."

"혹시, 소가주도 씻겨줍니까?"

"물론입니다."

대답을 하는 시비의 얼굴에 발그레 홍조가 떠올랐다.

무심하기 짝이 없던 얼굴과는 너무도 대조적인 모습이었
다.

"백이청……."

영호선이 주먹을 쥐고 부르르 떨자 시비가 당황하여 황급
히 말했다.

"그건 시비로서 당연히 해야 할 일 중 하나이니 노여워 마
십시오."

그러나 영호선은 주먹을 풀지 않았다. 그리고 속으로 고함
을 내질렀다.

'백이청! 이 인간아, 부럽구나.'

영호선의 속마음도 모르고 시비가 연신 머리를 조아렸다.

"손님께선 마음을 푸십시오. 정 그러시면 저는 나가보겠습
니다. 옷은 안쪽에 마련해 놓았으니 입고 나오십시오."

어릴 적엔 어머니가 직접 씻겨주셨고, 그 이후엔 형산에 오
른 영호선이었다. 그러니 이제껏 시비의 목욕 시중을 받아볼
기회가 없었던 것이다.

　시비가 나간 뒤에도 영호선은 부르르 떨리는 몸을 주체하지 못했다.

　반 시진 가까이 영호선은 욕탕에서 나오지 않았다.
　밖에서 끝나기만을 기다리던 시비는 속으로 마구 욕을 퍼붓고 있었다.
　소가주가 극진히 모시라는 말을 했기에 자리를 뜰 수도 없어 계속 선 채로 기다리느라 다리가 저려오기 시작한 것이다.
　하긴 몰골을 봐서는 반나절은 때를 벗겨야 할 것도 같았다. 그래도 양심은 있어서 밖으로 나가라고 할 때는 얼마나 다행이라 생각했는지 모른다.
　'도대체 공자께선 무슨 생각으로 저런 거지발싸개와 친분을 맺으신 걸까?'
　정녕 보기만 해도 역겨운 거지였다. 밥을 먹을 때도 얼마나 게걸스럽게 먹는지 점심때 먹은 것들이 고스란히 올라오려고 하는 것을 가까스로 참아야 했다.
　그렇게 시비가 영호선을 도마 위에 올려놓고 마구 썰어댈 때였다.
　쾅!
　문짝이 뜯어져 나갈 듯한 소리와 함께 한 사람이 들어왔다.
　얼굴을 확인한 시비가 어깨를 움츠렸다.
　운혜 아씨였다.

"거지 어딨어!"

여인은 문을 박차고 들어온 기세를 죽이지 않고, 눈에 불을 켠 채 주위를 둘러보았다. 그러다 시비를 발견하고 씩씩거리며 다가왔다.

"송향! 거지는 어디에 있는 거냐?"

시비 송향이 곧바로 머리를 조아렸다.

송향은 지금 들어온 소가주의 여동생인 운혜 아씨의 성정을 누구보다 잘 알고 있었다. 지금처럼 분노에 휘감겨 있을 때는 그 어느 때보다 공손해야 뒤탈이 없었다.

게다가 운혜 아씨의 무공 수준이 소가주를 뛰어넘은 지 오래라는 것도 세가 사람이라면 누구나 알고 있는 사실이었다.

세가에서는 운혜 아씨가 첫째 아들로 태어났어야 했다며 수군거리는 것이 어제오늘 일이 아니었다.

"운혜 아씨, 손님께선 지금 안쪽에서 씻고 계십니다."

"뭐? 씻어?"

"네, 공자님께서 특별히 당부하셨습니다."

"물러터진 오라버니 같으니."

백운혜는 오라버니를 이해할 수가 없었다.

얼마 전에는 개방의 고수라면서 거지를 집 안에 들여 극진히 대접을 한 적이 있었는데 알고 보니 개방을 사칭한 사기꾼이었다.

그때도 운혜 자신이 미심쩍은 마음에 비무를 제안하지 않았더라면 거지는 몇 날이고 머물렀을 터였다.

그래서 지금도 또 거지가 형산파라며 칭했다는 하인의 말을 들어 울화가 치밀어 견딜 수가 없게 된 터였다. 개방의 거지도 아니고 형산파의 거지라니. 있을 수 없는 일이었다.

"송향! 비켜라!"

"운혜 아씨, 참으세요."

송향이 머리를 더욱 숙이며 만류했다.

"네가 날 막겠다는 거냐?"

"저는 그런 뜻이 아니라……."

"닥쳐라."

백운혜가 송향을 밀쳤다.

그녀가 막 욕탕 문을 그대로 밀어버리려 할 때였다.

"들어오지 마시오."

영호선이었다.

두 사람의 목소리는 듣지 않으려야 않을 수 없었다.

"흥!"

백운혜가 그 말을 무시하고 발을 들었다.

"나 지금 막 욕조에서 나왔소이다."

백운혜의 발이 들린 채로 멈췄다.

욕조에서 나왔다는 말은 벌거벗고 있다는 말이었다. 그녀는 찰나의 순간에 둘 중 하나를 선택해야 하는 기로에 섰다.

하나는 이대로 문을 박차고 욕을 보이냐였고, 다른 하나는 홀딱 벗은 알몸을 보고 눈이 썩어 들어가는 것을 감수해야 하느냐였다.

백운혜는 슬그머니 발을 내렸다. 거지의 알몸을 보는 것이 손해라는 판단이 선 것이다. 눈을 썩게 둘 순 없었다.

"잘 생각했소이다. 똑똑하구려. 만약 들어왔다면 날 책임져야 했을 것이오. 이래 봬도 난 아직 동정이라오. 후후, 내 입으로 말하려니 이거 쑥스럽구만."

욕탕에서 들려오는 소리에 송향과 백운혜가 얼어붙어 버렸다.

송향은 '아직 동정이 아니라 동정일수밖에 없었겠지' 라고 속으로 중얼거렸고, 백운혜는 귀가 썩어나가는 것 같았다.

"이 사기꾼아, 빨리 나오지 못해!"

"너무 보채지 마시오. 나를 보고 싶은 마음이야 이해하지만 조금은 인내심을 가졌으면 좋겠구려."

"도대체 누가 보고싶어 한다는 말이냐!"

"보기 싫소? 그런데 왜 문 앞에서 안달인 게요? 이건 내숭? 하하하!"

송향과 백운혜는 속이 부글부글 끓다 못해 뒤집어져 버릴 것 같았다.

그때 욕탕 문이 열렸다.

송향과 백운혜가 똑같은 표정으로 쌍심지를 켜고 문을 주시했다.

"누가 날 찾아왔을까?"

영호선이 느긋하게 한발을 내딛고 나왔다.

그 순간 시비 송향은 스스로의 눈을 믿을 수가 없었다.

'어, 어떻게……..'

분명히 욕탕에 들어간 것은 거지였는데 전혀 다른 사람이
나온 것이다.

영준하기 이르데 없는 용모는 소가주가 한순간에 평범하
다고 느껴질 지경이었다. 원래 이렇듯 잘생기고 멋진 사람인
줄 알았다면 끝까지 목욕 시중을 들겠다고 고집을 피울 걸 그
랬나 하는 생각까지 들었다. 아직 동정이란 말도 이해가 되고
말았다.

송향이 영호선의 외모에 압도당한 반면, 백운혜는 분노하
던 관성에 의해 영호선의 영준한 얼굴 따위는 눈에 들어오지
도 않았다. 원래 사기꾼들은 반반하게 생긴 인간들이 많은 것
이다.

"당신이 형산파의 제자라는 거야?"

영호선이 뚱하니 바라보다가 서둘러 포권을 취했다.

"인사가 늦었소이다. 형산파의 영호선이라고 하오. 그런데
아름다운 소저는 뉘신지요? 아까 안에서 이야기를 들어보니
본인의 알몸을 보길 간절히 희망하는 분 같은데, 도대체 나로
선 생면부지의 소저가 왜 외간 남자의 알몸을 보려는 마음을
품었는지 이해할 수가 없구려."

"큭!"

송향이 참지 못하고 웃음을 터뜨렸다.

그러다 이내 실수를 깨닫고 얼른 입을 막았다. 그녀는 아까까지만 해도 영호선을 거지발싸개로 취급했지만 지금은 호감가는 외모를 본 뒤라 그저 우스울 따름이었던 것이다.

백운혜가 송향을 한차례 노려본 후 영호선에게 고함을 내질렀다.

"누가 네놈의 알몸을 보고 싶다고 했단 말이냐!"

"허허, 입은 비뚤어져 있어도 말은 바르게 하라고 했지 않소. 내가 안에서 멈추라고 하지 않았다면 우리 하마터면 혼인을 치를 뻔했소이다. 알몸을 봤으면 난 책임을 져야 한다는 주의라서 말이오."

백운혜는 입에 거품이 끼는 것을 느꼈다.

아랑곳하지 않고 영호선이 말을 이었다.

"…얼굴도 안 본 사이인데 내가 안에서 얼마나 조마조마했는지 아시오? 혹시나 곰보거나, 목소리는 앳된데 사실은 사십대 노처녀이면 어쩌나 하고 식은땀을 쏟았다오. 그래도 지금 보니 문이 열렸어도 나쁘진 않았을 것 같구려."

천산유수로 쏟아져 나오는 말에 백운혜는 그저 씩씩거릴 뿐 대꾸할 말을 찾지 못했다.

그때였다.

"자, 이제 술 한잔 걸칩시다."

문이 열리면서 백이청과 엄차경과 오규염이 들어왔다.

영호선이 형산을 떠나기 전날 밤 함께 술자리에 있었던 바로 그들이었다.

"어서 오십시오!"

영호선이 송향과 백운혜 사이를 유유히 스쳐 지나갔다.

마치 주인이 객을 맞이하듯 자연스러운 모습이었다.

사내들이 반갑게 인사를 나누고 있는 동안 한쪽에 버려진 백운혜가 이해할 수 없다는 듯 오라버니와 그 친구들을 바라봤다.

"흥!"

그녀가 사내들 쪽으로 걸어갔다.

백이청이 심상치 않은 표정의 동생을 보고 그 앞을 가로막고 섰다.

"네가 왜 여기 있는 거냐?"

백이청은 최근에 개방을 사칭한 거지를 들인 것에 동생이 분노한 것을 잘 알고 있었다. 틀림없이 이번에도 그러한 경우일 것이라며 오해를 했으리라. 백이청은 천천히 설명을 해야겠다고 생각했다.

"내 말을 들어보렴."

"뻔한 말, 들을 필요도 없어요."

백운혜의 음성은 어느새 서늘해져 있었다.

"어허, 이 녀석이."

두 사람의 분위기가 서늘하자, 영호선이 말했다.

"아, 이거 왜들 오누이끼리 싸우고 그러시는지요? 가족은
화목해야지요. 자자, 그러지 말고 모두 둘러앉아 술이나 마시
면서 기분 풀도록 하시죠."

백운혜가 고개를 휙 돌려 영호선을 째려봤다.

이렇게 뻔뻔한 사기꾼은 처음이었다.

백운혜가 한걸음 영호선을 향해 나섰다.

그리곤 바로 읍을 했다.

"만운세가의 백운혜가 형산의 영호선 소협께 정식으로 비
무를 청합니다."

"비무라니, 도대체 무슨 생각을 하고 있는 것이냐!"

백이청이 버럭 외쳤다.

백운혜는 오직 이 거지가 사기꾼이라고만 생각했기에 자
신의 생각을 밀어붙였다.

"비겁하게 피하진 않으시겠지요?"

그 말에 영호선이 백운혜를 지그시 응시했다.

백운혜도 눈 한 번 깜박이지 않고 노려봤다.

"좋소. 소저의 뜻이 정 그러하다면 비무를 하기로 합시다.
하지만 조건이 있소."

"조건이 뭐죠?"

"조건을 받아들이지 않으면 비무를 치르지 않을 것이오."

"좋아요. 황당무계한 것만 아니라면 받아들이죠."

"황당무계할 정도는 아니오. 시간의 문제니까. 지금 말고

자정에 비무를 하는 것이오."

"흥, 그 정도라면 받아들이죠."

영호선이 고개를 끄덕였다.

백운혜가 영호선을 비롯해, 오라비와 두 친구를 싸늘하게 훑었다.

"흥! 비무에서 꼴사나운 모습을 보이지 않으려면 적당히 마셔야 할 거예요."

냉기를 풀풀 풍기며 백운혜가 돌아섰다.

그리고 낮게 들릴 듯 말듯 중얼거렸다.

"형산의 제자라니… 웃기지도 않는군."

백이청이 한숨을 내쉬었다.

"죄송합니다. 부끄러운 이야기지만 얼마 전에 개방을 사칭한 사람을 집 안에 들인 적이 있었는데, 그때 동생이 그 사실을 밝혀냈었답니다. 게다가 근래 동생의 무공이 한 단계 높아져서 더욱 고집을 부리는 일이 커졌군요."

영호선이 말했다.

"괜찮습니다. 오해는 풀라고 있는 것이니까요."

그렇게 말하고 영호선은 속으로는 다른 생각을 하고 있었다.

'무조건 자정이 되기 전에 도망치자!'

술잔이 돌면서 분위기는 한층 무르익어갔다.

비무에 대한 생각도 어느덧 잊고 영호선도 마냥 웃고 떠들었다. 도대체 이 얼마만의 술이란 말인가. 세상에 나온 것을 실감할 수 있었다.

영호선이 술을 한 잔 걸치며 말했다.

"그나저나 아쉽군요. 만운세가 가주님을 한번 뵙고 인사라도 드렸으면 좋았으련만."

아까는 밥을 정신없이 먹느라 경황이 없었고, 지금은 술을 마시느라 묻지 못했는데 대화를 듣는 중에 만운세가의 가주 내외가 출타 중이라는 말을 들었기에 비로소 아쉬움을 건넨 것이었다.

"다음에 또 기회가 있지 않겠습니까."

백이청이 담담히 말했다.

사실 아버지, 어머니를 뵙겠다고 찾아온 이들이 몇 있었다. 그중에는 의형제인 단혼청 숙부도 있었다. 그러나 지금 아버지, 어머니는 외가 쪽의 일을 처리하기 위해 자리를 비운 상태였다.

"우리도 무공을 열심히 익혀야겠어. 운혜를 보고 있으니 괜히 겁이 나는구만."

엄차경이었다. 오규염이 바로 말을 받았다.

"그렇지. 당당한 모습이 보기 좋긴 하더군."

이에 영호선은 술잔을 기울였을 뿐이고, 백이청은 내심 쓰게 입을 다셨다. 요새 운혜의 행동거지가 눈에 띄게 거슬리는 부분이 없지 않았기 때문이다. 괜히 영호선에게도 미안한 마음이 들었다.

그렇게 이야기가 돌고, 술잔이 돌 때였다.

쾅!

뭔가 박살나는 굉음이 장원에 가득 울려 퍼졌다. 곧바로 고함 소리가 뒤를 이었다.

백이청이 인상을 찡그리고는 자리에서 벌떡 일어나 문을 박차고 나갔다.

"웬 소란이냐!"

어느새 세가의 무사들이 학의 날개처럼 펼쳐 선 것을 볼 수 있었다. 그리고 대문 앞으로 낯선 사내 셋이 보였다.

백이청이 그들을 보고 아랫입술을 깨물었다.

문제는 그들의 옷차림이었다. 오른쪽 가슴 부분에 뚜렷이 용천(龍天)이란 글자가 수놓아져 있었다. 그건 곧 침입자들이 용천방이란 것을 말해주는 것이었다.

조금씩 세를 확장해 가던 용천방이 요사이 세를 과시하며 횡포가 늘어가나 싶더니 이젠 대놓고 무단침입까지 한 것이다.

"용천방이 만운세가에 볼일이 있었소?"

백이청이 신형을 날려 무리 앞에 내려서며 말했다.

하필이면 용천방이 아버지, 어머니가 계시지 않은 때에 들이닥친단 말인가. 소가주로서 백이청의 어깨는 무겁기만 했다. 어느새 백운혜와 두 친구, 엄차경과 오규염이 언제라도 손을 쓸 기세로 양옆에 나란히 섰다.

용천방 무리 중 오십대 중반쯤의 사내가 고개를 뻣뻣하게 든 채로 좌우로 천천히 까닥거렸다.

"나는 용천방의 부방주 성군악이다. 만운세가의 가주는 어디로 가고 애송이가 나와서 지껄이고 있지?"

일순 백이청이 움찔했다.

용천방의 부방주라면 사정은 최악이었다. 용천방의 단주급의 무공 실력이 거의 가주이신 아버지와 버금가는 실력이라고 알려져 있었다. 도대체 무슨 일이기에 용천방의 부방주가 직접 만운세가에 난입했단 말인가.

그런 마음은 백운혜와 만운세가의 모든 무사들도 마찬가지였다. 단주 급의 인물이려니 생각했는데 그야말로 거물이 출현한 것이다.

백이청은 아직 어떤 일인지 알 수 없었지만 오늘은 어떻게든 원만하게 마무리를 지어야겠다고 생각했다.

후일 아버지가 돌아오실 때까지 시간을 벌어놓고 지금은 곱게 돌려보내는 것이 최선이었다. 지금은 섣불리 분노를 표출할 때가 아니었다.

"용천방의 부방주셨군요. 근자에 용천방의 위명을 귀가 따갑게 들었던 참입니다. 지는 만운세가의 소가주되는 백이청입니다."

"하하하하!"

부방주 성군악이 호통하게 웃었다. 하지만 듣는 사람에겐 묘하게 귀에 거슬리는 웃음이었다.

"어린 친구가 꽤 말이 통하는군. 내가 오늘 여기 온 건 만 운세가로부터 사과를 받기 위해서다. 데려와라."

성군악의 뒷말에 잠시 뒤 대문 밖에서 용천방 무사 하나가 피범벅이 된 사내 한 명을 질질 끌고 왔다.

"단 숙부!"

백이청과 백운혜가 동시에 소리를 질렀다.

피에 젖어 있었지만 지금 끌려온 사람은 분명히 단혼청 숙 부가 틀림없었다.

단 숙부는 아버지와는 의형제였다. 오랜만에 의형인 아버 지를 만나고자 세가를 방문하였으나 마침 출타 중이어서 닷 새째 머무르고 계셨던 차였다.

백이청과 백운혜는 어릴 때부터 간간이 단 숙부를 봐왔기 에 마치 친숙부와 같았고, 단 숙부의 무공이 결코 아버지와 비교해도 손색이 없다는 것을 잘 알고 있었다. 그런데 어떻게 이렇듯 비참한 모습이 될 수 있단 말인가.

"이 죽일 놈들, 대체 무슨 짓을 한 것이냐!"

백운혜가 검을 빼 들고 울부짖으며 단혼청에게 달려갔다.

그러나 백운혜는 중도에 이를 악물고 멈춰야 했다.

용천방의 무사가 칼을 들어 단혼청의 목에 가져다댄 것이 다. 거기다 씨익, 웃기까지 했다.

백운혜는 부글부글 속이 끓어 미칠 것 같았지만 섣불리 손을 쓸 수 없어 그저 원한에 찬 눈빛으로 노려보았다.

백이청은 마음이야 백운혜와 다를 바 없었지만 이럴 때 일수록 침착해야 한다고 되뇌었다.

"사과라니, 무슨 말씀인지 이해가 되지 않는군요. 단 숙부님을 보건데 정작 사과를 받아야 하는 건 우리 쪽인 듯합니다만."

"말이 통할 줄 알았는데 내가 잘못 봤군. 저기 단가가 어쭙잖은 실력을 믿고 시비를 걸어 저리 된 걸 어쩌란 말이냐. 용천방은 결코 법도에 어긋나는 일은 하지 않는다. 자, 보상을 어떻게 할 것이냐!"

사람을 거의 초죽음 상태로 만들어놓고 법도 운운하다니. 결국 한밤에 들이닥친 것은 순전히 크게 한탕 돈을 뜯어내자는 수작이 아닌가.

백이청은 억울함을 금할 길이 없었지만 맞서 싸워봐야 피해만 커질 것 같아 이러지도 저러지도 못하고 입술만 깨물었다.

"음, 얼마면 될까? 땅도 괜찮을 것 같은데 말씀이야."

부방주 성군악이 검지 손가락으로 이마를 톡톡 치며 고민하는 시늉을 했다.

그는 실제로 오늘 방주의 허락을 득하고 만운세가를 거의 거덜낼 참으로 들이닥친 터였다. 대충 인사나 나누며 물러설 생각은 추호도 없었다.

그때였다.

"얼마면 되는데 이렇게 시끄럽게 굴어!"

영호선이 술자리에 앉은 채로 지른 소리였다.

부방주 성군악이 인상을 찡그렸다.

"어떤 새끼냐!"

"그러니까 얼마면 되냐니까!"

영호선의 뻔뻔스런 말에 백이청은 기대 반 걱정 반이 되어 영호선을 돌아봤다.

기대란, 어쩌면 영호선이 용천방의 부방주를 물리칠 수 있을지도 모른다는 것이었고, 걱정은 혹시 영호선이 늙은 생강에게 당해 곤욕을 치르지 않을까 하는 염려였다.

한편 부방주 성군악은 내심 흐뭇하게 웃었다.

보상금을 많이, 그리고 빠르게 탈취하려면 누군가 본보기가 될 놈이 필요한데 시기적절하게 겁없이 지껄이는 놈이 나타난 것이다. 반 죽여 놓을 명분을 얻었으니 머뭇거릴 이유가 없었다.

성군악은 곧바로 신형을 솟구쳐 앞을 가로막고 있는 백이청과 만운세가의 무사들을 단번에 뛰어넘었다.

그 신법이 일체의 군더더기도 없이 깔끔하기 그지없었다. 백이청과 만운세가의 무사들이 마른침을 삼켰다.

한편 성군악은 건방진 놈을 눈으로 쫓았다.

활짝 열린 방문 너머로 젊은 놈 하나가 혼자 술을 따라 마시고 있는 것이 보였다.

이 소란스러운 와중에 술을 마셔대는 것이 배짱인지, 아니면 백치라서인지는 굳이 따질 필요도 없었다.

"너냐?"

성군악이 성큼거리며 다가갔다.

"나야!"

"흐흐, 겁없는 놈이 원래 강호에선 빨리 죽는 법이지."

"겁없는 놈이 겁있는 놈을 많이 죽이기도 해."

"그럼 어떻게 되나 볼까나?"

성군악이 한걸음씩 위압적으로 걸음을 옮겼다.

그러자 영호선이 상에 놓인 안주와 음식, 젓가락들을 마구 잡히는 대로 집어 던졌다.

"이거나 맞고 죽어라, 죽어. 한참 늙어가는 중이면 곱게 늙어야지. 무슨 짓이냐!"

그 모습을 지켜보는 백운혜의 눈에 실망이 가득 떠올랐다.

젓가락이며, 안주거리들이 사방팔방 날았지만 그건 술주정뱅이가 술에 취해 의미없이 던지는 것과 별반 다를 것이 없었던 것이다. 그래도 혹시나 진짜 형산파 제자일지도 모른다고 생각했는데 그런 생각을 한 자신이 바보 같을 지경이었다.

아니나 다를까, 성군악은 슬쩍슬쩍 몸을 틀어 피해내면서도 걸음을 멈추지 않았다. 그것은 마치 초보 사냥꾼이 호랑이를 만나 돌멩이를 집어 던지자 호랑이가 여유있게 어깨를 들썩이며 다가가는 것과 흡사했다.

"어린놈이 입이 거칠구나. 애송이 오늘 고통이 무엇인지 제대로 보여주마."

영호선이 눈을 치켜떴다.

"그래, 애송이한테 한번 맞아봐라."

영호선이 또 뭔가를 집어 던졌다.

퍼억!

방금 전까지 기세 좋게 걸어오던 성군악의 몸이 붕 떠올라 처음 걸어오던 자리까지 날아가 뒹굴었다.

만운세가의 무사들이 이 어처구니없는 결과에 여기저기서 경악성을 토해냈다.

"헉! 뭐지?"

"뭐가 어떻게 된 거야?"

"모르겠어, 보질 못했어."

"저기 뭐가 떨어지는데?"

"떡인데?"

"떡이라고?"

그랬다. 성군악을 강타한 것은 떡이었다. 지금 막 성군악의 몸에서 떡 하나가 툭 하고 떨어지는 것이 모두의 눈에 보인 것이다.

현재 만운세가에서 이 광경을 지켜본 사람 중에 떡이 날아간 것을 본 사람은 한 명도 없었다. 단지 희끄무레한 것이 보였다 싶자 성군악이 뒤로 붕 떠올라 나가떨어진 것이다.

심지어 개중에는 성군악이 혼자 뒤로 몸을 날려 나뒹군 것이 아닌가 착각하는 사람까지 있을 정도였다.

백운혜는 입을 쩍 하고 벌리고 다물지 못했다.

'떠, 떡으로 날려 버렸어! 말도 안 돼!'

그녀는 어렴풋이나마 영호선이 떡을 던진 궤적을 보았던 것이다. 떡에 맞아 나자빠진 것이 우스꽝스러운 일인 것은 틀림없는데 놀라는 마음이 커 웃을 수도 없었다.

방금 전까지 무시했던 마음이 한순간에 날아갔다.

'진짜 형산파의 제자인 건가!'

모두가 제각각 감상에 사로잡혀 있을 때, 성군악이 비칠거리며 일어났다. 그의 어깨 한쪽이 정확히는 왼쪽 어깨가 무너져 있었다. 척 봐도 탈골된 것을 알 수 있었다.

"이 자식, 넌 오늘 죽는다!"

스릉!

성군악이 검을 뽑아 들었다.

"어째 부방주라는 인간이 수하들보다 멍청하군. 이럴 땐 그냥 기절한 척 누워 있어야 하는 거야. 정말 뭘 모르는구나?"

그 말이 끝나기도 전이었다.

스윽!

성군악의 눈이 경악으로 물들었다.

'뭐, 뭐지?'

바로 앞! 코앞, 눈앞이라고 할 수 있는 자리에 애송이가 나타난 것이다. 이런 경우는 그야말로 성군악 생애 처음 겪는 일이었다.

뿐만 아니라 애송이는 한 손으로는 검을 쥔 손목을 붙들고, 다른 한 손으로는 머리에 손가락을 올려놓고 있다.

“어떻게…….”

“어떻게 왔냐고? 그냥 조금 빨리 달려왔어.”

“…….”

“간단해. 뭘 그리 어렵게 머리를 굴려? 사람들이 안 보는 사이에 달려오면 되는 거야. 그리고 호흡은 마치 가지런한 것처럼 애써 꾸미는 거지. 사실은 헐떡거려 죽겠는데 말이지.”

“……!”

성군악은 아무 말도 할 수 없었다. 잘못돼도 한참 잘못됐다.

그러나 잘못되었다고 생각하는 건 성군악뿐만은 아니었다.

영호선도 오른손이 성군악의 머리에 올라가 있는 것을 보고 의문에 차서 오른손을 바라보고 있었다.

“냠냠!”

하마터면 잠마원의 마룡박격으로 머리를 으깨 버릴 뻔했다. 조금만 마음이 급했다면 마룡박격이 튀어나왔을 것이다. 묵환강시도 으깨 버리는 마룡박격이다. 용천방의 부방주라는 자의 머리가 버텨낼 리 만무했다.

“안 돼, 안 돼… 이건 아니야.”

영호선이 오른손을 머리에서 내리며 고개를 절레절레 흔들었다.

모두가 그 광경을 지켜보며 의문에 사로잡혔다. 뭐가 안 된다고 저러는지 알 수가 없었던 것이다.

백운혜도 그중 한 사람이었다. 아니, 사실 그녀는 영호선의 신형이 도대체 어떻게 그리도 빨리 부방주 앞까지 이르렀는지 이해할 수 없어 눈조차 깜박이지 못하고 있었다. 떡에 이어 이번엔 신법으로 놀래키고 있다. 게다가 용천방의 부방주가 고양이 앞에 쥐처럼 입을 다물고 있는 것도 놀라운 일이 아닐 수 없었다.

한편 고개를 저으며 마룡박격을 거둔 영호선은 더 이상 시간을 끌 필요는 없다고 생각했다.

성군악의 검을 쥔 손목을 살짝 꺾었다.

뚜드득.

"으아악!"

용천방 부방주 성군악의 입이 귀까지 찢어지며 비명을 내질렀다.

손목이 부러지며 들고 있던 검을 떨어뜨렸다.

이미 왼쪽 어깨가 떡에 맞아 탈골된 성군악이었다.

영호선이 마구 소리 지르는 성군악을 보며 뚱하니 바라봤다.

"어이, 이봐. 왜 이렇게 엄살이 심해? 난 하루에도 열 번씩이나 사지가 부러진 적도 있었어. 이건 아무것도 아니라니까. 강호를 돌아다니려면 이 정도는 감수해야지."

압도적인 무위에 한밤의 만운세가는 그대로 얼어붙어 버

렸다. 그리고 그다음 나온 말이 머릿속에서 떠나지 않았다.

"하루에도 열 번씩이나 사지가 부러진 적도 있었어."

진정 고수가 되는 길은 그토록 모진 고난이 필요하구나, 라는 감탄이 절로 우러났다.

백이청은 영호선이 거지꼴로 나타났을 때만 해도 무공을 소홀히했을 것이라고 생각했는데 도리어 전보다 더욱 강해진 듯하자 놀라움을 금치 못했다.

밀리지만 않고 오늘 용천방 무리가 물러나게만 해주면 좋겠다고 속으로 생각했던 것이 부끄럽게 여겨질 지경이었다.

백운혜의 경우는 이제 소름이 확 돋아난 상태였다.

그녀는 자신이 얼마나 우물 안 개구리였는지 깨닫는 한편, 오라버니보다 더 무공이 뛰어나다며 은근히 무시하는 마음을 품었던 것도 후회했다.

오라버니의 사람을 보는 안목이 아니었다면 오늘 큰 우환을 겪었을 것을 생각하니 자신이 더욱더 작게 느껴졌다.

영호선은 연신 비명을 내지르는 성군악을 옆으로 내던지고, 백이청을 향해 말했다.

"아직 용천방 놈들 있는지요?"

백이청이 돌아보니 어느새 성군악과 함께 왔던 용천방 무리들은 보이지 않았다.

“다 도망간 모양입니다.”

“쯧쯧!”

영호선이 혀를 챘다.

영호선은 버렸던 성군악을 다시 주워 들었다.

“끙차! 오늘은 이만 가봐야겠습니다.”

영호선이 물건 들듯 옆구리에 성군악을 끼고 걸음을 옮기자 만운세가의 무사들이 분분히 길을 비켰다.

영호선이 백이청 곁에 멈춰 어깨를 두드렸다.

“흐흐, 오늘 고마웠습니다.”

“고맙다는 말은 제가 해야 할 것 같습니다만.”

“강호의 동도끼리 이 정도 가지고.”

“이 정도, 라고 하기엔 꽤 컸죠.”

“흐흐!”

영호선은 엄차경과 오규염과도 간단히 인사를 나눈 후, 백운혜가 보이자 입을 쩝쩝 다셨다.

“비무는 다음에 합시다. 오늘은 영 시간이 안 날 것 같네. 뭐 내가 졌다고 해도 상관없고.”

백운혜의 얼굴이 홍당무처럼 빨갛게 변했다. 그리고 정중히 고개를 숙였다.

“무례를 용서하세요. 제가 얼마나 작은 세상을 보고 있었는지 깨달았답니다. 진심으로 감사드립니다.”

“아, 이거 실망스럽네. 호쾌한 모습이 좋았는데. 흐흐!”

"네?"

"아, 농담입니다, 농담."

백운혜가 슬며시 미소를 지었다.

영호선이 대문을 나서다 말고 만운세가의 무사들을 향해 입을 열었다.

"소란을 피워 죄송했습니다. 그리고 오늘 밤 일은 비밀로 해주십시오. 문중에 알려지면 골치 아프거든요. 미리 인사드립니다. 고맙습니다."

꾸벅!

영호선이 고개를 숙였다.

만운세가의 무사들이 힘차게 고개를 끄덕였다. 어쩐지 비밀을 안 지키면 조용히 찾아와 목을 비틀어 버린다는 말로 들렸기 때문이다.

영호선이 싱긋 웃고, 한 손에 성군악을 든 채로 신형을 솟구쳤다.

어느새 시야에서 사라져 버린 영호선을 백운혜가 꿈꾸듯 계속 바라봤다.

第十二章
용천방주 조염
第十二章

潛魔
잠마검선
劍仙

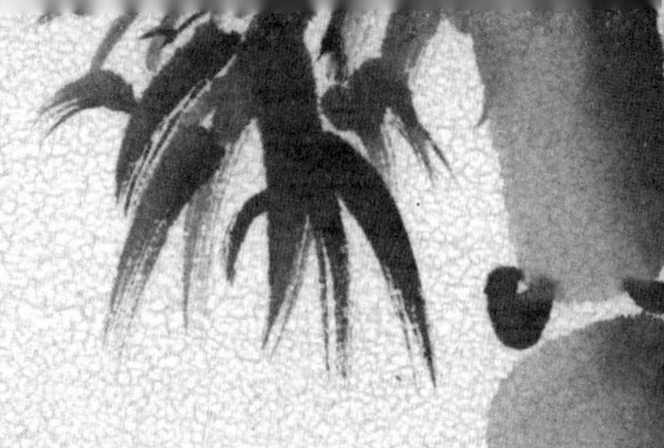

영호선은 어둠에 잠긴 방 안을 둘러보았다.

화려하게 꾸며진 각종 장식이 어둠 속에서도 낱낱이 보인다. 넓은 침상도 보인다. 거의 네 사람은 편히 누워 잘 수 있을 만큼 커다란 침상이다. 푹신해 보이는 것이 잠자기엔 딱 좋은 곳이다.

'그래, 오늘은 여기서 자자.'

스르르!

영호선이 침상으로 기어들어 갔다.

용천방주 조염은 어쩐지 침대가 좁아진 것 같은 느낌에 잠을 뒤척였다.

내 침대가 작던가? 잠결에 피식 웃음이 난다.

그래, 작은 이유를 알았다.

이렇게 마구 엉겨붙으면 아무리 침대가 커도 작게 느껴지는 것이 당연했다. 간밤에 뜨거운 시간을 보냈음에도 애첩은 아직도 몸이 식지 않은 듯 엉겨붙고 있는 것이다.

열흘 전에 새로 들인 애첩은 그전의 모든 애첩들보다 사랑스러웠다.

'흐흐, 고년, 아무리 내가 좋아도 그렇지 이렇게 막 밀어대면 어쩌자는 거냐!'

그래도 결코 싫지 않다.

용천방주 조염은 여전히 눈을 감은 채 애첩 쪽으로 몸을 돌렸다.

이른 아침 새근거리며 자고 있는 애첩의 모습을 보는 것은 그의 또 하나의 기쁨이었다. 약간은 부스스한 얼굴이지만 자연 그대로의 모습이 어찌나 고운지 모른다.

조염은 애첩 쪽으로 몸을 돌리면서 애첩의 가슴에 손을 얹었다. 그리고 손을 옴지락거리는데 뭔가 이상했다.

'응?'

있어야 할 것이 없다. 그저 밋밋했다.

이년이 감히 내게 등을 돌리고 자는 건가? 버르장머리없이 감히 내게 등을 보여?

조엽은 노여운 표정으로 눈을 떴다.

시야가 열리고 사랑스런 애첩의 모습이 보인다.

"누, 누구?"

애첩의 얼굴이 하루아침에 달라져 있었다.

새로운 얼굴이 '음냐' 하며 팔을 둘러왔다.

조엽은 화들짝 놀라 일장에 이 낯선 침입자를 쳐 죽이려 했다. 하지만 곧 온몸의 힘이 연기처럼 사라지는 것을 느꼈다.

주르륵, 식은땀을 흘렸다.

낯선 침입자의 손이 목의 맥문을 잡고 살짝 압력을 가했는데 그 순간 몸이 노곤해지고 만 것이다.

조엽은 이 황당한 상황이 도무지 이해가 되지 않았다.

"넌 누구냐?"

질문을 던져 놓고도 당혹스럽기 짝이 없었다.

누구냐보다, 더 경악스러운 것은 도대체 언제부터 애첩과 자신 사이에 끼어 잠을 잤느냐는 것이었다.

아무리 지난밤 뜨겁게 몸을 불살랐다고 해도 낯선 사람이 방에 침입한 것도 모자라 넓은 침대에 기어들어 왔다는 것은 그야말로 목을 내놓고 죽여주십시오, 라고 넋을 놓고 있었던 것이나 다름없었다. 상대가 독하게 마음먹었다면 목이 열댓 번은 넘게 잘려 나갔으리라.

"좀 더 자자. 피곤하거든."

이제 스무 살도 안 되어 보이는 어린놈이 잠이 덜 깬 목소리로 답했다. 눈가를 보니 눈꼽도 껴 있다.

'이 새끼 정말 옆에서 계속 잤구나.'

부르르!

조염이 몸을 사정없이 떨었다.

"누가 보낸 살수냐?"

이렇듯 은밀하게 잠입할 수 있는 것만 봐도 살수가 틀림없었다. 그러나 곧바로 이해할 수 없는 일이 있었다. 살수라면 왜 아직까지 죽이지 않았을까?

'그렇구나. 나와 거래를 하자는 거군. 청부했던 놈보다 내가 더 많은 돈을 내야 하는 것이겠지.'

지금은 돈이 문제가 아니었다. 목숨이 경각에 달려 있지 않은가. 게다가 경악스러운 은잠 실력과 배짱을 지닌 살수라면 후일을 위해 거래를 터놓는다면 쓸모가 많을 것이다.

어린 살수가 대답이 없자, 조염이 바로 본론으로 들어갔다.

"청부금이 얼마였는지 모르지만 무조건 그 두 배를 주겠다. 내 목숨 값으로 결코 적은 돈을 받지는 않았을 터, 그 두 배라면 섭섭지 않을 것이다."

"자자."

"……."

조염은 속으로 독한 놈이라고 중얼거렸다. 두 배가 적단 말인가!

"좋다, 세 배로 주겠다."

“정말 시끄럽네.”

“세 배가 적단 말… 읍!”

가슴이 뜨끔하면서 몸이 마비되고, 혀가 굳어졌다.

조염은 세 배를 불렀음에도 상대가 아혈까지 제압하자, 도 대체 놈이 무엇을 원하는 것인지 오리무중에 빠져 버렸다. 이 젠 거래의 수단인 입도 막혀 버렸다.

'혹시 이대로 목이 잘리는 것인가! 아, 내가 여기서 죽는단 말인가.'

온몸에 오한이 들며, 너무도 어처구니없는 죽음에 마음이 미어지는 듯 했다.

그때였다.

“자기야, 뭐라고 그랬어?”

애첩의 목소리였다.

조염은 서러움이 복받쳤다. 힘이 없어 여자도 이제 빼앗기 게 생겼다.

'아, 내 여자인데……'

이렇게 무기력하게 사랑스런 여자가 유린당하는 것을 지켜 만 봐야 한단 말인가. 이런 모습을 지켜보지 않고 차라리 한 밤에 목이 잘리는 것이 낳지 않았을까라는 생각까지 들었다.

“아무 일도 아니야.”

어린놈이 마치 자신인 듯 흉내를 냈다.

“그래, 나 너무 피곤해.”

“응, 푹 자. 나도 계속 잘 거야.”

“자기, 아침이라서 그런지 목소리가 너무 좋다. 항상 이 목소리였으면 좋겠다.”

“그냥 닥치고 자라고.”

“아잉, 자기 화났어?”

애첩이 잠에 취한 채로 침입자의 등을 껴안았다.

조염은 똑바로 누운 채로 눈동자를 옆으로 최대한 째리며 이 광경을 지켜보고 있었다. 눈에 핏대가 사방팔방으로 뻗쳤다.

“떨어져.”

“아잉, 벌써 내가 싫증난 거야?”

애첩이 부스스 몸을 일으켰다. 늘어지게 기지개를 켠 애첩이 눈을 비빈 후, 조염을 바라봤다.

애첩의 눈이 점점 커졌다.

용천방주가 한 사람 건너편에서 눈에 핏발이 선 채로 째려보고 있는 것이 보였다. 그리고 바로 옆에는 어린놈 하나가 등을 돌린 채로 자고 있는 것이 보였다. 어째서 두 사람이 누워 있던 침상에 세 사람이 누워 있는지 애첩은 도무지 이해할 수가 없었다.

꿀꺽!

“자기, 이 사람 누구예요?”

조염은 꿀 먹은 벙어리가 된 지라 그저 사정없이 눈을 째릴 뿐이었다.

"누구긴, 용천방주잖아."

"이봐요, 당신에게 물은 것이 아니잖아요."

"그냥 자든지, 아니면 나가든지 해."

"야, 너 대체 누구야? 뭐 하는 놈인데 감히 이곳에서……."

애첩의 말은 이어지지 못했다.

침입자, 그러니까 영호선이 벌떡 일어나 아랫입술을 깨물고 노려봤기 때문이다.

영호선은 푹신한 침대가 마음에 들어 정말이지 좀 더 자고 싶었다.

그런데 이 두 인간은 실컷 잤다고 도대체가 입을 다물 생각을 하지 않는 것이다.

사실 영호선이 용천방주의 침상에서 자려고 한 것은 잠마원에서 독안마의가 들려주었던 교두 무영마객 현원령의 행동을 따라해 보고 싶었기 때문이었다. 살문 문주의 침상 옆자리에서 노곤하게 잠을 청해 살문의 문주의 눈을 붕어처럼 만들어 버린 이야기는 꽤나 감동적이었다.

그런데 막상 해보니 아무래도 인간이 둘이나 돼서 그런지 여간 시끄러운 것이 아니다.

"외우, 정말 둘 다 왜 이렇게 말이 많아."

영호선이 애첩의 말을 가로막고 애첩의 혈도도 빠르게 점해 버렸다.

애첩은 입을 벌린 채로 그대로 굳어버렸다. 오직 두 눈만이 두려움에 젖어 흰자위가 늘어가고 있었다.

영호선이 발로 애첩을 쭈우욱 밀었다.

슬슬 애첩의 몸이 밀려나더니 침상 가장자리까지 밀려나 결국 쿵, 하고 바닥으로 떨어졌다.

몸을 돌린 영호선이 이번에는 용천방주 조염을 향해 발을 뻗었다.

"저리… 꺼져!"

조염의 경우는 그냥 옆구리를 퍽 차버렸다.

조염의 몸이 반듯하게 누워 있다가 침상에서 굴러떨어지며 한 바퀴를 돌아 바닥에서도 정자세로 누운 형태가 되었다.

"하하, 진작 밀어버릴 걸 그랬네."

영호선이 만족스럽게 웃으며 이불을 뒤집어썼다.

옅게 코고는 소리가 방 안에 조용히 퍼졌다.

침대 오른쪽 바닥과 왼쪽 바닥으로 각기 헤어진 채 드러누운 용천방주와 애첩은 그저 눈만 말똥거리며 천장을 바라봤다.

'나 어떻게 되는 걸까?

'내가 왜 이러고 있어야 되는 거지? 왜?

용천방주와 애첩이 각기 속으로 중얼거렸다.

말을 할 수 없다. 몸도 움직이지 못한다. 그저 열린 귀로 곤하게 쌕쌕거리며 자는 소리를 들을 뿐이다.

'수하들은 어떻게 되었을까? 그냥 몰래 들어온 걸까? 대체

강호의 어떤 살수 조직이 저런 어린 고수를 키워냈을까? 정녕 강호란 알 수 없는 곳이로구나.'

'나는 그렇다 쳐도 용천방주라는 자가 왜 저 모양이야. 왜 침상을 강탈당한 채 바닥에 드러누워 있어야 하냐고!'

두 사람은 끝없이 상념에 사로잡혔다. 그러다 시간이 지나자 상념도 지쳐 나중에는 천장의 무늬 모양이 어떤지 눈으로 따라가며 멍하니 바라보았다.

그때 희망인지, 불행의 시작인지 모를 소리가 들렸다.

"아함, 잘 잤다."

용천방주 조염은 이제 죽는 건가, 하는 불안에 시달렸고, 애첩은 이제 가려나보다, 고 희망에 부풀었다.

"침대가 아주 제대로야. 이거 꽤 비싸겠지?"

용천방주 조염이 마음속으로 대답했다.

'비싸지. 그냥 가기만 하면 침대 열 개는 사줄 수 있다만.'

"이거 아쉽네. 그냥 며칠 더 묵을까?"

용천방주와 애첩은 순간 얼굴이 하얗게 질렸다. 그럼 그 며칠이라는 기간 동안 이렇게 침대 옆 바닥에 누워서 천장의 무늬만 보고 있어야 한단 말이 아닌가.

"아니야, 돌아가야지. 두목님 화내실라."

'두목? 역시 청부였었나.'

조염은 두목이라는 말에서 청부라는데 확신을 가졌다.

그때 영호선이 '끙차' 하는 소리와 함께 침대에서 훌쩍 뛰어내렸다.

영호선은 침대 오른쪽과 왼쪽을 번갈아보면서 인상을 찡
그렸다.

"흠!"

용천방주 조엽과 애첩도 최대한 눈을 아래로 깔며 영호선
을 바라보고 있었다.

"이 사람들 뭐야? 왜 침대를 놔두고 바닥에서 자는 거지?
이상한 사람들이네."

용천방주와 애첩이 동시에 몸을 부르르 떨었다.

'위험한 놈이다. 정상이 아니야.'

'나 어떡해. 저 어린놈 완전히 돌아버린 놈이잖아.'

영호선이 말을 이었다.

"어이, 그렇게 바닥에서 자면 입 돌아가."

그렇게 말하고 영호선이 먼저 애첩을 '끙' 하는 소리와 함
께 침대 위에 눕혔다. 그리고 이어 반대편으로 가서 용천방주
도 침대에 올려놓았다.

이리하여 반듯하게 두 사람이 침대에 놓이자 영호선이 만
족스럽다는 듯 고개를 끄덕였다.

"휴우, 이제 입은 안 돌아가겠군. 다행이야. 앞으로는 절대
그러지 마. 침대도 넓은데 왜 그랬어?"

부르르!

용천방주와 애첩이 몸을 사정없이 떨었다.

‘심상치 않은 놈이다.’

‘무서워!’

“에헴!”

영호선이 목을 가다듬었다.

“자, 가기 전에 몇 가지 확인받을 일이 있으니까 잘 듣도록 해. 아, 거기는 신경 쓰지 않아도 돼. 그냥 잠이나 자.”

애첩이 곧바로 눈을 감았다.

“음, 그러니까 말이지. 내가 여긴 온 것은 방주 나리도 짐작은 했겠지만 청부를 받았기 때문이야.”

영호선은 아까 용천방주가 지껄이던 말을 이용하기로 마음을 먹은 상태였다.

깨끗하게 씻고, 옷도 정갈히 갈아입었고, 술도 마셨다.

용천방에 온 것은 술값을 해야 했기 때문이었다. 이제 용천방을 나서면 형산에 틀어박혀 오 년이고 십 년이고 나오지 않을 참이다. 그렇기에 괜히 형산을 추론하도록 하고 싶지 않았다.

영호선의 말에 용천방주 조염은 ‘역시 그렇군’ 이라며 속으로 중얼거렸다.

“누가 청부했는지 궁금하지 않아?”

조염이 빤히 바라봤다.

“안 궁금해?”

조염이 눈을 깜박였다.

“궁금해, 안 궁금해? 야, 인마, 말을 하란 말이야.”

부르르!

조염이 몸을 떨었다.

‘이 새끼야, 나 혈도 짚혔단 말이다.’

아혈을 짚혀 말을 못하게 한 다음에 왜 말을 안 하냐고 하
는 인간이 강호에 있을 줄은 정녕 몰랐다.

도대체 뭘 어쩌라는 것인지. 어떤 살수 조직에서 길러냈는
지, 무공은 강한데 머리가 이상한 놈을 만들어 버린 것이 틀
림없었다. 아니면 너무 고된 수련에 의해 자체적으로 돌아버
렸는지도 모를 일이었다.

“훗, 꽤 과묵한 사람이었군. 뭐 남자라면 입이 무겁긴 해야
지.”

부르르!

부르르!

조염이 떨고, 눈을 감고 있던 애첩도 떨었다.

“좋아, 내 말에 긍정이면 눈을 한 번, 부정이면 두 번 깜박
여라. 알아들었나?”

조염이 기다렸다는 듯 눈을 한 번 깜박였다.

“청부한 사람이 누군지 궁금할 거다. 그런데 말해줄 수가
없어. 왜냐하면 너무 많거든. 거짓말이 아니야. 제발 믿어줘.
너무 많아서 일일이 열거할 수가 없다니까.”

조염이 눈을 한차례 깜박였다.

"청부 내용은 간단해. 용천방 때문에 괴로우니까 잘 설득
해 달라는 거였어. 그래서 내가 설득하려고 간밤에 찾아온 거
야. 믿어줘, 제발!"

눈이 깜박였다.

"아, 참고로 용천방의 부방주 그놈 말은 믿으면 안 돼. 내
말을 믿어야 해. 알겠지? 내가 원래는 얼굴을 드러내면 살려
두질 않아. 그런 거 있잖아. 나중에 피곤해지는 거. 용천방주
쯤 되면 왜 그러는지는 설명 안 해도 알겠지?"

조염이 눈을 깜박였다. 이번엔 절망으로 인해 깜박이는 눈
사이로 눈물이 흘러내렸다.

그렇다. 살수가 얼굴을 드러냈다는 것의 의미는 죽이는 것,
아니면 죽는 것이다.

"그런데 이번에는 그냥 갈까 해. 숨은 사정이 있어. 진짜
야. 믿어줘, 믿어줄 거지?"

조염의 눈에 희망이 일렁였다.

"왜 눈 안 깜박여? 싫으냐?"

조염이 놀라 사정없이 눈을 깜박였다.

"난 또 싫은 줄 알고 죽여 버리려고 했잖아. 잘 알면서 왜
그랬어. 자, 그래서 말이야. 나는 이제 갈 거야. 근데 문제가
있어. 내가 돌아갔는데 똑같은 청부가 만약에 또 들어오면 우
리 두목이 완전히 돌아버릴 거라는 거지. 날 봐서 알겠지만
두목은 얼마나 무섭겠어? 그렇지 않아? 그래, 이해하는구나.

그러니까 또 시끄러워지면 내가 다시 잠자러 올 거야. 하지만 그땐 넌 새로운 정경을 보게 될 거야. 쉽게 머리에 그려질 걸. 아침이 되어 목과 몸이 떨어져 있는 것을 보게 될 거란 뜻이야. 알잖아. 내가 지난밤에 마음만 먹었다면 몇 번이고 무슨 짓이든 할 수 있었다는 거. 그래, 좋아. 눈 깜박임이 빨라져서 나도 기쁘다. 그리고 또 한 가지는 나는 오늘 여기 안 온 거야? 내 얼굴도 잊어야 해. 그럴 수 있지?"

조염이 눈을 한 차례 깜박였다.

영호선이 침대 위에 걸터앉아 조염을 내려다봤다.

"어이, 방주 나리. 혹여 나불대면 그때 나 자러 올 거다. 알겠지? 좋아, 그 자세. 그리고 앞으로 혹시라도 길에서 나와 마주치면 우린 처음 보는 거야. 그렇지?"

찰싹! 찰싹!

뺨을 때리며 영호선이 조염의 혈도를 풀어주었다.

조염이 눈을 깜박였다.

"이제 말해도 되잖아. 언제까지 과묵한 척할 건데? 지금 나랑 장난치고 싶어? 그런 거야?"

"아닙니다, 명심하겠습니다."

"좋아, 난 이만 가볼게. 배웅할 필요는 없어."

"그렇게 하겠습니다."

"뭐야, 한 번쯤 사양한 건데 정말 배웅 안 할 생각이야?"

"배, 배웅하겠습니다."

"하하하, 농담이야, 농담. 왜 그렇게 사람이 실없어?"

조염이 식은땀을 쏟았다.

영호선이 손을 튕겨 애첩의 혈도도 풀어주었다.

"어이, 그리고 거기 여자!"

"네?"

애첩이 놀란 토끼처럼 눈을 동그랗게 떴다.

"현모양처가 되어야지. 이쁘장하게 생겨서 왜 그래?"

"네에."

"좋아, 나 진짜로 간다. 잘 있어. 다음에 절대로 마주치지도, 연락도 하지 말고 살자."

유희(遊戲)는 여기까지.

이제 형산으로 간다. 고요한 산야에 몸을 묻힐 것이다.

영호선이 방문을 열고 두 사람에게 손을 흔들었다.

조염과 애첩이 여전히 드러누운 채로 어색하게 웃어 보였다.

혈도가 풀려 움직일 수 있었고, 말도 할 수 있었지만 그대로 침대에 반듯하게 누워 있었다.

쾅!

방문이 닫히고 영호선이 사라졌지만 두 사람은 혹시라도 문을 빼꼼히 열고 '나 아직 안 갔는데!' 라며 들어올까 싶은 마음에 눈조차 깜박이지 않고 바라봤다.

그러나 시간이 지나도 문은 열리지 않았다.

용천방주 조염이 문을 열고 나선 것은 그로부터 반 시진이
지나서였다.

매우 조심스럽게 문을 열어 살짝 한 발을 내딛고 좌우를 둘
러보았다.

"휴우……!"

없다.

혹시나 반갑게 손을 흔들며, '어라, 또 보네? 이거 인연인
가?' 따위의 말을 하면 어쩌나 근심했었다.

안도의 한숨이 절로 나왔다. 하지만 그것도 잠시.

두 명의 호위가 목이 돌아간 채 널브러진 것이 보였다. 목
은 돌아갔어도 목숨은 붙어 있는지 쌕쌕거리고 있었다.

꿀꺽!

호위들을 지나쳐 대전을 나서자, 광장이 한눈에 들어왔다.

광장엔 찬란한 풍경이 펼쳐져 있었다.

장관이었다.

그런데 왜 이렇게 서럽고 눈물이 나는지 모른다.

"이 씨!"

수하들이 단 한 명도 빠짐없이 뻗어 있었다. 그것도 질서
정연하게 나란히 시체를 모아둔 것처럼. 죽지는 않은 것 같지
만 조염의 눈에는 모두 죽은 것처럼 보였다.

팔이 부러져 돌아간 놈부터 목이, 어깨가 빠진 놈에 그냥
곱게 누워 있는 놈까지 참으로 다양하기도 하다.

주르륵!

도대체 어떤 살수 조직이란 말인가. 강호의 삼대살수조직이 공동으로 미친놈 하나를 키우기라도 한 것이란 말이냐!

"이 씨, 살수가 뭐가 이래. 요즘 살수는 다 때려눕히고 가는 것이냐!"

조염이 눈물을 훔치며 한 명씩 돌아보다가 부방주 성군악을 발견했다. 어제저녁 무렵, 만운세가에 가서 크게 한탕할 건수가 생겼다며 갔던 놈이 왜 여기에서 뻗어 있는지 의아하기 짝이 없었다.

조염은 날듯이 달려갔다. 부방주 성군악은 힘없이 눈을 감았다 떴다 하고 있었다.

조염은 성군악의 머리를 조심스럽게 받쳐 들었다.

찰싹! 찰싹!

뺨을 후려갈기자, 그제야 성군악이 조염을 알아보았다.

"방주님!"

"그래, 네가 왜 여기서 이 모양으로 있는 것이냐!"

"무사하시군요. 다행입니다. 만운세가에서 놈을 만났습니다."

"뭐라고? 만운세가에서? 그럼 네놈은 거기서부터 붙잡혀 왔던 것이냐?"

"죄송합니다."

"아니다, 불가항력이란 것도 있는 게지."

“복수할 수 있습니다.”

성군악의 말에 조염이 흠칫 몸을 떨었다.

“복수?”

“놈의 이름을 알고 있습니다.”

“응?”

“놈의 이름은 영…….”

성군악의 말을 조염이 황급히 잘랐다.

“말하지 마. 그냥 닥쳐.”

“왜 그러십니까?”

“닥치라고 이 새끼야. 그냥 잊어, 잊는 거야.”

“그래도…….”

빠악!

끝내 조염의 주먹이 성군악의 면상에 꽂혔다.

성군악은 그렇지 않아도 의식이 희미하던 차에 그대로 뻗어버렸다.

“그냥 잊는 거다. 그렇지 않으면…….”

조염이 크게 한숨을 내쉬고 말을 이었다.

“…놈이 자러 온다.”

「잠마검선」 3권 끝

共同傳人
공동전인

설경구 新무협 판타지 소설

마교를 재건하라.

혈마옥에 갇히며 마교 장로들의 공동전인이 된 사무진에게 주어진 과제.
역사상 가장 착한 마교의 교주.
하지만 역사상 가장 강한 마교의 교주가 되고 싶다.

고정관념을 버려요.
마교도라고 해서 꼭 나쁜 놈일 필요는 없잖아요.

지금까지와는 다른 마교.
이제 사무진이 만들어가는 새로운 마교가 모습을 드러낸다.

설봉 新 무협 판타지 소설

歡喜密功
환희밀공

歡喜密功
환희 밀공
1
치무(致武)

설봉 新무협 판타지 소설

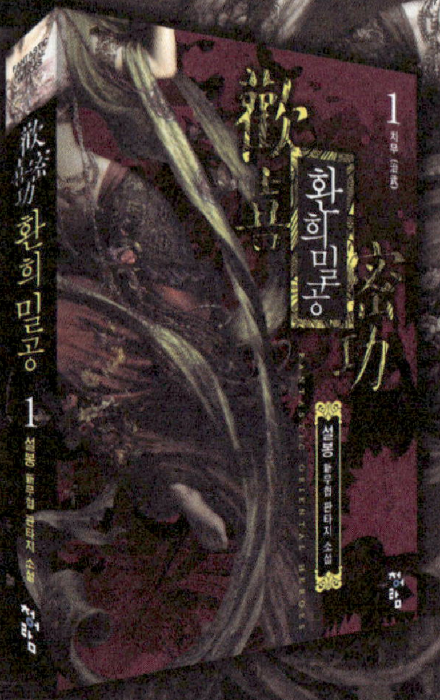

무유 칠덕(武有七德), 금폭(禁暴), 집병(戢兵), 보대(保大),
정공(定功), 안민(安民), 화중(和衆), 풍재(豊財), 자야(眷也).
〈좌전(左傳), 선공 십이년(宣公 十二年)〉

무에는 일곱 가지 덕이 있다.
첫째, 난폭을 금지한다. 둘째, 무기를 거두어들인다. 셋째, 큰 나라를 보전한다.
넷째, 공적을 정한다. 다섯째, 백성을 편안하게 한다. 여섯째, 대중을 화합하게 한다.
일곱째, 물자를 풍부하게 한다.

섬서성(陝西省) 육반산(六盤山)에 신력(神力)을 바탕으로
패공(覇功)을 구사하는 가문(家門), 육반루가(六盤婁家).
세상에게 외면받고 멸시당하는 환희교(歡喜敎).
육반루가의 후손과 환희교 교주의 운명적인 만남.

"넌 환희교를 지키는 수문장(守門將)이 될 거야.
강하게, 아주 강하게 키워주마."
'아버지처럼 죽지 않을 거야. 아무도 날 죽일 수 없어.
세상에서 최고로 강한 사람이 될 거야.'

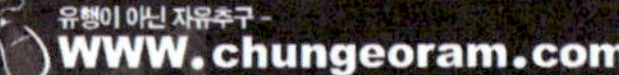